小学館文庫

左京区桃栗坂上ル

瀧羽麻子

小学館

左京区桃栗坂上ル

1

璃子(りこ)はどちらかといえばおとなしい子どもだった。

　もともとのんびりした性格で、自分の意見や存在を主張したいという欲もほとんどなく、初対面の相手には人見知りしてしまうほうだった。喋(しゃべ)る必要があるときにだけ口を開けば、十分に事は足りた。ひとりっ子だったせいもあるかもしれない。専業主婦の母親は、常にわが子のことを頭の真ん中において、不都合がないように世話を焼いていた。なにがほしいとか、なにがしたいとか、娘が声に出すより前に、先回りして動き出していることもままあった。

　だからといって、むやみに甘やかされていたわけでもない。娘がわがままに育ってしまわないように、という点についても、母親は細心の注意をはらっていたからだ。とめどなくあふれ出てくる愛情で、かわいいひとり娘をおぼれさせてしまわないよう、慎重に向きあった。そういうきまじめなところが、母親にはあった。ふだんは穏やかでひかえめなのに、譲らないところは決して譲らない。その性質は、実は娘にもしっかりと受け継がれていた――それがはっきりしてくるのは、璃子がもう少し大きくなってからの話だけれども。

一方、父親は、娘への愛情を惜しみなく表明した。しぐさが愛らしいと言っては抱きしめ、すべすべの肌に感動して頰ずりをした。もっとも当の璃子にとっては、ざりざりと硬いひげの感触も、服に染みついたたばこのにおいも、不愉快以外のなにものでもなかった。いやがってじたばた暴れても、父親はおかまいなしだった。スキンシップをはかれるのが休日に限られていた分、喜びをおさえきれなかったのだ。損害保険会社の営業職は多忙をきわめ、平日は早朝と深夜に娘の寝顔を見ることしかできなかった。

夫の仕事に対する不満が妻にはふたつだけあり、ひとつめがこの労働時間の長さだった。妻子をないがしろにしているとか、子育てを手伝ってほしいとか、そういう問題ではない。家族を養うために働いてくれるのには、感謝している。ただ、体が心配だった。みんなこんなもんだって、まだまだ若いし大丈夫だよ、と本人はとりあってくれず、もどかしかった。

それからふたつめの不満もまた、解決は難しかった。損害保険会社というのは、日本各地のどこにでも支社や営業所がある。つまり、転勤が多い。

結婚してから、夫婦はだいたい二年ごとに引越しをしてきた。短ければ一年のこともあった。子どもがいたら多少は配慮してもらえるという話だったが、妊娠中に宮崎から群馬へ移り、璃子が一歳になったばかりで広島、二歳半で北海道、と全国を股(また)にかけた異動は依然として続いた。

度重なる引越しがわが子に与える負担を、母親は気にしていた。一番の懸念は、やはり友達のことだった。新しい土地で一から人間関係を築くのは、おとなでさえ気が重いのに、幼い娘が不憫(ふびん)だった。おまけに、ひとりっ子だ。きょうだいがいれば助けあえるし、さびしさもまぎれるだろうに、この子はたったひとりでまっさらの環境になじんでいかなければいけない。

新居に越すと、母親はまず最寄りの公園がどこにあるか調べた。幼稚園にあがる前の幼児が友達を作る場所は、群馬だろうが北海道だろうが、さほど変わらない。同じように子どもを遊ばせている主婦たちとの会話も、有益だった。安くて質のいいスーパーや信頼できる病院は、たいがい公園で教えてもらえた。

璃子がまだよちよち歩きの頃から、近所の公園へ足を運ぶのは家族の習慣になっていた。平日は母子ふたりで、休日は父親も加えた三人で出かけた。時にはお弁当を持参して、小さなレジャーシートを広げることもあった。赤と黄色と青のマドラスチェックは、緑の芝生によく映えた。

璃子と母親はどこの町でも、家から近い、従って頻繁に通える、いわば行きつけの公園を好んだ。片や父親のほうは、日によって違うところへ足を延ばしたがった。桜並木がみごとらしいとか、広い芝生と池があるとか、会社の同僚や地元の取引先からこまめに情報を仕入れては、妻子を連れていった。

はじめての公園に足を踏み入れるとき、璃子はいつも緊張した。見知らぬ子どもたちには近づかず、両親のそばでおとなしく遊んだ。ちょっとあっちに行ってみたら、お友達ができるよ、と母親にすすめられたときには、父親の膝(ひざ)の上へと避難した。そうすれば父親が相好(そうごう)をくずし、別によその子と遊ばなくたっていいよ、お父さんと一緒がいいよな、と頭をなで回してくれるのを知っていた。母親も無理強いはしなかった。そんなに気をもまなくても、何度か同じ場所に通えば、ちゃんと友達ができるのはわかっていた。璃子が自分から積極的に他の子どもに話しかけることはなかったが、その逆はよくあった。

この子、なかなか人気者なのよ。母親が誇らしい気分になって報告すると、父親はもっともらしくうなずいた。だって美人だもんな。

ただし、娘のことを美人だとほめるのは父親だけだった。璃子自身ですら、今も昔も、自分を美人だと思ったことはない。当時のアルバムをめくってみても、その印象は変わらない。真っ黒なまるい目やぽっちゃりした頬が、子どもらしくてかわいらしいといえなくはないものの、鼻はやや上を向いているし、口も大きすぎる。そのかわり、自分で言うのもなんだけれど、なんとなく親しみやすい雰囲気はある気がする。どこか愛嬌があるというか、相手を構えさせないというか、その印象のおかげで、どこへ行ってもそう苦労せずに友達を作れたのかもしれない。

問題は、その後だった。あまり仲よくなってしまうと、別れがつらい。

北海道から引越すことになったのは、四歳になったばかりのときだった。最後の挨拶がてら訪れた公園で、璃子は珍しく大泣きした。母親の行き届いたしつけによって、日頃は聞きわけよく礼儀正しくふるまっていたのに、まるで別人だった。身を震わせて泣きわめく璃子につられて、他の子どもたちも泣き出してしまい、大騒ぎになった。

いつまで経っても泣きやまない娘を、もちろん母親はしからなかった。もらい泣きしてしまわないようにこらえるので必死だった。しゃくりあげる璃子を強く抱きしめ、大丈夫よ、と何度も繰り返した。大丈夫。次のおうちには、もっと長くいられるからね。

その場しのぎのでたらめではなかった。次の赴任先には長くとどまると夫から聞かされていた。営業所ではなく支社に勤めるのは、はじめてだった。最低でも三年はそこで働くのだという。

そうして上原一家は奈良へとやってきた。

会社が用意してくれた住まいは、県の中心である奈良市内から少し離れた、のんびりとした昔ながらの住宅地にあった。

今回は、急いで公園を探す必要はなかった。四階建てのアパートの、三階の角部屋には、南向きのリビングにベランダがついていた。その手すりのすぐ向こうに、すべり台とぶらんことジャングルジムが見えた。あおあおとした緑の葉をみっしりと茂らせた木々が、遊具をぐるりと取り囲んでいた。

引越しの翌日、璃子は朝から膝を抱えてリビングの床に座りこんでいた。

壁際にレゴブロックのように積みあげられた段ボール箱を順に開け、中身をてきぱきと片づけていく母親を、ぼんやり眺めた。本は本棚に、靴は靴箱に、タオルは洗面所のひきだしに、それぞれしまわれていく。すべてがあるべき場所へおさまっていく中、自分だけが取り残されているようで心細い。母親はまっさきに璃子の荷物が入った箱を探し出してくれたので、遊び道具には困らないのだが、おもちゃも絵本も手に取る気にさえなれない。涙はもう出てこないかわりに、元気もわかない。体の中身がすっかり空っぽになって、干からびてしまっていた。

十時頃になると、窓の外が騒がしくなってきた。公園に子どもたちが集まり出したのだった。蟬の声にまじって、歓声が聞こえてくる。

母親が手を休め、首をめぐらして網戸の向こうを見やり、それから室内へと視線を戻した。

心配そうなまなざしから逃れるように、璃子はベランダに出た。外に関心を示す、正しくは示すようなそぶりを見せて母親を安心させようという計算も、子ども心に働いていた。いつも一緒にいるせいか、母が娘の考えていることを見通せるのと同じように、娘のほうでもある程度は母の思惑を読みとれるようになっていた。

お母さんが悲しそうだと、わたしも悲しい。そしてお母さんを悲しませる一番の理由は、わたしが悲しそうにしていることなのだ。つまり、わたしがぐずぐずと感傷にひたっている限り、事態はよくならない。

と、四歳児が順序だてて考えていたわけではない。ただ漠然と、しっかりしなければと感じてはいた。璃子はすでに、理不尽きわまりない引越しが母親のせいではないと理解していた。これはどうしようもないことなのだ。どうしようもないことについて誰かを恨んだり腹を立てたりしてはいけないと、両親からも教わっていた。

ベランダは暑かった。ところどころ錆の浮いた手すりも、ふれただけでやけどしそうなくらい熱くなっていた。璃子は手をひっこめ、手すりの隙間から公園を見下ろした。

園内はにぎわっていた。璃子と同じ年頃の子だけでなく、幼稚園児や小学生もいる。みんな夏休みでひまを持て余しているのだ。子どもたちは暑さをものともせずに駆け回り、母親が木陰のベンチから彼らを見守っている。首を伸ばすと、隣にあるグラウンドもちらりと見えた。公園にいる子たちより体の大きい男の子が、何人か集まって野球に興じている。誰かがヒットを打ったらしく、わっと声が上がった。

いたたまれなくなって、目をそらした。にぎやかな公園は、北海道のそれをいやでも思い出させた。璃子のいなくなった砂場で、ぶらんこで、すべり台で、皆が昨日までと同じように遊んでいる光景が、目の前に浮かんだ。空っぽになった体の中を、じっとり湿った風が吹き抜けた。

エアコンの効いた部屋の中へ戻ろうとして、璃子は動きをとめた。背後に気配を感じたのだ。

もう一度外に向き直り、あらためて公園を見下ろした。正面に、小さな四角いジャングルジムが見えた。てっぺんに女の子がいる。こちらを見上げ、大きく手を振っている。

しばらくの間、璃子はベランダにつったっていた。女の子は相変わらず手を振り続けている。よく見たら、こっちに向かって声を張りあげてもいるようだった。耳をすましてみたけれど、なにを言っているのかは聞きとれない。

璃子は急いで部屋の中に入り、公園に行きたいと母親に告げた。

公園へ足を踏み入れたとき、さっきの女の子はまだジャングルジムの上に座って、ベランダを見上げていた。

璃子はそちらへと近づき、女の子をあおぎ見た。気づいてもらえる気配がなかったので、思いきって声をかけてみた。

「こんにちは」

母親はいまだに、このときのことを感慨深そうに話す。璃子が知らない子どもに自分から話しかけるのは、それがはじめてだったからだ。

女の子は璃子を見下ろし、再びベランダを見上げ、また璃子へと視線を落とした。それから、手足を器用に操って、するするとジャングルジムから降りてきた。あっというまに璃子の目の高さまでたどり着き、最後はぴょんと飛びおりた。

向かいあって立つと、女の子は璃子より頭ひとつ分は背が高かった。手足もすんなりと長い。まっすぐな髪を、頭の高い位置でひとつに結んでいる。

「名前は？」

見慣れない新参者の顔をじろじろ見ながら、女の子がたずねた。璃子はおそるおそる答えた。

「りこ」

「何歳？」

「四歳」

「うちも」

女の子がぱっと笑顔になった。

りこは璃子、かなは果菜、と書く。しかし璃子にとっても果菜にとっても、そんなことはどうでもよかった。

「うちは、かな」

「かなちゃん」

「りこちゃん」

それぞれ相手の名前を復唱し、顔を見あわせてにっこり微笑(ほほえ)んだ。お互いに、すごく気が合いそうだと思ったのだ。

おとなはよく、初対面の相手との間に共通点を探そうとする。地元が同じだとか、出身大学が同じだとか、それが会話の糸口になったりもする。でも四歳児は、そんなまだるっこしいことはしない。直感に導かれるまま友達を作る。幸い、勘はだいたいあたる。

それにしても、璃子と果菜はことごとく対照的だった。

繰り返しになるが、璃子はどちらかといえばおとなしい子どもだった。そして果菜は、どちらかといえば、どころか、あきれるほどよく喋る子どもだったのだ。

果菜のうちは、駅前商店街のはずれで青果店を営んでいた。両親だけで切り盛りするこぢんまりとした店で、やってくる客といえば、近所に住む顔見知りが大半だった。果菜は赤ん坊のときから店先にちょこんと座り、彼らに愛嬌を振りまいていた。生まれつきの性格なのか、不特定多数のおとなと接しているうちに慣れたのか、人見知りとは無縁だった。言葉を覚えてからは、いよいよ看板娘の本領を発揮した。普通、幼児はまず片言の単語を発し、それから徐々にまとまった長さの文章を話せるようになっていくものだけれど、果菜は違った。喋りはじめて数日のうちに、「ほうれんそう、やすい」だの「いちご、あまい」だの、単純だが意味は通る売り文句を投げかけて、常連客を喜ばせた。

その社交性は、公園で同じ年頃の子どもたちと遊ぶときにも役立った。果菜はみんなの人気者だった。男の子にも女の子にも好かれた。友達に不自由していなかった果菜が、なぜ物静かで目立たない璃子と特別に親しくなったのか、周りからは不思議がられていたふしさえあった。

性格や家庭環境ほどの違いはないものの、果菜と璃子の趣味嗜好も、かなりずれていた。果菜は持ち前の運動神経を活かし、かけっこやジャングルジムでのおにごっこといった、体を使う遊びが得意だった。競争の要素があるとなお気合が入った。一方、璃子は絵本を読んだり人形で遊んだりしているほうが落ち着いた。公園でも、体を動かすのはせいぜいぶらんこをこぐくらいで、砂遊びをしたり花をつんだりして過ごしていた。

ただ一番好きな遊びだけは、ふたりとも同じだった。おままごとである。

奈良に来てから、格段に増えた。それまで上原一家が休日に使っていたチェックのレジャーシートの出番が、シートを広げたとたんに、なんの変哲もない公園の地面がカラフルな床に変わり、その上にふたりだけの小さなおうちが現れる。

役割は、果菜がお母さんで璃子が娘、というのが定番だった。たまに交代してみても、どうもしっくりこない。他の子が後から加わって、お姉ちゃんやら弟やらが増え、大所帯になるときもあった。その場合も、果菜は変わらずお母さん役を務めた。しっかり者で世話好きの果菜は、公園に集まってくる同じ年頃の子どもの中で、最もお母さんにふさわしいと誰もが認めた。実際、たった四歳にして、将来はいかにも肝っ玉母さんになりそうな風格さえ漂わせてもいた。ままごとに熱中している間は、ことにそうだった。母親そっくりの口ぶりで話し、顔つきまで変わる。後に、親どうしがはじめて顔を合わせたとき、璃子の母親は思わず「果菜ちゃんとそっくり」と口走ってしまったほどだ。

対面の機会が訪れたのは、娘たちの出会いからずいぶん経ってからである。

「かなちゃんのお母さんはどこ？　ご挨拶したいんだけど」

知りあってまもない頃に、璃子の母親がたずねたところ、果菜はふるふると首を振った。

「店におる」

「じゃあ、おうちからここまでひとりで来てるの？」

自宅の窓から見えている公園でも、娘ひとりでは放っておけない母親にとっては、ありえないことだった。

「ううん。お兄ちゃんと」

夏休み中は兄が付き添ってくれている、と果菜は説明した。付き添いといっても行きと帰りだけで、果菜を公園に送り届けた後は隣のグラウンドへ行ってしまうため、姿を見かけなかったのだった。

「じゃあ、お兄ちゃんにご挨拶させてもらおうかな」

律儀な母親は、いちはやく娘と仲よくなってくれた新しい友達の保護者に、とりいそぎ礼を言っておきたかった。

果菜はさっそく、その日うちへ帰る前に、上原母娘（おやこ）と兄をひきあわせた。

璃子も母親も面食らった。兄妹（きょうだい）の年は三つしか離れていないと聞いていたのに、紹介された男の子には、小学一年生とは思えない貫禄があったのだ。果菜よりももっと背が高く、さらに、やせっぽちの妹とは違ってそれなりに横幅もあった。

「大きいのよ。五年生か六年生か、下手したら中学生っていっても通用しそうなくらい」

璃子の母親は家で夫に報告した。

「しかも老け顔なの」

ませているというのでもなく、たとえるなら思慮深い老人のような目をしていた、と細かく描写してみせた。ゆったりとした動作や、子どもにしては低めの声も、その印象をますます強めたという。

「ふけがおってなに？」

横で聞いていた璃子は質問した。

「お兄さんらしいってこと」

あわてた調子で切り返され、そのときは正しい意味を学びそこねた。

璃子と果菜がおままごとをする場所は、公園だけではなかった。璃子のアパートのベランダや、果菜のうちの中庭でも、シートを広げた。

店とその裏手に建つ自宅との間にあり、家族の通り道になっている中庭を、璃子はとりわけ気に入っていた。こぢんまりとしていて、それでもベランダよりははるかにゆとりがあり、一年を通して雑多な植物が茂っていた。商売柄か、食べられるものも多かった。春にはいちごがかわいらしい実をつけ、夏には重なりあった葉の間からなすやきゅうりが顔をのぞかせ、秋には立派な柿がおやつにふるまわれた。

庭で収穫した果物や店先に並ぶ野菜を、璃子ちゃん、よかったらこれ持ってって、と時折お土産にもたされることもあった。苦手なピーマンとにんじんを受けとるとき、璃子は決まってどきどきした。できるだけ感じよくお礼を言わなければと意識すればするほど、必ず声が裏返る。ざっくばらんで気取ったところのない果菜の一家が、野菜や果物を扱うときだけはひどく丁寧な手つきになることには気づいていた。きらいだなんて、絶対に言えない。

中庭には小鳥やちょうちょがどこからともなく飛んでくるのも、璃子にはうれしかった。生きものが好きだったのだ。もぞもぞと珍妙な動きをするだんご虫も、グロテスクなかたちをした芋虫も、ぎりぎりまで顔を近づけて興味深く観察した。ものおじしない果菜が意外にも昆虫や蜘蛛を苦手にしていたので、ふたりの透明な家の中、つまりシートの上に侵入してきた虫たちをそっと追いはらうのは、璃子の役目だった。りこちゃんは強いなあ、と果菜に嘆息されると、本物の母親からほめられたときのように誇らしかった。

静かなのもよかった。公園で走り回っている男の子たちが、璃子はあまり好きではなかった。うるさくて乱暴で、汚い。おままごとのじゃまもしてくる。草花と石でこしらえた食事をさらっていったり、シートに砂をかけたり、髪をひっぱったりもする。璃子はそれを厄介なにわか雨や突風のようなものとして半ばあきらめていたが、果菜は違った。逃げる彼らをいきりたって追い回し、毎回ではないにせよ、謝らせることに成功した。果菜はたいていの男の子よりも足が速かった。かなちゃんは強いねえ、とこのときは璃子のほうがほめた。りこのためならお母さんはなんでもするわよ、と果菜は母親らしく璃子の頭をなでた。

その点、中庭は平和だった。たまに姿を見せるのは、当然ながら家族だけだ。母親がおやつや簡単な昼食を運んできてくれたり、父親が母屋のトイレに行くついでに声をかけてきたりもした。

「お兄ちゃんもよせたろか？」

あるとき、果菜がなんの気まぐれか、ランドセルを背負った学校帰りの兄に声をかけた。

璃子は内心ぎょっとした。せっかくふたりで楽しく遊んでいるのに、よく知らない年上の男の子が入ってくるのは気が進まなかった。

「ええよ」

そっけなく首を振って受け流され、ひそかに胸をなでおろした。ところが折悪（おりあ）しく、果菜の母親がおやつのぶどうを持って現れた。

「あれ、実（みのる）もおったん。あんたも食べる？」

「食う！」

即答だった。

ひとり増えただけなのに、シートの上はいきなり狭くなった。三人の真ん中に、ぶどうの山盛りになった鉢が置かれた。

「はいどうぞ、たんとめしあがれ」

「ちょっとお兄ちゃん、ミミちゃん踏まんとって」

果菜が心底いやそうな声を上げ、兄の尻の下敷きになったうさぎのぬいぐるみを救出した。ミミちゃんは日によって璃子の友達になったり妹になったりしていた。

「すまん、すまん」

いかにもおざなりな返事だった。目はぶどうに釘づけになっている。よほど好物なのかと璃子は思った。どんな食べものにもおおむねこの調子だと知るのは、もっと先になってからである。

「じゃあ、お兄ちゃんはお父さんな」

突如、果菜が宣言した。

「で、りこちゃんがお母さん」

「えっ」

璃子はにわかに緊張した。

「だって、お兄ちゃんがお父さんでうちがお母さんって、おかしいやろ。うちら、兄妹やもん」

当然のことのように言い、果菜は口調を変えた。

「なあお母さん、おなかへった。おやつちょうだい」

いつもより幾分か鼻にかかった、甘えた声だった。

「はあい」

璃子はしかたなく調子を合わせ、横目で隣をうかがった。「お父さん」は夢中でぶどうをぱくついている。果菜が鉢を自分のほうにさっと引き寄せた。

「お兄ちゃん……ちゃうわ、お父さん、食べんの早すぎ。うちとお母さんの分がなくなってまうやん」

「だって好きやねんもん」

口をとがらせて言いあっている兄妹を見比べて、ふたりの唇のかたちがそっくりなことを璃子は発見した。

「うちはええけど、りこ……やなくて、お母さんに悪いやろ」

「せやな。すまん、すまん」

反論してくるかと思いきや、しおらしく頭を下げられて、ううん、と璃子は首を振った。いつのまにか肩の力が抜けていた。

「はよ食べな、ほんまになくなるよ」

果菜が真剣な顔で忠告し、鉢を差し出した。璃子はまるいぶどうをひと粒つまんで、ほおばった。ふくよかな甘みと香りが口いっぱいにはじけた。

「おいしい」

「やんな？」

兄妹がそろって笑顔になった。幸福そうなふたりを見て、璃子の気持ちも和(なご)んだ。

その日から、「お父さん」はたびたびレジャーシートの家に寄っていくようになった。基本的にはおやつめあてだったが、シートの上にいる間は妹たちのごっこ遊びにつきあった。果菜があれこれ注文をつけても、いやな顔をせずに従った。果菜が父からもらってきたたばこをくわえて喫(す)うまねをしてみたり、璃子がよそったどんぐりのごはんをもりもりたいらげたりしながら、本物のおやつの登場を気長に待っていた。

おやつが出てくると、璃子たちの数倍の速さで食べ終え、「会社に行ってくる」とグローブやバットを持っていそいそと出勤する。璃子と果菜は「行ってらっしゃい」と手を振って見送った。

遊んでいる間は「お父さん」、そうでないときは「お兄ちゃん」と、果菜にならって璃子も呼ぶようになった。はじめはどちらの呼び名も照れくさかったし、「お母さん」と声をかけられるたびにおへそのあたりがむずがゆくなったけれど、少しずつ慣れた。おやつを運んできた母が、並んで座った息子と璃子を見下ろし、あら、お似合いやね、と楽しそうに評したこともあった。

璃子とふたりになってから、果菜はしたり顔で繰り返した。

「お似合いやな」

気に入ったらしい。店にやってくる客の会話を聞いて育った果菜は、おとなの世界の言葉に詳しかった。

「そや、りこちゃん、お兄ちゃんとケッコンしたら？」

「ケッコン!?」

仰天して聞き返した璃子に、果菜は真顔でうなずいてみせた。

「そしたら、うちら一緒の家に住めるよ。いつでも遊べるし、便利やん？」

そのやりとりを璃子が思い出したのは、それから一週間ほど経ってからのことである。

週末に家族で東京に出かけていた璃子は、お土産のケーキを携えて果菜の家を訪ねた。いつものとおり、ふたりで中庭にレジャーシートを広げた。空がからりと青い。ケーキをふたきれ並べた平皿をシートの真ん中に置き、果菜がたずねた。

「旅行、楽しかった？」

「うん」

旅の目的は、従姉（いとこ）の結婚式に出席することだった。特に親しい間柄でもなく、そこまで感慨はわかなかったものの、純白のウェディングドレスには圧倒された。豪華な料理とケーキも、夢みたいにおいしかった。

「ええな、およめさんかあ」

果菜はうっとりと言った。

「うち、アキラくんのおよめさんになりたいな」

アキラくんは公園によく来る、色が黒くて足の速い男の子だった。木の枝を振り回したり毛虫を投げつけてきたりするので、璃子は好きになれない。シートの上でうごめく毛虫を見て、果菜はぎゃあぎゃあ騒いでいたのに、それとこれとは話が別らしい。

「りこちゃんは？」

野蛮でも意地悪でもない子がいい、と璃子は思った。優しくて穏やかで、いつもにこにこしているような。ぼんやりと考えをめぐらし、けれどそれが璃子の頭の中で具体的な像を結ぶ前に、

「あ、そうや」

と果菜がすいと立ちあがった。

「ちょっとお買いものに行ってくるわ。りこも一緒に行く？」

おままごとのルールを思い出したようで、言葉遣いが変わっていた。「お父さん」がまだ帰っていないので、果菜がお母さんで璃子が娘である。

「ううん、大丈夫」

璃子は首を振った。お買いもの、というのはふたりにとってトイレの符丁だった。璃子は家を出る前にすませてきた。

「じゃあ、気をつけてお留守番しててな。帰ってきたらおやつにしようね」

果菜は小走りで母屋の玄関へ向かい、璃子はケーキの皿とともに、シートの上に残された。バナナをかたどった薄黄色のスポンジケーキは、ふわふわでおいしそうだ。

およめさんになるなら、相手はよく食べるひとがいいな、と思いつく。璃子は食いしん坊だなあ、お父さんよりたくさん食べるんじゃないか、と父はよくからかってくる。父のことは好きだけれど、そんなふうに言われるのは恥ずかしくていやだ。

カア、と鋭い声が頭上から聞こえたのは、そのときだった。

ばさばさと荒々しい羽音が続き、次の瞬間、璃子の目の前に黒いかたまりが舞い降りてきた。ふてぶてしくまるまると太った、からすだった。さっきまで果菜が座っていたあたりに着地し、ケーキの皿をねらっている。

恐怖のあまり、悲鳴も出なかった。すくんでいる璃子を、からすはじろりと一瞥し、カア、と威嚇した。鋭いくちばしが禍々しく光った。

璃子は目をつぶり、身を縮め、両手で顔を覆った。カア、カア、カア、とからすが狂ったように鳴きはじめる。

「大丈夫？」

耳もとで、声がした。

璃子はびっくりして目を開けた。視界に飛びこんできた黒いものは、からすではなくランドセルだった。

「もう平気やで。追っぱらったった。……それよかこれ、めっちゃうまそうやな」

うれしそうにケーキをのぞきこんでいる横顔を、璃子はまじまじと見た。

「え？　どないしたん、りこちゃん？」

返事のかわりに、首を振った。安心したら、涙が出てきたのだ。

遠慮がちに背中をなでる手つきは安定していて、本物のお父さんのようだった。璃子は手の甲で目もとをごしごしとこすりながら、「お母さん」ではなく「りこちゃん」と呼ばれたのははじめてだ、と脈絡のないことを考えていた。

そこからどう思考回路がつながって、急にそんなことを言おうとひらめいたのかはわからない。わからないが、どうしても伝えなければいけない、となぜか確信していた。

「お兄ちゃん」

「ん？　なに？」

「わたし、お兄ちゃんのおよめさんになる」

と、璃子は言った。

別れは突然やってくる。転勤族の父親を持ち、小さい頃から引越しを繰り返していた璃子は、むろんそれを知っていた。

突然といっても、そのときはそう感じるだけで、後から振り返ってみれば、実はいろいろな兆しがあったと気づく。父はそわそわと落ち着かなくなる。母はことあるごとにため息をつく。ふたりの間でひそひそ話が増える。璃子も話に加わろうと近づくと、さりげなく会話がとぎれる。

引越しを言い渡された当初はしばらく取り乱して、そんなことを分析している余裕はない。頭の中は過去ではなく、現在と未来でいっぱいになっている。しかし徐々に衝撃がおさまり、冷静になるにつれ、璃子は丹念に一部始終を反芻した。両親の態度や家の雰囲気を思い返し、あさがおの成長を逐一ノートに記録するように、しっかり心に刻みつけた。次に備えるためだ。たとえ結果は変えられなくても、前もって異変を察知しておけば少しでも心安らかでいられるのではないかと、けなげにも考えていたのである。

璃子は何事においても、まず体よりも頭を動かす性質だった。じっと観察し、仮説を立て、それが正しいと証明できると満足した。ことに自然現象や動植物の生態には、並々ならぬ好奇心を寄せた。

どうして雷は光ってしばらく経ってから音が鳴るの？　どうして羽のついてる蟻とついてない蟻がいるの？　どうして柿やぶどうには種があるのに、いちごやバナナにはないの？　どうして、どうして、と際限なく繰り出される質問の中には、母親も知らないことや、知っていても答えにくいこともまじっていた。娘からなにか聞かれるとき、母親は自然に身構えるようになった。

「ねえ、お母さん」

たとえばスーパーマーケットで、璃子は唐突に陳列棚を指さす。

「これってにわとりの卵？」

「そうだよ」

「にわとりの子どもはひよこ？」

「そうだね」

「この卵の中に、ひよこが入ってるの？」

「ううん、入ってないよ」

「どうして？」

母親は言葉に詰まる。有精卵ではないからだと答えて、その意味を子どもにわかりやすく説明できる自信はなかった。

お母さんにもわからない、と降参してしまえば楽なのだが、愛読していた育児書によると、それも望ましくないらしい。適当な返答は、子どもに不信や不安を感じさせる要因になりかねません。質問には必ず、正確に真摯に答えてあげましょう。

「ひよこの入ってる卵と、入ってない卵があるのよ」

うそではない答えを見つけて、母親がほっとしたのもつかのま、璃子はさらに容赦なくたたみかける。

「どうして？」

「どうしてって……」

母親はまたもや言葉に詰まった。受精のしくみについて、幼稚園児にどう伝えればよいというのだろう。

「お父さんに聞いてごらん」

父親のほうが、母親よりも一枚うわてだった。有能な営業マンだけあって口が達者だったから、うまいぐあいに娘の納得する答えをひねり出してみせた。次々に質問をぶつけられてもあわてず、璃子は学者向きだな、と感心するだけのゆとりもあった。なかなか先見の明があったといえる。

「にわとりのお父さんとお母さんも、忙しいんだよ。おとなだからね」

なるほど、と璃子はうなずいた。お父さんには会社の仕事があり、お母さんには家事がある。ふたりとも、忙しそうだ。

「だから、なかなか全部の卵にはひよこを入れられないんだ。いろんな事情があるんだよ」

今度も、別れは突然やってきた。璃子が小学二年生の夏のことだ。

上原家が奈良で暮らしはじめて、四年が経とうとしていた。璃子にとっては、同じ土地にとどまっている期間として、最長記録を更新していたことになる。北海道から越してきた当初、いずれはここからも離れるのだと気をひきしめたのも、いつしか忘れかけていた。

四歳で出会って以来、幼稚園でも小学校でも、璃子は変わらず果菜と仲がよかった。

一学期の終わりには、親友の契りも結んだばかりだった。

親友の契り、というのが、当時、小学生の女子の間で爆発的にはやっていたのである。文字どおり、親友どうしであることを誓うのだ。「親友」はひとりだけしか作れない決まりで、誰にしようか決めかねている子もいたけれど、璃子も果菜もひとかけらの躊躇(ちゅうちょ)もなくお互いを選んだ。

親友は、下校時に必ず一緒に帰る。色とりどりの紐(ひも)で編んだおそろいのミサンガを手首につける。最も気に入っているシャープペンシルもしくはカラーペンを交換して、授業中に使う。それから、休み時間のたびに、ひとことでも言葉をかわさなければならない。いったい誰が決めたのか知らないが、果菜も璃子も他の女の子たちも、その細かいルールを忠実に守っていた。

その日も璃子は果菜と過ごしていた。

店の定休日で、果菜の家族と一緒に、市民プールに出かけたのだった。昼には売店で焼きそばとたこ焼きを食べた。璃子の母親は絶対に飲ませてくれない、コーラも買ってもらった。そして、背泳ぎのコツもつかんだ。

背泳ぎは、その夏の果菜のお気に入りだった。童話に出てくる人魚さながらに、水面に寝そべるように浮かんでいるのがいかにも気持ちよさそうで、まだビート板なしでは泳げない璃子にはうらやましかった。

「璃子ちゃんもやってみ」

果菜の水着は赤い縞模様で、胸もとにリボンがついていた。男女で水着のかたちが違うのは、果菜にとっては幸いだった。兄のおさがりでごまかされずにすんだからだ。

「上向いて、手をぐるぐる回してるだけでええねん。楽ちんやで」

「ほんまに？」

四年の間に、璃子もすっかり関西弁が板についていた。

再びあおむけの体勢に戻った果菜にならい、上体を後ろにそらして、そろそろと水に浮かんでみる。なんとなく心細い。ただ、目の前に青空がひらけるのはすてきだった。

「うわあ、気持ちええなあ」

つぶやいた瞬間に、体がずぶりと沈んだ。

果菜の忠告を思い返し、やみくもに手を振り回す。いよいよ沈む。あきらめて体を起こし、全然楽ちんじゃないやん、と文句を言おうとしたら、果菜はすでにプールの端っこにたどり着こうとしていた。

そのとき、頭上から声が降ってきた。

「力を抜かなあかんな」

璃子はびくりとしてプールサイドをあおぎ見た。

「……お兄ちゃん」

「手だけ回しても意味ないねん。大事なんは、まず水に浮くこと。進むのはその後」

「だって、浮かへんし」

しょんぼりと答え、璃子ははっとした。

「もしかして、重いから？」

重いとか軽いとか、太いとか細いとか、これまであまり気にしていなかった概念を、璃子は小学校で学びつつあった。

二年生に上がってから、でぶ、ぶた、となにかにつけてからかってくる男子がクラスにひとりいて、手を焼いていた。隙あらば寄ってきてぶうぶうと鳴きまねまでしてみせるのが、実に憎たらしい。血の気の多い果菜ならともかく、日頃は温厚な璃子でさえ、筆箱やらノートやら、手近にあるものを投げつけてやりたい衝動にかられる。なんで璃子ちゃんばっかり、チエちゃんやヤマモトさんのほうが太いやんな、と果菜は憤慨してくれるが、どういうわけか彼は璃子ひとりを目の敵にしてくる。

どうしてこうもきらわれるのかと家でもこぼしたところ、気をつけるようにと父親に真顔で注意された。そいつは璃子のことをきらいなんじゃない、好きなんだよ。わけがわからないと抗議する娘に、いつかわかる、と父は遠い目をして断じ、深いため息をついていた。璃子は美人だからなあ。

「重いとか軽いとかは関係あらへんよ」

言いきられて、璃子はほっとした。

「てか、璃子ちゃんは軽いやん。女の子やし」

ますますうれしくなった。

「とにかく力を抜いてみ。浮力が働くから大丈夫や」

「フリョク？」

「浮力っていうのはな、ものが沈まんように、上向きに働く力のこと。水の中のもんには、みんな圧力がかかってるんよ」

「アツリョク？」

「押す力やな。水が押してるから、水圧。ほら、水の中やと体が軽いやろ？　みんな自然に浮かぶようにできてるねん」

璃子は小さくうなずいた。完璧に理解できたわけではなかったものの、浮かぶようにできている、と自信たっぷりに言われると、心強かった。

お兄ちゃんはいつもこうして、璃子の知らないことを教えてくれる。小学校の教科書や、カラフルな写真の入ったぶあつい動物図鑑や昆虫図鑑を見ながら、説明してもらうこともあった。絶えずわいてくる新たな疑問を持て余している璃子としては、それをぶつける相手が両親や教師以外にも存在するのはありがたかった。

「もっかい、あおむけになってみ。支えたるから」

最初は、なかなかうまくいかなかった。どうしても力が入ってしまう。そして沈む。

「力抜いて。こわないで。力抜いて」

呪文のように繰り返されているうちに、ようやく少しずつ体がほぐれてきた。璃子は目をつぶり、思いきって全身から力を抜いた。背中がひんやりと冷たい。

「そうそう、それでええわ」

心から満足そうな声が、聞こえた。

「璃子ちゃん、浮いとるで」

璃子はそっとまぶたを開けた。目の前に、晴れわたった青空が広がっていた。水面ではなく、空に浮かんでいるような心地がした。

帰宅したときにも、璃子は上機嫌だった。

お母さんもお父さんも、きっと喜んでくれるだろう。がんばって練習すれば、夏休みの間に二五メートルを制覇できるかもしれない。

夕食の席で報告するつもりだったのに、切り出しそびれたのは、献立のせいだった。喋るよりも先に、璃子はテーブルの上に目を奪われた。ハンバーグは璃子の大好物だ。プールでたっぷり遊んで、おなかもぺこぺこだった。

ともすればハンバーグに箸が吸い寄せられそうになるのをこらえ、他のおかずから片づけた。璃子はいつも、一番好きなものを最後に残しておく。

「璃子」

ちょうど、とっておきのハンバーグをひと口ほおばったところで、父親が口を開いた。じゅわりとにじみ出した肉汁を存分に堪能していた璃子は、その声音がふだんと違うことに気づかなかった。

「璃子」

もう一度呼ばれ、ハンバーグを名残惜しく飲みこんでから、はあい、と返事をした。口の中に食べものが入っているときに話すと、お行儀が悪いとしかられる。

「あのな、璃子」

父親が璃子の目をじっと見つめた。

璃子はぎくりとした。日頃は快活な父親が、ごくまれに深刻な表情を見せるのは、お説教の前ぶれだった。眉が下がり、怒っているようには見えないのも、いつものことだった。娘をしかるとき、父は心から悲しげな顔になる。

「引越すことになったんだよ」

国語の時間に、音読の下手な子が教科書の文章を苦労して読みあげるときのような、ひらたい声だった。

璃子は箸を握りしめ、並んで座っている両親を交互に見比べた。父親は口をへの字に曲げ、母親は無言でうつむいていた。

「ごめんな」

璃子はゆっくりと箸を置いた。あんなに舌を喜ばせていたハンバーグの味が、跡形もなく消えてしまっていた。

埼玉に引越す前日、母親に伴われて最後の挨拶にやってきたとき、璃子はすでに泣いていた。店先で、果菜もおとなたちも涙ぐんでいた。ほら、ちゃんとご挨拶しないと、と母親にうながされた璃子は、かぼそい声をしぼり出した。

「これ、使って」

璃子から果菜へのお別れのプレゼントは、三種類のレターセットだった。商店街の雑貨屋で、さまざまな柄がある中からさんざん悩んだあげくに、ねことくまとひまわりを選んだ。そっくり同じものを璃子も買った。

親友の契りには、新たな約束がいくつか加えられた。手紙を書く。相手から一通受けとったら、なるべく早く、遅くとも一週間以内には返事を出す。朝起きたときと夜寝る前には、果菜は東、璃子は西の方角をそれぞれ向いて、おはようとおやすみを言う。インターネットは普及しつつあったものの、まだ誰も彼もがSNSでつながるような時代ではなかった。

「ありがとう。いっぱい書くわ」

包みを開いた果菜は、少しだけ笑顔になった。

「せや、うちもプレゼントがある。ちょっと待ってて」

言い置くなり、身をひるがえして駆け出した。ゴム草履がぱたぱたと軽い音を立てて遠ざかっていき、やがて静かになった。

璃子は放心したようにつったって、たまに洟をすすりあげている。ふたりの母親はそれぞれハンカチを目もとにあてている。

果菜はすぐに戻ってきた。

「これあげる」

息をきらして差し出したのは、古ぼけたうさぎのぬいぐるみだった。

「ミミちゃん？」

璃子はすっとんきょうな声を上げた。驚きのあまり、一瞬涙もとまっていた。

「いいの？」

「うん。あげる」

果菜が重々しくうなずいた。

果菜の母親も璃子と同じく、いやおそらくもっと、驚いていた。ままごと遊びを卒業してからも、果菜は眠るときには必ずそのうさぎを抱いていた。おかげで、かつてはふわふわとやわらかかったタオル地の耳も胴体もくたくたにくたびれ、ところどころほつれていた。赤いボタンの目もしょっちゅうとれかかって、そのたびに母親がつけ直していた。

「ありがとう」

璃子は再び目を潤ませ、ミミちゃんをぎゅっと抱きしめた。璃子の目も果菜の目も、うさぎに負けないくらい赤くなっていた。

「うちのこと、忘れんといてな」

それは容易なことではないと、璃子は知っていた。離れてしまえば、記憶は日に日に薄れていく。心がひきちぎられるような悲しみとともに別れた北海道の幼い友人たちの顔を、璃子はもはや誰ひとりとして思い出せない。

「うん。忘れへんよ」

それでも璃子は、そう答えた。果菜が手の甲で乱暴に目もとをこすった。

「じゃあ、そろそろ」

母親がためらいがちに声をかけた。璃子が顔を上げ、救いを求めるかのように、店の片隅へと視線をすべらせた。

「お兄ちゃんも……」

痛ましげに璃子の顔をのぞきこんでいた三人が、いっせいに振り向いた。

「ありがとう」

璃子の大きな瞳から、涙がぽろぽろと流れ落ちた。

「実！」

母親からしかりつけるように呼ばれて、なりゆきを見守っていた息子も、おずおずとおもてに出た。璃子から数歩離れたところで立ちどまり、もそもそと言った。

「元気でな」

果菜が眉を上げ、ものすごい形相（ぎょうそう）で兄をにらみつけた。つかつかと近寄ってきて、間に割って入り、璃子の正面に仁王立ちになる。

「また会おな！」

怒っているような、大声だった。

「絶対な！」

念を押されて、璃子はこくりとうなずいた。

奈良を離れてから八年ほどのことを、璃子はあまりよく覚えていない。

父親の転勤は相変わらず続き、全国の支社を転々とした。埼玉に三年足らず住んだ後は、愛知に二年、それから新潟にも三年いた。璃子は小二の二学期から小四まで埼玉県の新興住宅地の公立小学校に通い、小五と小六の二年間を愛知県の山あいにある町の同じく公立小学校で過ごし、新潟県の港町の市立中学に入学することとなった。

よく覚えていないといっても、もちろんそのときどきには、楽しいことも悲しいことも起きていたはずだ。「埼玉は奈良とは比べものにならないくらい子どもの数が多くて活気があった」とか、「愛知では真央ちゃんがよく家に遊びに来た」とか、「新潟に越したのは中学校の入学式の三日前であわただしかった」とか、母親が当時のできごとを口にすれば、そういえばそうだったかなと璃子にも思いあたる。しかし、奈良の風景が何年経っても色鮮やかなカラー写真のようにくっきりと思い浮かぶ一方で、埼玉や新潟のそれはあやふやにぼやけている。記憶の順番からすれば、奈良での思い出のほうがセピア色にあせていてもおかしくないのに。

学校になじめなかったわけではない。埼玉の小学校に転校した当初は、関西の訛りをからかわれもしたけれど、まもなく周りの子どもたちの喋るイントネーションを身につけた。家では両親とも標準語を話すので、そう難しいことではなかった。それに、璃子には環境に順応する力も備わっていた。

いや、備わっていたというより、体得したと表現すべきだろうか。

一番のきっかけは、奈良から埼玉への引越しだったと思われる。変化というものに比較的慣れていたはずの璃子にも、果菜との別れはあまりにつらすぎた。この先もこんなことが繰り返されるのかと慄然(りつぜん)とし、その恐怖が転じて、新しい土地とそこでの生活に深入りしすぎないように用心するようになったのではないか。

とはいえ当時の璃子は、周囲と距離を置こうとしているつもりはなかった。未知の環境への反発も拒絶もなく、ただ静かに受け入れ、そっと溶けこんだ。それぞれの学校で友達もできた。クラス内での存在感でいうと璃子自身と似たりよったりの、要はおとなしく目立たない女子が多かった。女子のグループというのは、特に年若いうちは、基本的に似た者どうしが寄り集まるもののようだから、ごく自然のなりゆきといえよう。璃子は彼女たちに好意を抱いていたし、相手のほうも璃子に対して同じような好意を向けていたはずだ。でも、璃子の「親友」はただひとり、果菜だけだった。

ともかくこの時期には、より具体的にいえば小二の夏から中学を卒業するまでの八年足らずには、特筆すべきできごとは少ない。単調で色彩に乏しいというか、凪(なぎ)のようで波乱がないというか、そのような時期は誰の人生にもあるだろう。けれど、これもおそらく誰にとっても、そんな中でも心にしっかりと刻まれている記憶は、ひとつやふたつ見つかるものだ。

璃子にとってのそれは、小学校の修学旅行だった。

小学六年生の新学期がはじまってまもなく、修学旅行の行き先が京都だと知って、璃子はどきりとした。

奈良を離れてから四年と少しの間に、関西方面を訪れる機会は一度もなかった。まず、行く理由がなかった。当時から、璃子の祖父母を含め、親しいつきあいのある親戚はそろって東日本に住んでいた。また、両親とも旅行に興味がなかった。日本各地を北へ南へ、ひっきりなしに転居を重ねてきた一家には、わざわざ時間と労力を使ってどこか離れた場所へ足を運ぼうという発想がなかった。そもそも、順調に出世を続ける父親の仕事は一段と忙しく、まとまった休みをとるのも難しかった。数少ない休日に家族三人で出かけるとしても、せいぜい近所で買いものをするか、公園に行くくらいだった。

璃子に不満はなかった。家でお気に入りの図鑑を眺め、録画しておいたテレビ番組を観ていれば、たいくつしなかった。自然を扱ったものなら、子どもの教育番組でもおとな向けのドキュメンタリーでも、なめるように観た。題材としては、無生物よりは生物、植物よりは動物、昆虫や魚よりは哺乳類を好んだ。璃子のあこがれてやまない土地は、サバンナとアマゾンだった。小学校の卒業間近に友達から回ってきたサイン帳の、「行きたい場所」の欄にもそう書いた。「なりたいもの」にはライオンと書きたかったけれど、友人たちを困惑させるのはためらわれ、じゅう医さん、と無難な方向で譲歩した。

今どきの小学生もまだやっているのかわからないが、あの頃、卒業をひかえた女子の間では、サイン帳を交換しあうのが定番の行事になっていた。小さなバインダー式の冊子をみんな持っていて、友達に一ページずつ配り、連絡先や好きなものや趣味といった情報と、自分へのメッセージを書いてもらう。いわば履歴書と寄せ書きが合体したようなものだ。回収して綴じ直すと、友達の情報が詰まった記念の一冊が完成する。

ただし修学旅行のときには、つまり小六の五月の時点では、まだ教室にサイン帳は飛びかっていなかった。そして璃子には、行きたい場所がサバンナとアマゾン以外にもうひとつあった。

奈良である。

璃子は折にふれて奈良のことを思い出していた。全国の天気予報を見ればまっさきに近畿地方の天候を確かめ、両親と公園でレジャーシートを広げるたびに果菜とのままごとをなつかしんだ。親友の契りも守っていた。朝晩は西に向かって挨拶を欠かさず、定期的に手紙を書いた。果菜からの便りは何度でも読み返した。

手紙を出してから返事が届くまでの時間がどんどん長くなっていることは、あまり考えないようにしていた。

「果菜ちゃんも忙しいのよ」

母親は娘を慰めた。

「学校があるし、お友達とも遊ぶだろうし。璃子もそうでしょ？」

そうだけど違う、と璃子は思った。でも口には出さなかった。

引越して数か月が過ぎたあたりから、璃子が奈良の思い出話をすると、母親はかすかに顔を曇らせるようになっていた。娘が新しい環境になじめていないのではないかと案じていたのだ。早く果菜のような友達ができるようにと、璃子にとってはおよそ考えられないことを、ひそかに祈ってもいた。果菜が忙しいはずだという発言にも、だから璃子も過去を振り返ってばかりいないでこちらの生活に専念すべき、という気持ちがにじんでいた。

そんな母親に、奈良に行きたいとは言い出せなかった。過去を愛おしむのと現在をおろそかにするのは別の話だと訴えようにも、小学生の語彙と表現力では言語化が難しかった。璃子は理科と算数が得意で、国語は苦手だった。

一方、果菜は果菜で苦労していた。

「あんまりこっちのことばっかり書くのはやめたげな」

と母親に忠告されたからだ。

「さびしがらせたらかわいそうやからね」

届いた手紙には、璃子らしいきちょうめんな文字で、新しい家のことや学校のことが綴られていた。このへんは山がなくて、地面がひらたいです。小学校は一学年に五クラスもあります。校舎は大きくてきれいです。担任は若い女の先生でピアノが上手です。

果菜からも同じように、なにかしら新しいことを書き送りたいのはやまやまだったが、依然として同じ学校に通い、同じ先生や友達に囲まれている中で、そうそう目新しいできごとは持ちあがらない。璃子になるべく過去の暮らしを想起させないような話題を、果菜は必死に探した。商店街に開店したケーキ屋のこと、気に入っているテレビアニメのこと、虫歯になって歯医者に通いはじめたこと。

何回か試行錯誤した末に、少し要領がつかめてきた。璃子のよこした内容に対する感想や返答なら安全だし、新しい話の種をひねり出すよりも書きやすい。平泳ぎができるようになったと書かれていれば、うちは今バタフライを練習しています、と返した。この秋はじめてぶどうを食べたという報告には、今年はマスカットが豊作みたいです、と応えた。目が悪くなってめがねをかけはじめたとあれば、うちもお兄ちゃんも視力は1・5あります、と書いた。この話題に限らず、果菜は手紙に兄をたびたび登場させた。璃子から届く便りの末尾には、毎回必ず「お兄ちゃんとおばちゃんはおげんきですか」と書かれていたからだ。お兄ちゃんはまた太りました。お母さんがおやつを減らしても、隠れて食べてます。こないだ店の前でお兄ちゃんとしゃべってたら、新しいお客さんに親子と間違えられました。中学は私立の男子校です。制服がめっちゃくさくていやです。歴史クラブに入ったらしいです。日本史が大好きで、坂本りょう馬と新せん組の話ばっかりしてます。はっきり言っておたくです。

要領をつかんだとはいえ、一通を書き終えるには時間がかかった。果菜も璃子以上に国語が苦手で、作文の授業でも四苦八苦していたのだ。便せん一枚を埋めるだけでへとへとになった。

それでも納得のいくものが完成すれば努力も報われるけれど、投函する前に読み直してみて、果菜はいつも落胆した。これ、全然おもろないわ。

あたりさわりのない事実を並べただけで、めりはりに欠ける。なによりオチがない。たいがいの関西人と同様、果菜はオチのない話というものを嫌悪していた。こんな手紙を読んだところで璃子もおもしろくないだろうと思うと、とても悲しくなった。その一言一句を璃子がどんなにわくわくしながら大切に読んでいたか、果菜は知らなかった。

教室で配られた修学旅行の案内を、璃子は休み時間にじっくりと読み返した。

五月の最終週、水曜日から金曜日にかけて二泊三日の行程である。初日は朝早くに名古屋まで出て、新幹線に乗り換え京都に向かう。到着後、学年全員でいくつかの神社仏閣をめぐり、市内の旅館に泊まる。二日目は班ごとの自由行動、そして最終日はまた全員そろって昼まで観光してから、帰途につく。

「京都なんだね」

声をかけられ、璃子は顔を上げた。真央が机の傍らに立って、横からプリントをのぞきこんでいた。

真央とは、同じ団地に住んでいるのがきっかけで仲良くなった。父親どうしも同じ会社で面識があり、家族ぐるみのつきあいになった。ひとりっ子、専業主婦の母親、度重なる引越しおよび転校の経験、とふたりの共通点は多かった。そのせいもあるのだろうか、璃子と真央はどことなく雰囲気が似ている、とどちらの両親も言っていた。璃子の家では、まあ璃子のほうが美人だけどな、と父親が決まってつけ加え、母親にたしなめられていたけれども。

顔だちはさておき、確かに真央と自分は似ていると璃子本人も感じていた。少なくとも、他のクラスメイトに比べたら、段違いに似ている。たとえば、あまり口数の多くない真央がなにを考えているのか、璃子には自然にわかるということがよくあった。

反対に、真央にとっても、璃子はそのような存在だったのかもしれない。わかるよ、と女の子にしては低めの声で真央が言ってくれると、璃子は安心した。

「璃子は京都って行ったことある？」

真央がたずねた。

「あるよ。一回だけ」

小学校に入ったばかりの頃、家族で観光に出かけた。あまりの人出と渋滞に両親が閉口し、その一度きりになった。どこかのお寺の、門前の茶店で食べたみたらし団子がおいしかった。

「向こうにいたとき？」

璃子も真央も、今まで住んできた土地のことをざっくりと「向こう」と呼びならわしていた。

ふたりはよく、それまでに暮らしたいくつもの町の話をした。真央と親しくなってから、璃子は家で奈良の話をほとんど口にしなくなって母親を喜ばせたが、それは他に話す相手ができたからだった。かわるがわる、宝箱の中身を見せあうように、「向こう」でのできごとを披露した。だから真央は果菜のことを知っていたし、璃子も真央の親友が高知にいると知っていた。どうやらこの頃「親友の契り」は西日本で広く流行していたらしい。

　互いをさしおいて別に親友がいることは、ふたりの信頼関係を傷つけなかった。かえって強固にした。親友の存在を打ち明けあってから、璃子は真央をより近しく感じるようになった。親友ではないだけで、真央も大事な友達だった。あるいは仲間だった。

「うん。小一のとき」

「そっか。奈良から近いもんね」

　そんなに近くはない。道路は混雑していて、車で片道二時間近くもかかった。電車でもたぶん一時間以上は必要だろう。

「ねえ、自由行動の班はどうする？　四人班だったら、とりあえずナッチとユリちゃんに聞いてみよっか？」

「そうだね」

　うなずきながらも、璃子の頭はまだ前の話題で占められていた。京都は奈良と、どのくらい近いだろう。

　修学旅行の二日目、自由行動の日は、朝からよく晴れていた。

　大広間での朝食を終えた後、自由時間になった。関西ふうの上品なだしのきいた和食がおいしくて、璃子はついごはんをおかわりしそうになったけれど、これからの予定を考えてがまんした。ぞろぞろと広間を出ていく生徒たちに、六時からここで夕食をとるので遅れないように、と教師が呼びかけている。

　行き先は、璃子と真央、それから同じ班になったナッチとユリちゃんの四人で相談して決めた。陰陽師の漫画を愛読しているナッチは晴明神社、私立中学を受験する真央は北野天満宮に行きたいと言った。それに平安神宮と新京極も加えて、一日の計画を練った。

　旅館を出発し、予定どおり、まずは路線バスで平安神宮に向かった。そこから歩いて河原町三条まで移動して、新京極のアーケードでお土産や雑貨を物色しているうちに昼過ぎになり、ファストフード店で遅めの昼食をすませた。その後は再度バスに乗り、晴明神社と北野天満宮を順に回ることにしていた。

　そうしてこれも予定していたとおり、四条河原町のバス停で、璃子は切り出した。

「おなかが痛い」

「えっ」

「大丈夫？」

　他の三人が心配そうに璃子の顔をのぞきこんだ。

「トイレ行く？」

　ナッチが聞いた。予想外の反応に、いや、と璃子が口ごもっていると、横から真央が助け舟を出してくれた。

「旅館に戻ったほうがいいんじゃない？」

「うん。そうしようかな」

声がはずまないように注意して、璃子は答えた。

「じゃあ、みんなで璃子ちゃんを送ってから……」

ユリちゃんが言いかけたのを、早口でさえぎる。

「大丈夫だよ。ひとりで帰れる。せっかく来たのに、わたしひとりのために時間をむだにしてもらうのは悪いもん。みんなはこのまま回ってよ」

一息に言い終え、思い出して下腹をおさえた。真央は眉を寄せて考えこんでいる。ナッチとユリちゃんは、困ったように顔を見あわせている。

「わかった」

望みどおりの返事をしてくれたのは、やはり真央だった。ナッチたちを交互に見て、続ける。

「ね、そうしない？　璃子も自分のペースで帰ったほうが楽かも」

「ありがとう」

璃子は言った。心からほっとしているのが聞きとれたのか、一番の仲よしである真央の意見を尊重すべきだと判断したのか、残りのふたりもひきさがった。

「無理しないでね」

「お大事に。気をつけて」

口々に言われて、璃子は少し後ろめたくなった。ちょうどやってきた抹茶色の路線バスを指さし、あわてて声を上げた。

「あっ、あれに乗らないと」

三人は璃子に手を振って、バスに乗りこんでいった。璃子も左手をおなかに添えたまま、右手を振り返した。乗り降りする客が多くて時間がかかっている。発車するのを見送ってから駅へ向かう、はずだった。

その日はじめて予定が狂ったのは、バスが出る数秒前だった。

真央は他の乗客をかき分けるようにして降りてきた。呆然としている璃子の前に立ち、口を開いた。

「やっぱり心配だから、璃子のバスが来るまで一緒に待つ。それからナッチたちを追いかける」

真央の背後で、バスのドアがため息をつくような音を立てて閉まった。

「って、言っといた。ふたりは向こうのバス停で待っててくれるって」

そこでいったん言葉を切り、真央は璃子の目をまっすぐに見た。

「璃子、奈良に行くんでしょ？」

璃子は息をのんだ。

「言ってくれたらよかったのに」

真央がひとりごとのようにつぶやいた。責めているふうには聞こえなかったが、璃子は反射的に謝った。

「ごめん」

「いや、いいんだけどさ」

真央が首を振った。

「気をつけて。時間ぎりぎりになっても大丈夫、適当にごまかしとく。話は夜に聞かせてよ」

励ますように、璃子の肩をぽんとたたいた。

祇園(ぎおん)四条駅から、かつて住んでいた奈良の町まで、京阪電車と近鉄を乗り継いで一時間と少しかかった。乗り換えで降りた丹波橋(たんばばし)の駅は大きくて混雑していたものの、電車に乗りこんでしばらく経つと車窓の外には高い建物が減り、かわって田畑が目立ちはじめた。その向こうにはみずみずしい新緑で彩られた山なみがひかえている。のどかな景色を、璃子は熱心に眺めた。愛知に戻ってからも、いつでも思い浮かべることができるように。

果菜が学校から帰ってくるのを、家のそばで待つつもりだった。小学校はすぐ近くなので、友達と遊ぶにしても、それ以外の用事があるにしても、ランドセルを置きにいったん戻ってくるはずだ。少なくとも小二のときまではそうだった。そこをつかまえて、ひとめ顔を見て言葉をかわせればいい。

最寄り駅のホームに降りたつと、無事に着いたという安堵と達成感に続いて、勇ましい気持ちがふくらんだ。

あらかじめ果菜に連絡しなかったのは、この奈良行きを母親に知られたくなかったからだ。こっそり単独行動をするなんて、どんなに心配するかわからない。ただでさえ、旅行中に危ないことはしないように、さんざん言い含められていた。

果菜に打ち明けた上で口どめするという手もあったけれど、共犯として巻きこむのも気が進まなかった。送った手紙を、なにかの拍子に果菜のおばさんにも見られちゃったら？　電話での会話を横で聞かれたら？　あのおばさんなら、うちのお母さんに比べれば、細かいことにこだわらないだろうか？　それにしても、小学生が旅先でひとり歩きをするなんて、賛成してもらえないだろう。お母さんに通報されるかもしれない。悪い方向に想像しはじめると、きりがなかった。もともと璃子には、いささか頭で考えすぎる傾向があるのだ。

改札をくぐり、見覚えのある商店街の道すじを前にして、璃子は立ちどまった。

不思議な感慨が、電流のように体を走ったのだった。帰ってきた、となぜか強く感じた。自分の根っこにある場所に、帰ってきた。出身地という概念を持たず、数々の町を通り過ぎてきた璃子にとって、それは生まれてはじめての感覚だった。

深呼吸をひとつして、璃子は商店街を歩き出した。

変わっていない、と最初は思った。けれど注意深く眺めてみれば、なにもかもが微妙に記憶とずれていた。母親とよく買いものにきていた肉屋や豆腐屋の店構えが、四年分だけ古びているのはしかたないとしても、なんだか小さくなったように見えるのは釈然としない。心細い気分にせかされるように、歩みが速まる。かわいらしい白壁のケーキ屋は、いつか果菜の手紙に書いてあった店だろうか。その先に軒(のき)を並べているコンビニとコインパーキングにも見覚えがない。以前そこになにがあったか、いくら考えても思い出せず、いっそう不安になってきた。果菜とおそろいのレターセットを買った雑貨屋は、どこだったろう。

商店街のはずれにさしかかり、やっと足が軽くなった。行く手に見えてきた青果店は、まったく変わっていなかった。

もちろん、変わっていないといっても、あくまで璃子の目にそう映っただけにすぎない。言うまでもなく、四年の月日はこの店にも等しく流れていた。店先の青いひさしは色あせ、逆に作業台は新調されていた。プラスチックのざるに並べられた色とりどりの野菜や果物の品ぞろえも、マジックで走り書きされた値札も、当然ながら同じではなかった。でも、そういった細かな違いは、圧倒的ななつかしさに軽々と押し流されてしまった。

そして、もっとなつかしいものが、璃子の目に飛びこんできた。

駅とは反対方向、つまり璃子の真正面から、果菜は歩いてきた。友達と一緒だった。手をひらひらと振り回し、なにやら夢中で話している。やわらかい関西弁が、風に乗って璃子の耳にも届いた。笑い声が時折まじった。

身じろぎもせずに立ちつくしている璃子に、果菜は気づかなかった。

お喋りに気をとられて目に入らなかった、わけではない。果菜は確かに璃子を見た。それから、ごく自然に、ふいと視線をはずした。まるで、通りすがりの見知らぬ他人と、たまたま目が合ってしまったかのように。

それが果菜の記憶力の問題ではなく、自分のかけていた赤いフレームのめがねのせいだったと璃子が思いいたるのは、ずいぶん後になってからの話である。

手紙に書かれてはいたものの、実際にめがねをかけた璃子の顔を、果菜は一度も目にしたことがなかった。髪型も小二のときとは違った。肩までのおかっぱだった髪を伸ばし、左右でふたつに結んでいた。おまけに身長も二〇センチほど伸びていた。商店街のささやかな変化には注目しながらも、璃子は自らの外見がいかに変わったかは自覚していなかった。

果菜のほうは、髪型にも背格好にも、璃子ほどめざましい変化がなかった。それでよけいに、親友の変貌ぶりがぴんとこなかったのかもしれない。しかも果菜は、璃子がなんの前ぶれもなく奈良に現れるなんて夢にも思っていない。もしも反対に、果菜が璃子を訪ねていったのだとしたら、話は違っただろう。いずれにせよ、果菜を薄情だと責めることはできない。

もっとも、璃子も別に腹を立てたわけではなかった。ただ、すっかり打ちひしがれた。回れ右をして、駅に向かってとぼとぼと歩いているうちに、目頭が熱くなってきた。

道の端で足をとめ、めがねをはずしてハンカチを目もとにあてたそのとき、聞き覚えのある声がした。

「あれ？」

璃子はめがねを片手に持ったまま、顔を上げた。

「璃子ちゃん？」

視界はぼやけているのに、前に立っているのが誰かはわかった。はっきりと。

璃子は急いでめがねをかけ直した。ぼんやりと定まらなかった人影の輪郭が、くっきりした。ぽかんと口を開け、璃子を見ている。

「おかえり」

お兄ちゃんが言った。


　小学校の修学旅行以来、璃子が奈良を訪ねることはなかった。そんなことをしてもむだだと思い知らされたのだ。果菜は気づいてくれなかったし、お兄ちゃんと立ち話をしたのも、たったの五分くらいだった。全然足りない。数分、数時間、あるいは数日の間だけ奈良で過ごせたとしても、意味がない。

　この失望を打ち明けられる相手は、ひとりしかいなかった。

「ごえんがあれば、大丈夫だと思う」

一部始終を聞き終えた真央は、まじめな顔で言った。璃子ははじめ、意味がわからなかった。

「五円？」

「ご縁。縁結びの、縁」

真央が指で宙に漢字を書いてみせた。

「お母さんが言ってた。ご縁があれば、いつかまた一緒にいられるときがくるって」

おとなが聞いても、なかなか含蓄（がんちく）のある言葉である。というより、人生経験の長い者のほうが、より腑（ふ）に落ちるだろう。

真央の母親が娘に伝えようとしたのは、友達とは基本的にそういうものだ、ということだったのではないか。疎遠になったり近づいたりを繰り返しながらも、めぐりあった以上、互いを結ぶ見えない糸はつながっている。それが細く長く伸びているか、たぐり寄せられているかが、時期によって異なるだけだ。言い換えれば、人生のさまざまな局面を経て、ふたりの人間がずっと同じ距離を保つなどということはまずありえない。

十一歳だった璃子や真央は、距離とはすなわち物理的なものととらえただろうが、真央の母親には経験上もっと違う実感があったはずだ。たとえば結婚したときには未婚の女友達と、会社を辞めたときには同期入社の仲間と、出産したときには子どもを持たない友人夫婦と、会う機会は減ったかもしれない。でも、そこで縁が切れるわけではない。その先にいろんなことが起こりうる。いずれ友達も結婚し、それぞれの夫も含めたつきあいがはじまったり。娘が幼稚園に通いはじめてから、昼間に旧友と会う時間ができたり。

「ご縁、かあ」

はじめての食べものを咀嚼するように、璃子はその言葉を味わった。そのときどきの自分の、または相手の状況によって、距離は広がったり狭まったりする。そう得心するには、まだ璃子の人生はあまりに短かった。それでも、どういうわけか、真央の母親が言っていることは正しい気がした。なぜ正しいのかは説明できなかったけれども。もっといえば、当時すでに、なにごとも分析し理解しなければ気がすまなかった璃子が、そのような直感を素直に受け入れるのは珍しいことだったけれども。

ともかく、「ご縁」というものの存在を、璃子は信じた。信じるのを通り越して、念じた、といってもいいかもしれない。そうすれば、顔を見てもわかってもらえなかった衝撃も、間遠な手紙を待ちわびている間の不安も、幾分和らいだ。ご縁があれば、じたばたしなくたって、いつか再会できる。

そして実際に、そうなった。

璃子と果菜の交流が復活したのは、ふたりが高校生になった年の春だった。

きっかけは例によって、璃子の父親の転勤である。大阪支社への異動の内示を受けたとき、彼は心の中で快哉を叫んだ。東京本社に次ぐ規模を誇る大阪支社の営業本部に、しかも部長として迎えられるとは、かなりの栄転といっていい。

快哉を叫んだのは父親だけではない。璃子もまた、喜んだ。大阪なんだ。楽しみだね、大阪かあ、といつになくはしゃいでいる姿に、父親の気持ちもいよいよ盛りあがった。それまでは転勤が決まるたびにふさぎこんでいた娘に、こうも歓迎してもらえるとは予想してもみなかった。

そうでなくても、屈託のない笑顔を向けられること自体、そうとうひさしぶりだった。幼い頃から父によくなつき、反抗期というほどの反抗期もなかった璃子も、やはり女子中学生らしく男親に距離をとるようになっていたのだ。

休日に連れだって外出する機会もほとんどなくなり、食卓での会話も減ってしまっていた。もとから口数が多いほうではなかったが、中学校に入ってからというもの、自発的に話しかけてくれることがまずなくなった。質問には一応答えるけれど、どうも事務的でよそよそしい。妻にはもう少しいろいろと気安く喋っているようなのが、安心でもあり、さびしくもあった。どうして、どうして、とひっきりなしに疑問をぶつけてきたおしゃまな娘がなつかしくてたまらず、そんな思い出話をしてみても、「そうだっけ」と反応は冷たい。どうして、とこっちが聞きたい。「璃子は美人だから」とほめれば、「別に」とぴしゃりと言い返される。「璃子はよく食べるなあ」というのは、もはや絶対に禁句だった。

さらに今回の異動は、行き先に加え、時期も申し分なかった。父親が内々での打診を受けたとき、璃子は中三だった。辞令は四月一日付なので、その少し前に引越せば、新潟の中学の卒業式にも新しい高校の入学式にも支障がない。

それらの事情を考えあわせれば、父親が大阪近郊の高校に関する情報収集に力を入れるのは、必然の流れだったといえよう。娘にふさわしい学校を見つけるべく、ひいては、あわよくば娘との関係をよりよいものにすべく、はりきった。営業畑で培ったまめな性格をおおいに発揮し、同僚や部下や、さらには顧客にまで、娘を通わせるべき高校について意見をあおいだ。

いくつか候補が挙がった中で、父親も母親も共学より女子校を推した。大事な娘が野蛮な男子にちょっかいをかけられたら大変だから、自分も女子校出身で楽しかったから、と理由は異なっていたが、結論は一致した。璃子本人にも異存はなかった。昔から男子は苦手だったので、彼らにわずらわされない環境はありがたかった。

正直なところ、女子校か共学かも、校風も偏差値も、もしくは制服も有名大学への進学率も、璃子はそこまで気にしていなかった。もっと重要な関心事があったのだ。大阪に住む。その事実で、璃子の頭はいっぱいになっていた。大阪府は奈良県と、隣どうしだ。

結局、璃子が入学したのは、大阪の私立女子校だった。歴史ある名門校で、中高大が併設され、中等部からエスカレーター式に内部進学する生徒たちの他に、高等学部からの編入生も一クラス分だけ受け入れている。一家が入居した社宅の最寄り駅から、電車で数駅という便利な立地だった。

　その高校の名前を璃子から聞くなり、果菜は叫んだ。

「なんや、女子校やん！」

　高一の新学期がはじまってから、だいたい月に一度か二度、ふたりは顔を合わせるようになった。土日のいずれかに約束し、璃子が奈良に来たり、果菜が大阪に行ったりした。果菜のほうは、家から自転車で五分のところにある、地元の公立高校に通っていた。

「果菜、大声出しなさんな」

　おやつのいちごを運んできた果菜の母親が、たしなめた。かつてレジャーシートを広げた中庭に、折りたたみ式の椅子とテーブルを出し、璃子と果菜は向かいあっていた。

「かしこい学校やん。おめでとう、璃子ちゃん」

「ありがとうございます」

　璃子は行儀よく頭を下げた。ひさびさに足を踏み入れた中庭は、ひと回りもふた回りも狭くなったように感じられる。

母親と璃子を見比べて、果菜が口をとがらせた。

「せやけど、彼氏できへんで！」

中学に入って以来、果菜が数人の男子とつきあってきたのは璃子も知っていた。手紙に書いてあったからだ。

相手はだいたい数か月ごとに替わり、中学のクラスメイト、水泳部の先輩、商店街の幼なじみ、小学校の元同級生、と多岐にわたっていた。彼らのどこを好きになったかを説明するにあたって、果菜は必ず「かっこいい」と書いていた。かっこいい、の定義には個人差があって、ともすれば混乱や誤解が生じがちだが、果菜の場合は純粋に「見た目がかっこいい」という意味である。証拠のつもりか、よくプリクラも貼ってあった。機械による修整がほどこされ、黒目が異様に大きかったり肌の色が白すぎたりするのをさしひいても、端正な顔だちは認められた。

事実、両親や店の客たちからも、果菜の交際相手は男前と評され、ついでに果菜本人は面食いとからかわれていた。「かっこいい彼氏」の存在を、果菜は隠さなかったのだ。むしろ見せびらかしたがった。常にそのときのボーイフレンドにぞっこんで、そうでなくなればただちに別れを告げた。そして別れた直後はしょげていても、まもなくさっぱりと立ち直って次の相手を見つける。

手紙を通して、楽しげな恋愛模様は璃子にも伝わってきた。つきあいはじめてしばらくの間が一番緊張するというのは、転校と同じようなものなのだろうかと想像もした。璃子はまだ、特定の男子とつきあったことも、つきあいたいと考えたこともなかった。新潟の中学では、大半の女子は男子とほとんど口をきかなかった。璃子も例外ではなかった。

「学校、どない？」

次に会ったときも、果菜は遠慮なくたずねた。

今度は果菜のほうが、璃子の家を訪ねていた。前のアパートよりずっと広いやん、お父さんは偉なりはったんやなあ、としきりに感心してみせ、璃子の母親を苦笑させた。

「女子しかおらんって、おもろないんちゃう？」

ちなみに、果菜は別に無類の男好きというわけではない。春先まで兄が通っていた中高一貫の男子校についても、男ばっかりってめっちゃくさそう、とはなから否定的だった。少々おおげさにいえば、年頃の少年少女が同性だけで一か所に押しこめられるという環境に、本能的な違和感を覚えるのだろう。生物学的な観点からは、きわめてまっとうな感覚である。

璃子もそのあたりは心得ていた。心得た上で、率直に自分の感想をのべた。

「楽しいよ」

入学前から、期待はしていた。同じく私立の女子校に通っていた母親に、自身の高校時代について思い出話を聞かされていたのだ。古い卒業アルバムも見た。セーラー服を着た十代の母にまず目を奪われたものの、その背景に映っているれんが造りの重厚な校舎やステンドグラスの美しい礼拝堂はすてきだった。由緒あるミッションスクールで、クリスマスをはじめとした季節行事もさかんだったという。話を聞く限り、異性からの刺激がない分のんびりと牧歌的な感じで、璃子には合いそうだった。

確かに合った。頭の中に描いていた印象とは、だいぶ違っていたけれども。

璃子の高校は、キリスト教系ではなく仏教系だったのだ。広々とした構内に点在する校舎は威容(いよう)あふれる純和風建築で、入口にマリア像ではなく観音像やら仁王像やらが立っていた。中庭には築山(つきやま)があり、松ともみじに囲まれた池に風雅(ふうが)な赤い橋がかけられ、石仏と灯籠(とうろう)が品よく配されている。中高合同での全校朝礼では、畳敷きの大広間に全員正座して校長の講話を聞いた。パイプオルガンの伴奏に合わせて讃美歌を歌うかわりに、銅鑼(どら)の音を合図に般若心経を唱えてしめくくる。中等部から上がってきた同級生たちいわく、問題を起こした生徒には罰として座禅と写経が科されるという。

同時に、これは入学当初ではなく徐々に明らかになっていくことだが、女子校ならではの共通点もたくさんあった。

男性教師はどんなに冴(さ)えなくてもある程度は人気が集まる。運動神経がよかったり、容姿端麗だったり、と目立つ先輩もアイドル扱いされる。体育祭の騎馬戦や棒倒しでは負傷者が続出する。また、異性の目がないので、立居ふるまいや身なりをかまわなくなる。

学校側も、名門校の名に傷がつかないよう、絶えず気は配っていた。ただしそれは、主に外から見える部分——通学途中の言動、身だしなみ、模試の結果や大学合格実績などなど——に向かいがちで、校内での生活態度には比較的寛大だったようだ。内と外とを巧みに使い分けるとはいかにも女らしい、などと言うと、世の女性を敵に回してしまうだろうか。

たとえば、教室は非常に混沌としていた。片づけの苦手な女子高生たちの机からあふれ出た教科書やノートが、床に積みあがっている。リップクリームやら駄菓子の袋やら生理用品やら、いろんなものが落ちている。その傍らに平気でぺたりと座りこみ、あぐらをかいている生徒もいる。暑い日は制服のブラウスのボタンを三つ開け、スカートの中に下敷きで風を送る。冬場は冬場で、スカートの下に毛玉のついたタイツをはき、とどめにジャージを重ねる。ださい格好するくらいなら風邪ひいたほうがまし、と宣言し、雪の日でもミニスカートにハイソックスで颯爽と登校する果菜とは対照的だった。

「楽しいなら、まあええけど」

果菜は首をかしげ、フォークを手にとった。璃子の母親が焼いたパウンドケーキをつつきながら、また深刻そうに眉根を寄せる。

「でも、彼氏できへんで」

「いいよ別に」

「よくないよ。璃子、せっかくかわいいのに、もったいない」

璃子の容姿をほめてくれる人間は、父親に次いでふたりめだった。女子高生の端くれとして、かわいい、という言葉にどれほど多様な意味あいが含まれるか承知はしていても、やっぱりうれしかった。

「胸も大きいしなあ」

果菜は心底うらやましそうに言い添えた。背が高くていいなあ、やせてていいなあ、と女友達からいくら言われても、おうとつの乏しい体型は本人にとって悩みの種だったのだ。

「わたし、太いから」

じろじろと胸もとを注目されて、璃子は赤面した。璃子の悩みの種は、ぽっちゃりとした体型だった。といっても、おやつも食事も普通に食べている。無神経な男子にからかわれる心配も、今やなくなった。

それでも、果菜の長くしなやかな手足や細い腰にはみとれてしまう。中性的な雰囲気とも相まって、璃子の学校にくれば、中等部の後輩あたりからもてはやされそうだ。

果菜は昔からよく食べるくせに太らない。ぶあつく切ってあったパウンドケーキも、ぺろりとたいらげてしまった。あれはどこへ消えちゃうんだろう、もしかしてブラックホールとか、とつい非科学的なことまで考えて、璃子は反省した。たぶん代謝がいいのだ。それか胃下垂だ。

「やせすぎより、もてるで」

果菜は真顔で応え、

「そんな、言うほど太くないって。うちのお兄ちゃん見てみ？」

と言い直した。

「そうや、お兄ちゃんも中学から男子校やん、ほんで、ずうっと彼女おらんかったで。やっぱ共学やないとあかんわ。出会いがないし」

もっともらしく断言する。妙に胸がどきどきしてきて、璃子は黙っていた。

「ま、お兄ちゃんの場合は、共学でも厳しいな。おたくやし。アイドルとかならまだわかるけど、歴史と寺やで？　ほんま、なにが楽しいんやろ？」

兄というよりも、出来の悪い弟か、あるいは息子のことを案じているかのような口ぶりだった。

「学校の友達もときどきうちに遊びにきてたけど、みんなぱっとせん感じやったわ。

本人たちが満足してるならええけど、あんなんで大丈夫やろか」

「今はいるの？」

璃子はおそるおそる聞いてみた。

「へ？　友達？　そらおるんちゃう？」

「いや、あの……」

果菜はいぶかしげにまばたきしたが、話の発端を思い出したようで、ああ、とうなずいた。

「彼女？　おらんおらん、おらんはず」

「そっか」

璃子は小さく息をついた。息をとめていたことに、今さら気づく。

「だいたい、今も男子校らしいしな」

「そうなんだ」

この春から通いはじめたという京都の大学は、男子大なのか。聞いたことがなかったけれど、女子大もあるのだから別におかしくはない。

「いや、学校そのものは共学なんやけど」

果菜が首を振り、璃子の誤解を正した。

「女子の数がめちゃくちゃ少ないねんて。特に理系。お兄ちゃんは農学部やねんけど、五十人クラスに女子ひとりやって」
「へえ」
「しかもお兄ちゃん、男子寮に住んでんねんよ。ぼろっぼろの。あれはあかんわ、完全に女っ気ゼロやで」
果菜は痛ましそうにつけ加え、首をかしげた。
「あれ、なんの話やったっけ？」

その話を、果菜はそれからも幾度となく蒸し返した。ぼんやりしていては幸せになれないと説き、なにか手を打つべきだと諭す。結婚適齢期の娘をせっつく母親さながらのおせっかいぶりは、十年以上も前、おままごとで頼りがいのあるお母さん役を演じていた幼い果菜を思い出させた。

璃子はのらりくらりと受け流した。幼少時に比べればましになったとはいえ、人見知りの性格は変わらず、無理に新しい出会いを増やしたいとは思わなかった。そもそも、幸せになれないと言われても、璃子はすでに十分幸せだった。学校は楽しく、果菜とも定期的に遊べて、毎日は充実している。

授業を煮やした果菜が行動を起こしたのは、夏休みである。

授業はなくなっても、互いに部活があるので、引き続き週末に会うことが多かった。

水泳部の果菜は、平日の昼間はほぼ毎日プールに浸かっていた。生物クラブに入った璃子のほうは、果菜ほどは忙しくないものの、それでも週に二、三度は学校に足を運んだ。

部活動の一環として、学校で飼っている動物の世話をすることになっていたのだ。中庭の池には鯉と亀、飼育小屋にはりすとうさぎとにわとりがいた。グラウンドの隅には鳥の餌台が設置され、さまざまな野鳥がやってくる。部員だけで面倒を見きれるわけもなく、校務員が最低限の掃除と餌やりはやってくれるが、生きものをこよなく愛する生徒たちは、こまめに様子を見にいっては世話を焼き、あるいは愛ゆえのちょっかいをかけていた。動物たちには一匹ずつちゃんと名前がついている。錦鯉のクラ、白うさぎの源五郎、亀のポチ、と統一感がないのは、名づけ親がそれぞれ違うからだった。動物の仔が生まれると、部員全員でじゃんけんして、勝った者が名前を決める権利を得た。

璃子が最も頻繁に通っていたのは、体育館の裏手にある厩舎だった。傍らにこぢんまりとした馬場もある。飼われている茶色い牝馬は、アミダという名だった。

大学の馬術部のものなので、生物クラブとは関係ないけれど、部員の女子大生たちも厩舎の係員も、中高生に対して親切だった。背や腹をなでたり、餌やりもさせてくれる。長いまつげに縁どられた目は優しく、毛並みはすべらかで、なんてきれいな生きものだろうと璃子は毎度ほれぼれした。名前負けしていない。馬術部員を乗せて駆ける姿も、力強くりりしかった。

アミダのことを、璃子は果菜にもよく話した。果菜はお返しに、入学早々につきあいはじめた、サッカー部のキムラの話をした。キムラもまつげが長くて目が優しく、背中はすべすべで、足が速いらしい。見せてもらった写真では、ととのった目鼻だちは見てとれたが、まつげまでは確認できなかった。でもアミダのほうが長いに違いない、と璃子はひそかに確信していた。

確かめる機会は、存外早くめぐってきた。

「璃子、来週の日曜ってひま？」

果菜から切り出されたのは、七月の終わりだった。

「遊びにいかへん？」

大阪にある大規模なテーマパークの名を、口にする。

「いいけど、ふたりで？」

璃子はたずねた。なんとなく、そういうところには何人かで連れだって出かける印象があった。果菜が璃子の顔を探るようにちらりと見た。

「キムラも誘おかと思うねんけど、ええかな？」

「もちろん」

璃子は答え、逆に問い返した。

「でも、わたしも一緒でいいの？」

何人かで、というのはあくまで同性どうしの話であって、ボーイフレンドとならふたりきりで行きたいだろう。そのくらいの機微は、果菜の表現をまねれば「男っ気ゼロ」の璃子でも理解していた。

「よくなかったら最初から誘わへんよ」

さばさばした返事に、それもそうだと納得したところへ、果菜がたたみかけた。

「キムラにもいっぺん会ってもらいたいしな」

そうか、それが目的だったのか、と璃子は合点した。

確かにそれも、目的のひとつではあった。一方で、果菜がもっと大きな目的を胸に秘めているということを、璃子はまだ知る由もなかった。約束の日曜日に、アミダが出場する馬術の大会が開催されることも。

果菜に返事をした数日後、馬術部の大学生から試合に誘われて、璃子は断腸の想いで辞退した。アミダとキムラ、本当はどちらがより気になるかは、考えるまでもなかったけれども。

当日、テーマパークの最寄り駅に、璃子は一番乗りだった。

待ちあわせた改札口の前は、混みあっていた。家族連れも、璃子と同年代のグループも、若いカップルも、これからはじまる一日への期待で顔をぴかぴか光らせている。キムラとうまくうちとけられるといいな、と璃子は考えた。めっちゃいいやつやからすぐ仲よくなれるって、と果菜は請けあっていたけれど、どうしても身構えてしまう。

約束の時間ぴったりにやってきた果菜は、改札越しに璃子を見つけて大きく手を振った。デニム地のミニスカートの裾から小麦色のまっすぐな脚が伸びている。上はオレンジ色のノースリーブを合わせ、同じくみごとに日焼けしてひきしまった腕を、惜しみなく見せていた。

きたえられた筋肉は美しい。アミダもそうだ。

雑念を頭の隅に追いやって、璃子も手を振り返した。紺色の半袖ワンピースからのぞく、ぽちゃぽちゃした生白い二の腕が揺れるのがわかった。なんだか恥ずかしくなって、さりげなく手を背中に回す。

「お待たせ」

改札をくぐり、人波をかき分けて璃子に駆け寄ってきた果菜が、後ろを振り向いた。

「キムラ」

「こんちは」

果菜の背後からついてきていたキムラが、さわやかな笑みを浮かべて璃子に会釈した。白地にアルファベットのロゴが入ったTシャツに、ジーンズをはいている。身長は一八〇センチ前後だろうか、果菜よりもさらに高い。一五五センチしかない璃子は、彼の顔を見上げる姿勢になった。

確かにまつげが長い。たぶん璃子よりも果菜よりも長い。でもやはり、アミダには到底かなわない。

「と、タナカ」

果菜がにこやかに続けた。

「こんちは」

キムラのななめ後ろに立っていた、同じような背格好と服装の男子が、これも同じようにさわやかな笑みを璃子に向けた。

「キムラと話してたときに、たまたまタナカもおって、一緒に行こかってことになってん」

だまされた、と璃子は思った。

「ジェットコースターとかも、三人より四人のほうが乗りやすいやん？」

だました、とは果菜は思っていないようだった。

「いややった？」

無邪気に聞かれ、璃子は詰まった。果菜の横で、キムラとタナカが心配そうに顔を見あわせている。初対面の男子と隣りあわせるくらいならひとりのほうがいい、と本音を明かせる雰囲気ではなかった。

璃子はしぶしぶ首を横に振った。果菜がにっこり笑った。

「よかった。ほな、行こか」

結果からいえば、璃子がここで懸念したほど、気詰まりな一日にはならなかった。果菜のこれまでの意気ごみからして、タナカと璃子を無理やりにでも接近させようとするかと思いきや、そうでもなかった。果菜とキムラがふたりの世界に入ってしまうわけでもない。璃子とタナカだけになるのは、アトラクションに乗っている数分くらいだった。果菜が選ぶのはいわゆる絶叫系と呼ばれる乗りものばかりで、言葉をかわす余裕も、また気まずく感じる余裕もなかった。

その時間の何倍か、下手をすると何十倍かになる待ち時間には、四人そろって列に並び、みんなで喋っていた。正確にいえば、果菜が主に話し、キムラとタナカがところどころで口を挟み、璃子が相槌を打っていた。話題は高校生らしい平和なものだった。学校のこと、テレビドラマやゲームのこと、サッカーのこと。タナカもキムラと同じサッカー部だという。

とりわけ話に上ったのは、彼らの通う公立高校のことだった。なにせ、人数にして三対一、口数では三十対一である。璃子としても、自分のことを話すより、三人のやりとりを聞いているほうが気楽だった。日頃から聞いている果菜の近況報告とつながる部分も多かったし、そうでなくても誰かが適切に補足してくれる。いいやつ、という果菜のキムラ評は正しく、さらに、それは彼と仲がいいらしいタナカにもあてはまるようだった。

璃子が通っている高校の名前を告げると、

「お嬢やん！」

とキムラは言い、

「頭いいんやな！」

とタナカは言った。果菜よりもずっと常識的な反応といっていい。

「いえ、別にそんな……」

もぐもぐと口ごもっている璃子のかわりに、果菜が胸を張ってみせた。

「すごいやろ。璃子はかしこいねん」

にぎやかに話す三人を眺めつつ、共学の高校というのはこんな感じなのか、と璃子は興味深く思った。楽しそうだな、とも。彼氏彼氏と果菜がうるさくすすめてくる理由も、なんとなくのみこめた。面倒見のいい果菜のことだから、この楽しい世界に璃子も仲間入りできるように願ってくれているのだろう。

なにかがしっくりと理解できたときの常として、璃子は満足した。ただ、ひとつ問題があった。

果菜たちは楽しそうに見える。が、自分もそうなりたいとは特に思わなかった。四人で過ごす時間がたいくつなわけではなかったけれど、お喋りの最中にも、璃子はたびたび気を散らしていた。ぼんやりと考えていたのはもちろん、アミダのことである。

なあなあ、タナカが璃子の連絡先教えてほしいって、と果菜がはずんだ声で電話してきたとき、璃子は返事に困った。

「あかん？」

沈黙から不穏な空気を敏感にかぎとったのだろう、果菜の声もたちまち低くなった。

「タナカ、いまいちやった？」

「そんなことないよ」

璃子はあわてて否定した。タナカに文句があるわけではない。若干やせすぎのような気はしたものの、明るくのびやかで、感じがよかった。まるで大切に育てられた血統のいい犬のようだった。顔も柴犬に少し似ていた。

「だめかあ。タナカ、おすすめやのにな。顔もかわいいし、話おもろいし。ちょっと前髪気にしすぎやけどな！」

そういえば、アトラクションから降りた後は必ず、さりげなく髪をさわっていた。

そのたびに、璃子はアミダの立派なたてがみを想った。

「でもほんま、璃子のことべたぼめやったんよ？　女の子らしいし上品やし、って。うちの友達とは思えん、ってめっちゃ失礼よな！」

話しているうちに少しずつ論点がずれていくのは、興奮しているときの果菜の癖である。

「わたしは果菜のほうが女の子らしいと思うけど……」

璃子が口を挟むと、果菜はおおげさなため息をついた。ひょっとしたら鼻息かもしれなかった。

「なあ璃子、やる気ある？」

ない、と正直に答えていいものかどうか、璃子は迷った。

「もしかして誰かおるん？」

「誰か？」

「好きなひと」

絶句した璃子に、果菜はよどみなく続けた。

「前の学校のひととか？　ってことは、遠距離？　それとも片想い？　そんで他の男は目に入らへん、みたいな？」

少女漫画のようなことを言う、と璃子は苦笑した。間違いなく、果菜のほうがわたしよりずっと女の子らしい。

「いないよ」

「ほんまに？　意識してないだけちゃう？　きっと心の中に誰かがおるんやって」

果菜はこれまた少女漫画じみた言い回しを使った。

「会いたいひと、おるやろ？　胸に手ぇあてて、よう考えてみ」

命じられるまま、璃子は電話を持っていないほうの手を胸にあてた。

会いたいひとは、いるだろうか？　新潟、愛知、とこれまで移り住んできた土地をさかのぼってみる。埼玉、そして奈良。

「お兄ちゃん」

頭の中で考えただけのつもりが、声にも出てしまっていた。

「もう、真剣に考えてよ。怒るで？」

果菜が不機嫌に言った。璃子は胸にあてていた手を、顔に移した。

「ちょっと璃子？　聞こえてる？」

頰がとても熱くなっていた。

2

翌年の秋に、とうとう僕たちは顔を合わせた。僕は大学二回生、璃子は高二だった。たまに誰かから璃子との出会いについて聞かれると、僕はたいがいここから話をはじめる。前から面識はあったわけで、厳密にいえば「出会い」ではなく「再会」なのだけれど、これ以前の記憶はどうもあやふやなのだ。お兄ちゃん、と僕を慕ってくる璃子のことを、自分の知りあいというより、単に妹の幼なじみとして見ていたせいもあるかもしれない。

そんな感覚が、この日——十一月の終わり、僕にとっては二度目となる学祭の初日——を境に百八十度がらりと変わった、ということではもちろんない。ただ、はじめて果菜の友達という枠を超え、ひとつの個体、いやひとりの人間として璃子を認識したという意味で、記念すべき節目ではあるのだった。

きっかけを作ってくれたのは、今度も果菜だった。

正しくは、果菜と、カクシカだった。カクシカとは、正式名称をカククカクシカジカといって、当時とてつもなく人気のあったふたり組のお笑い芸人だ。

ひとりが四角い豆腐、もうひとりは立派な角の生えた鹿のかぶりものをそれぞれ頭につけて登場し、ものすごい早口でかけあい漫才をする。豆腐と鹿という独特の組みあわせから、地元の人間ならぴんとくるかもしれないが、ふたりとも奈良の出身で、おそらくそれも手伝い、県内では絶大な支持を得ていた。特に女性ファンが多かった。最大の理由は、シカの端正な容姿だろう。鹿をかぶっているにもかかわらず、ととのった甘い顔だちとすらりとした長身は、芸人というよりアイドルタレントかモデルに見えた。かといって、決して見かけ倒しでもない。関西人は男女問わず、笑いに関して厳しい。いくら見栄えがよくても話がおもしろくなければ見向きもされない、というのは一般の人々にすらいえる。

その逆もしかり、というのを体現していたのが相方のカクだった。シカとは対照的に小太りで背の低い彼の、とんちんかんなのに奇妙な余韻を残すボケには、一部の熱狂的なファンがついていた。そこへシカが、バンビを思わせるつぶらな瞳を輝かせつつ、容赦のないツッコミを入れまくる。美しい外見と激しい毒舌の落差もまた、多くの女性を魅了するようだった。果菜もそのひとりである。

そのカクシカがうちの学祭でコントライブをやるのは、前年に続いて二回目だった。僕はお笑いの世界にさほど明るくはない。関西人の一般教養として、主要な芸人の名前と芸風を一応おさえている程度だ。一年前のカクシカのコントにも、彼ら目あてでわざわざ足を運んだわけではなかった。南部キャンパスのグラウンドに設置された野外ステージの近くに、松阪牛の串焼きを売る屋台が出ていると聞きつけて買いに走ったところ、たまたま見かけたのだ。

それを正月に帰省したときなにげなく話したのが、間違いだった。どうして教えてくれなかったのかと果菜は僕をさんざんなじり、今年は日程が決まったら絶対に知らせてくれと念を押した。

知らせるくらいはたいした手間でもない。問題は、その一年間でカクシカの人気が急上昇していたことだった。狭いグラウンドに客が殺到するのを見越して、入場制限がかかったのだ。学生ひとりにつき一回の抽選で、あたればペアの整理券がもらえる。僕は果菜に命じられ、寮の仲間にまで頭を下げて協力をあおぐはめになった。お前がシスコンやなんて知らんかったわ、と隣室の山根にはからかわれたけれど、妹への愛情というより、面倒を避けたい一心だった。果菜の逆鱗にふれると大変なことになる。

結果的には、手広く頼んでおいて正解だった。十人分の抽選権を駆使して、あたったのはたったひとり、同じく寮生の龍彦だけだった。数学科に籍を置く当人は、ありがたがる僕を尻目になにやら計算式を書き出して、当選確率が異様に低い、としきりに首をひねっていた。

　こうして二枚の整理券を手に入れた果菜は、璃子を誘うことにしたのだった。

　ふたりが北部キャンパスにやってきたとき、僕は模擬店でたこ焼きを焼いている最中だった。

「めちゃめちゃかっこよかったわ！　お兄ちゃん、ありがとうな！」

　カクシカのコントを観てきたばかりの果菜は、テントの店先に寄ってくるなり興奮ぎみにまくしたてた。

「なんなんあの角！　反則や！」

「よかったな」

　僕はとりあえず相槌を打ち、果菜の半歩後ろに立っている璃子にも声をかけた。

「ひさしぶりやな、璃子ちゃん」

「お兄ちゃん」

　璃子はぱっと笑顔になって、恥ずかしそうに頭を下げた。

　僕は無性になつかしくなった。体は大きくなっても、璃子は子どもの頃と変わらなかった。はにかんだ笑みも、果菜の陰に寄り添うようにたたずんでいる奥ゆかしげな様子も、言葉を口にする前に吟味するかのように間を置くところも。

後から聞けば、僕と顔を合わせたらなにを話そうかと、その前の晩に璃子はずいぶん考えていたらしい。でも実際は、思い悩む必要などなかった。僕たちがまともに会話できたのは、そこまでだったのだ。

「ああもう、テンション上げすぎておなかへってもた。お兄ちゃん、たこ焼き作ってや。たこは大きめにしてな」

あつかましく注文した果菜に、僕と一緒に店番をしていた山根が興味しんしんで聞いた。

「もしかして、安藤の妹さん？」

「ああどうも、いつもお兄ちゃんがお世話になってます」

うってかわって愛想よく、果菜が応じた。実家の店先で接客するときと同じ声色だった。

「こっちこそ、お世話になってます。同じ寮の山根です」

山根は自己紹介し、テントの奥に向かって呼びかけた。

「おい、龍彦も挨拶しろや。安藤の妹さんたちやで」

龍彦ものそのそと出てきた。

入学以来、僕はこのふたりと始終つるんでいた。僕が農学部、山根は工学部、龍彦は理学部、と学部はばらばらだし、性格もまるで違うのに、どういうわけか気が合った。ともに寮生活を送るうちに、妙な連帯感も生まれていた。

　うちの寮は、かなり変わっていた。たとえば朝六時半からはじまる朝食の前には、食堂でラジオ体操をする。夏休みと冬休みには、左京区のほぼ南端に位置する寮から最北の久多まで踏破するオリエンテーリング大会、その名も左京区縦断ウルトラクイズが開催され、全員参加が義務づけられている。また、寮を管理している職員も、それまでの人生では出会ったことのないような個性派ぞろいだった。年齢不詳の寮長は、優雅に和服を着こなし上品な笑みを絶やさないにもかかわらず、得体の知れない迫力を醸し出している。寮のまかない係は、寮生の顔を見ただけでどのくらい空腹なのかを瞬時に見抜いてみせる。およそ料理とは無縁に見えるのに、滋味深い和食をふるまってくれる無口な大男は、感謝と敬意をこめて料理長と呼ばれていた。

　寮生は寮生で、ひとり一芸というのか、なにかしら変わった特徴や特技を持ちあわせていた。ささいな言い争いでも最高裁の判例を用いて仲裁してきたり――説明が長すぎて聞いているうちに当事者たちの戦意が萎え、いさかいは自然に鎮火する――、自室の畳に生えてきた色とりどりのきのこに名前をつけてかわいがっていたり――発見した寮長は激怒し、翌日の朝食はきのこ尽くしの献立になった――、京都の神社仏閣におそろしいほど精通していたり――それなりに寺好きを自負していた僕は、己の無知ぶりにつくづく恥じ入った――、なんとも多彩だった。

入学当時はおとなしくしていた同回生の面々も、親しくなるにつれて、先輩たちに負けない持ち味を発揮しはじめた。龍彦は部屋のふすまを数式で埋めつくして「ノートが足りなくなってん」と平然と開き直り、山根は尋常ではない量の花火を買いこんで、鴨川でひとり花火大会を開いて悦に入っている。なんというか、世の中にはほんまにいろんな人間がおるんやなあ、というのが僕の実感だった。

「あ、そういやカクシカのチケット、龍彦があててくれたんやで」

鉄板にタネを流しこみながら、僕は口を挟んだ。

「わあ、ありがとうございました!」

果菜が大声を出し、龍彦がびくりと肩を震わせて後ずさる。とりなすように、山根が言った。

「なあ安藤、それ焼いたら軽くそこらへん案内したげたら?」

「ええ? おれがやらな、味が変わってまうやん」

「誰も学祭の屋台にそこまで期待してへんて」

「いやいや、だからって手抜きはまずいやろ。お客様に失礼や」

思うに、たこの大きさやタネの味もさることながら、たこ焼きにおける最大の肝は焼きかげんである。周りはかりっと香ばしく、中をとろっとろにやわらかく、が理想だ。そのためには、強火で生地の表面をさっと焼きあげ、すばやくひっくり返していかなければならない。一気に反転させず、九十度ずつ転がすように回してやると、きれいな球体になる。とにかく早くひっくり返そうとするいらちの山根も、焼き時間の秒数ばかり気にして生地の状態を見ない龍彦も、焼き手には向かない。

「案内なんて別にええよ、適当に回るし」

果菜が辞退したところへ、先輩、と道の向こうから声がかかった。

「おう、寺田」

「おつかれさまです。お手伝いに参りました」

一回生の寺田も、僕たちと同じ寮に住んでいる。

「安藤の妹さんたちやで」

山根に紹介され、果菜と璃子に向かって深々とおじぎをした。

「はじめまして。お兄様にはいつも大変お世話になっております」

ひょっとしてお兄ちゃんの寮ってめちゃくちゃ体育会系なん、と果菜は後から僕に聞いてきた。そうではない。寺田だけがとびぬけて腰が低いのだ。

「いかがでしたか、カクシカは？」

寺田にも抽選に協力してもらった。あっさりとはずれ、力不足で面目ありません、とすまなそうに謝られて、こちらのほうが申し訳ない気分になった。

「めっちゃかっこよかったですよ！」

果菜が嬉々として答えた。

「ほら安藤、せっかくやから行ってこいって。寺田も来てくれたし人手は足りるわ」

山根が話を戻した。ふといやな予感がして、僕は寺田にたずねた。

「お前、たこ焼きって焼いたことある？」

「いえ、はじめてです」

寺田が片手で坊主頭をかいた。

「でもがんばります。一回やってみたかったんです」

山根がため息をついた。

「ほな、寺田が案内役かな」

「はい？」

「えっ、いいんですか？」

さっきは案内などいらないと言っていたはずの果菜が、急に目を輝かせた。

「ありがとうございます。めっちゃ助かります」

「ちょっとお前、あつかましいで」

僕は文句を言いかけて、果菜が寺田の顔を凝視していることに気づいた。寺田は色白で目が大きく、なかなかきれいな顔だちをしている。

門のほうへと歩いていく三人の後ろ姿を見送った後、ボウルに入ったタネをかきまぜつつ、山根が言った。

「下の妹さんのほうが、似てるな」

「は？　下？」

僕は一瞬意味をとらえそこねた。

「いや、顔やなくて。雰囲気、かな？」

山根は山根で、僕の反応を読み違えたようだった。

「ああ、ちゃうねん。あの子は妹の友達」

「え、そうなん？」

山根はけげんそうに眉を寄せた。

「そのわりには、えらい親しそうやったな」

「幼なじみやから、おれも昔から知ってるねん」

「ふうん。ほなまあ、やっぱり妹みたいなもんか」

なんだか違うような気もしたけれど、それ以上考えるまもなく、新しい客がやってきた。

「いらっしゃい」

山根が威勢よく迎え、僕は鉄板に向き直った。

寺田に連れられて構内を歩く間に、璃子と果菜は何人か他の寮生とも出くわした。

北部キャンパスの門前で、まず遭遇したのは、法学部五回生の先輩だった。この時点で、単位不足により七回生までの在籍も確定していたが、落ちこむそぶりも見せず、本人いわく「学内の啓蒙(けいもう)活動」に日々勤しんでいた。

そんな先輩にとって、学祭は自説を世に広める絶好の機会だった。拡声器を手に、ひとり熱っぽく演説をぶっている姿を、璃子は行きしなにも目撃していた。持ち前の好奇心がうずいたが、果菜や他の通行人にならい、目を合わさないように通り過ぎた。

「先輩、おつかれさまです」

寺田が親しげに話しかけたので、璃子はびっくりした。

「こちらは安藤先輩の妹さんたちです」

寺田もまた、果菜と璃子がどちらも「安藤先輩の妹」だと勘違いしていたのだ。さらに、勘違いしたまま紹介を続けたせいで、その誤解は寮全体に広まることになった。

「どうも」

先輩は拡声器ごしに大声で応えてから、手を下ろして額の汗を拭(ぬぐ)った。話すほどにぐんぐん頭に血が上っていく体質なのである。

「あの」

璃子はおずおずとたずねた。

「どうして演説しておられるんですか？」

ふだんおとなしい璃子にしては、かなり大胆な行動といえる。先輩があまりにせっぱつまった顔つきをしていて、確かめずにはいられなかったのだ。

「反体制の声を上げるためだ」

肩からななめにかけたたすきには、確かに反体制と墨書(ぼくしょ)してあった。ただし、具体的なことはなにも書いていない。

「それは、どうして？」

先輩がぴくりと片眉を上げ、璃子はたじろいだ。初対面なのにぶしつけな質問をぶつけて、もしや気分をそこねてしまっただろうか。

杞憂(きゆう)である。彼は自らの演説に興味を示す者を、いつだって全力で大歓迎する。

「体制全般に、異議がある」

彼はしかつめらしく言った。まるで演説の続きのように抑揚をつけて、朗々と語り出す。

「今日の午前中は、まず大学当局に対する提言を述べた。試験やレポートの結果によって学生を評価するしくみは、果たして妥当だろうか。大学側の管理に都合がいいだけで、学びというものの本質はもっと自由であるべきではないか。知識の暗記や文献集めにばかり時間をとられ、かえって自らの頭で思考する妨げになるおそれもある。点数で機械的に判断するのではなく、学生の自己申告によって、自身の知的水準が何回生としてふさわしいかを決めるべきではないか。続いて午後からは、政府への問題提起を進めてきた。一番の懸念は、現在与党が野党の一部も抱きこんで進めている法改正についてで……」

夏の内閣総辞職は明らかに茶番だったとか、少子化対策として補助金を積んで出生率を上げようというのは金銭主義的かつ短絡的すぎるとか、経済的優位に立つ大国がそうでない国々を搾取しているとか、そこから近代社会における貧富の格差の構図が読み解けるとか、論点は縦横無尽にわたり、おまけに世界規模にまで広がった。学祭の四日間で、大学や日本政府にとどまらず、海外の政権や国際機関にまで矛先を向ける模様だった。

理解の追いつかない部分も含めて、璃子は先輩の情熱に敬意を表して拝聴した。一方、果菜のほうは早々に飽きてしまい、後ろで寺田と小声で雑談をはじめていた。先輩の熱弁に対する唯一の感想は、お兄ちゃんより話長かったで、ありえへん、という簡潔なものだった。

「先輩、お忙しいところおじゃましてしまって、申し訳ありませんでした」

話題が昨今の原子力問題と各国の方針におよんだあたりで、寺田がやんわりと割って入った。

「ありがとうございました。とても勉強になりました」

丁寧に頭を下げた璃子を見下ろして、先輩はさっきまでとは微妙に違った色あいで顔を赤らめた。無頼派に見えて、ほめられると弱いのだ。

先輩がもじもじしている隙に、寺田はすみやかにその場を辞し、今出川通を渡った。

横断歩道を挟んだ正面に、中央キャンパスの北門がある。左右に延びるフェンスは無数のチラシやポスターで覆われ、あちこちに看板が立てかけてある。

門をくぐる手前で、果菜がひときわ数の多い鮮やかな緑色のポスターを指さして、寺田にたずねた。

「これ、そこらじゅうに貼ってありますけど、なんなんですか？」

「ああ、この学祭のテーマです。毎年、学生から案を募集して、人気投票で選ぶんです」

寺田が答えた。果菜が今度は璃子に、小声で聞く。

「なあ、一番上の漢字、なんて読むん？」

「なんだろう？」

璃子もあらためてポスターを眺めた。緑の地に赤い文字で、蓼食う虫も好きずき、と大書されている。よく見ると、字はそれぞれ昆虫を模してあり、触角や羽や脚が生えていた。

「わあ、かわいい」

「うわ、気持ちわる」

ふたりの意見がまっぷたつに割れたところへ、

「たで、ですね」

と寺田が教えてくれた。

「たでくうむしも、すきずき。去年は確か、自意識のたたき売り、だったそうですよ」

文化祭のテーマといっても、うちの高校とはずいぶん趣が違う、と璃子は感心した。一年生のときは「生かされているわたしたち」、今年は「祈りと悟り」だった。

中央キャンパスは北部キャンパスにも増してにぎわっていた。校舎の間をぬって続く通路の両側に、白いテント屋根の模擬店がひしめいている。お好み焼き、わたあめ、焼鳥、ベビーカステラ、と食べものが多く、金魚すくいや射的もまじっている。大学らしく、紛争地域の難民への募金を呼びかけている団体や、発展途上国における女性の地位向上に向けた署名活動をしているテントもあった。

あれこれと気をとられつつ、人の流れに沿って歩いていくうちに、また幾人か寮生とすれ違った。そのたびに、寺田は律儀にふたりを紹介した。見知らぬ女子高生たちに、皆はじめは不審の目を向けたものの、正体がわかるなり、「ああ安藤の」「ああカクシカの」と手を打った。時には食券を売りつけられそうになったり、のど自慢大会に出ないかと誘われたりしながらも、寺田は巧みにかわして先に進んだ。

ところがひとりだけ、かわしきれなかった相手がいた。

時計台の前でビラを配っていたのは、農学部二回生の川本だった。寺田がもはや手慣れた調子で璃子たちをひきあわせたところ、にこにこして言った。

「ちょうどええタイミングや」

持っていたビラを、三人の手に一枚ずつ押しつける。研究室の主催するシンポジウムが、講堂で開催されているらしかった。

「さっき第二部が終わって、今ちょうど休憩中やから。あと十分で第三部がはじまるわ」

生態学を専門とするその研究室に、川本は一回生のときから出入りしていた。ミニゼミと呼ばれる制度で、四回生になって研究室配属が決まる前に、いわば見習いのような立場で下級生を受け入れているところがいくつかあったのだ。先輩の実験を手伝ったり、勉強会に参加したり、指定された課題をこなせば単位ももらえる。

「あそこのドアから入ってな。席は自由やから、適当に」

断られるとは夢にも思っていないふうの川本に、寺田が抵抗を試みた。

「でも、高校生にはちょっと難しすぎるんじゃないですか？」

璃子はビラに目を落とした。絶滅の危機に瀕する動物たちの生態と保護、と題されたシンポジウムでは、第一部が海の動物、第二部が空の動物、そしてこれからはじまるという第三部で陸の動物をとりあげるようだった。

「んなことないって！　未来を担う若者にこそ知っといてほしい問題や」

「でも、ご本人たちはあんまり興味がないんじゃないですか？」

「んなことないって！　だって安藤の妹やろ？」

璃子は遠慮がちに口を挟んだ。

「あの、わたしは違いますけど」

妹ではないという意味で言ったつもりだったが、川本はにかりと笑った。

「せやろ？　興味あるやんな？」

誤解を正そうと口を開きかけ、璃子は思い直した。

「はい。あります」

講堂へ足を踏み入れるなり、休憩時間の終わりを告げるブザーが鳴って、照明が落ちた。入口近くの空いていた席に、三人並んで腰を下ろす。

講堂の中はすり鉢状、より正確にいえば、鉢をすっぱりと縦半分に割ったようなかたちになっていた。底にあたる部分に演壇が設けられ、スポットライトがあたっている。その背後の壁につるされた巨大なスクリーンも、ぼんやりと光を放っていた。緑一色に塗りつぶされているのは、よく見たら森の写真だった。

ひょろりとやせた男子学生が演壇に出てきて、ぺこりと一礼した。スクリーンの写真が切り替わる。画面いっぱいに映し出されたのは、奇しくも璃子のあこがれるライオンだった。

ライオンの基本的な生態からはじまり、頭数が減ってしまった要因はなにか、絶滅を避けるためにどのような対策が考えられるか、それによって期待できる効果および懸念点はなにか、発表は淡々と続いた。さっき聞かされた法学部の先輩の演説と同じく専門用語を多用した説明は、高校生には理解しづらかったけれど、動物愛護の精神論ではなく科学的な視点から難題に取り組もうとする姿勢は、璃子にも十分に伝わってきた。次々に現れる色鮮やかな写真にも、目を奪われた。こんなにも美しい動物が姿を消してしまうかもしれないと考えると、きゅうと胸がしめつけられた。

しばらく聞いているうちに、璃子はひどく息苦しくなってきた。

ライオンが絶滅の危機に瀕しているという事実は、前から知っていた。心を痛め、どうしてそんなことになってしまったのか調べもした。主に人間の乱獲のせいだと知って、悔しく腹立たしく感じていた。しかし、それならどうすればいいのか、という発想はなかった。なかったことが、恥ずかしかった。

まばらな拍手で、璃子はわれに返った。演壇にふたりめの学生が登場し、話し出す。スクリーンにはマントヒヒが映っていた。

その後もひとりひとり、さまざまな動物についての発表が続いた。このシンポジウムが自分の運命を変えるとは——というのはおおげさにしても、かなり重要な影響を与えるとは——当然ながら璃子はまだ自覚していない。ただスクリーンに目を凝らし、発表の声に耳をすました。一心に聞き入る璃子の隣で、果菜は穏やかな寝息を立てていた。

璃子たち三人が再びたこ焼き屋に戻ってきたのは、夕方近くになってからだった。僕は山根たちと手分けして、後片づけをはじめていた。

「おつかれ」

心なしかくたびれた顔つきをした三人に、声をかけた。果菜は眠たげにあくびをしているし、璃子もなんだかぼうっとしている。

「寺田、ありがとうな。長いことつきあわせて悪かったわ」

「こちらこそ、遅くなってしまってすみません。途中でいろいろつかまっちゃって」

店の片づけを寺田に引き継いで、僕は璃子たちを出町柳(でまちやなぎ)駅まで送ることにした。今出川通に面した門の前では、先輩がまだ拡声器を持ってねばっていた。声が痛々しく嗄れている。とりあえず会釈してから、西へ足を向けた。つくりもののようなまるい夕日が茜色の空にぽかりと浮かび、歩道をゆきかう人々の足もとに長い影が伸びている。

「けっこうええ時間になってもたな」

百万遍の交差点で信号待ちをしながら、僕は果菜と璃子を見下ろした。中央キャンパスで音楽ライブかなにかをやっているのか、ギターやドラムらしき音と歌声がまじりあい、風に乗って響いてくる。

「疲れたんちゃう？　大丈夫か？」

　ふたりは顔を見あわせ、同時に首を振った。

「ううん。おもろかったわ」

　果菜が言い、璃子もうなずいた。

「ほんと、おもしろかった。なんだか別世界みたいだった」

「せやな。いろいろ異次元やったな」

　異次元はともかく、別世界という璃子の表現は、僕にもわからなくはなかった。大学は、璃子がそれまで知っていた場所の、どこにも似ていなかったのだろう。蓼食う虫も好きずきというテーマにふさわしく、誰もが実に生き生きと、思うさま好きなものを追いかけている姿も、魅惑的に見えたのかもしれない。ちょうど、僕が高校時代にはじめてここを訪れたときのように。

信号が青に変わった。交差点を渡って、脇道に入る。

「シカ、めっちゃかっこよかったなあ」

果菜はまだ言っている。

「あと寺田先輩も。でもあのひと、ゲームおたくよな?」

心から無念そうに、ため息をつく。

寺田は寮の部屋に各種ゲーム機をとりそろえ、新作が手に入るたびに、一緒にやりませんかと誘ってくる。ふだんは気配りを絶やさず紳士的なのに、ひとたびコントローラーを握ると目の色が変わり、話しかけても反応がなくなる。数式を書き連ねはじめたときの龍彦や、こつこつ買いためた花火を上げているときの山根と同じだ。

「好きなキャラの名前、ちゃんづけで呼んではったしな。あれはないわ」

璃子が法学部の先輩や川本と話している間、ふたりでそれなりに言葉はかわしたものの、ほとんど寺田が一方的に話していたという。気に入っているネットゲームや、そこに登場するキャラクター、攻略方法など、お喋りな果菜も割って入れないほどの饒舌(じょうぜつ)ぶりだったそうだ。

「惜しいなあ。優しいし、親切やし、あんな美形やのに……まあシカには負けるけど……」

果菜は珍しく及び腰でぶつぶつとひとりごち、思いついたように僕に言った。

「そういや、璃子ってシカよりカク派やねんよ？　変わってるやろ？」

「そうか？」

僕もどちらかといえばカクのほうが好きだ。

「お兄ちゃんは男やからわからんでもないけど、うちらは女子やで？　女子高生やで？　ありえへんやろ。璃子はあれやな、蓼食う虫やな」

実はこの数年後にも、とうに芸能界から姿を消したカクシカをひきあいに出し、璃子の好みってほんまに変わってるんよなあ、と果菜はしみじみ述懐してみせることになるのだが、それはまだ先の話だ。

「そうかなあ？」

璃子は首をひねっていた。いくら虫が好きといっても、自分がたとえられるとなると、話は少し違ってくるのだろう。

「蓼ってどんだけまずいんやろな」

果菜が無邪気に言うので、僕は訂正した。

「まずいんやないで、からいんやで」

八百屋の娘のくせに、そのくらいは知っておいてほしい。それにしても、まずいにせよからいにせよ、勝手に食べづらいものの代表格にされて、蓼も気の毒だ。

「タデ科にもいろいろあるけど、蓼っていうたら普通はヤナギタデやな。そういや蕎麦もタデ科や。ヤナギタデはな、ビタミンＣの含有量が多くて、体にええねんで。実際、昔から薬や香辛料に使われてるしな。独特の辛味成分はポリゴジアールいうて、殺菌効果もあって……」

「もうええって。お兄ちゃん、相変わらず薀蓄長いな」

「でもほんと、楽しかった」

盛りだくさんだった一日を反芻するようにしばし目を細めてから、璃子は僕を見上げた。

「わたし、ここの大学に入りたい」

「えっ」

意表をつかれ、僕は声をもらした。そんなに気に入ったのか。あるいは、それこそ女子高生らしく軽い思いつきで、深く考えずに口にしてみただけか。はたまた、学祭を楽しめたと表明するためのおせじととるべきか。

結論からいえば、璃子は本気だった。それを僕が知るのは、この日からおよそ半年後のことだった。

三回生を目前にひかえた春休みに、僕はひさびさに帰省した。

両親から店番を頼まれたのである。母が商店街の福引きで一等を当てて、父とふたりで温泉旅行に出かけることになったのだ。どうせ大学の授業は休みだし、アルバイトのシフトさえ調整すれば他に予定もなく、ふたつ返事で引き受けた。

泊まりがけで実家に戻るのは、一回生の正月以来だった。その翌年は、実家には元日に日帰りで顔を見せただけで、あとはずっと寮にいた。山根と龍彦もそうだった。三人とも、家族と仲が悪いわけではないが、仲間と過ごすほうが気楽で快適なのだ。大晦日（おおみそか）の晩は山根の部屋に三人で集まって、だらだらと飲んだ。山根がゆでてくれた年越し蕎麦を食べ、京都タワーまで自転車を走らせて初日の出を拝んだ。続く三が日も、僕が寮の厨房（ちゅうぼう）を借りて作った簡単なおせちを肴（さかな）に、だらだらと飲み続けていた。

両親と一緒に開店の準備を終え、ふたりを送り出しても、店を開けるまでまだ時間が余った。シャッターを半開きにしたまま裏の中庭を抜けて、いったん母屋に戻る。朝食は寮の食堂ですませてきたけれど、なんだか小腹が空いていた。

台所で冷蔵庫を物色しているところへ、ジャージの上下を着た果菜が起きてきた。

「おはよ。お兄ちゃん、もう来てたんや」

眠そうに目をこすっている。どうも人相が悪いと思ったら、眉毛がない。

「うち、今日も部活やから。もうすぐ出るわ」

「わかった。あ、朝めしは？　作ったろか？」

「お兄ちゃんが？」

しょぼしょぼしていた果菜の目が、疑わしげに見開かれた。

「料理できんの？」

「おう。任しとき」

実家で暮らしていた頃、僕は完全に食べる専門だった。大学に入ってからも、しばらくはそうだった。朝は寮で料理長が作りたての食事を出してくれる。昼と夜は学食や弁当でもすませられるし、大学の近所にラーメン屋も牛丼屋も定食屋もある。おそらく他の学生たちと同様に、ちっとも不自由は感じていなかった。

料理をはじめたきっかけは、正月のおせち作りだったと思う。新年なのにおせちなしではさびしいから、とどちらかといえば義務感から思いたったのだが、年末に錦市場(にしきいちば)まで買い出しに出かけたところ、俄然(がぜん)うきうきしてきた。

東西におよそ数百メートルほど続く錦小路通には、京野菜に鮮魚に漬物、乾物や調味料まで、百以上もの店がひしめきあっている。それまでにも何度かのぞいてみたことはあったものの、西端の高倉通(たかくらどおり)から東端の寺町通(てらまちどおり)まで、じっくり見て回るのははじめてだった。

　アーケードの狭い小路は、年の瀬の買いものに詰めかけた客でごった返していた。ひどい混雑も、しかし覚悟して足を踏み入れてしまえば、店先に目をとられて気にならなくなった。さすが京の台所と呼ばれるだけあって、見渡す限りうまそうなものが勢ぞろいしていたのだ。旬の聖護院(しょうごいん)かぶらを漬けた千枚漬、ちりめん山椒(ざんしょ)や白みそといった、京都ならではの品々も目をひいた。正月らしく、立派な尾頭つきの鯛(たい)や大粒の黒豆、つきたての餅(もち)も並んでいる。中でも僕の胸をときめかせたのは、なんといっても八百屋だった。実家とは品ぞろえがまったく違う。見慣れない京野菜にみとれている僕に、親切な店主があれこれと教えてくれた。

　京風の雑煮を作るために白みそと葉つき大根と丸餅、煮物に使う金時(きんとき)人参と堀川ごぼうと海老芋、はりこんで丹波の黒豆も買ってみた。勢い余っておせちには関係のないカレー粉にまで手が伸びてしまい、空っぽになった財布とひきかえに、ずっしりと重たい袋を両手にぶらさげて歩いた。大荷物にもかかわらず、心も足どりも軽かった。

　鼻歌まじりに寺町通を過ぎ、つきあたりの新京極通にさしかかる手前で、僕は立ちどまった。

後ろを歩いていた誰かが、背中にぶつかった。聞こえよがしな舌打ちにはかまわず、頭上をあおいで目礼する。

細い通りに挟まるようにして、石の鳥居が立っている。いや、文字どおり挟まっている。鳥居の先端が左右の建物に突き刺さっているのだ。ここはかつて錦天満宮の参道だったのだが、両側の土地が売られて建物が建ち、こうしてきゅうくつそうな姿になったのだという。鳥居の向こうには、新京極通に面して、錦天満宮の入口がひかえている。こちらも左右を商店に囲まれている。電飾や看板のかわりに、たくさんのまるい提灯(ちょうちん)に灯(ひ)がともされ、やわらかい光を放つ果物がたわわに実っているようにも見える。

僕は鳥居をくぐり、境内(けいだい)に入った。ポケットに残っていたなけなしの小銭を賽銭箱(さいせんばこ)にじゃらじゃら投げこんで、いい年になりますように、と心の中でつぶやく。あまりにも芸がない気がして、おもろいことが起こりますように、とつけ加えた。

おもろいこと、を僕は無意識に求めていたのかもしれない。目新しいこと、と言い換えてもいい。大学に入って二年が経とうとしていた。学校にも寮にもなじみ、友達もでき、日々はそれなりに楽しく過ぎていく。穏やかな毎日にたいくつするほど飽いているわけではない半面、新鮮なできごとも期待してしまう、たぶんそういう頃合だったのだろう。そしてその、よくいえば平和な、悪くいえば起伏の乏しい時期は、新しいなにかが舞いこんでくることによって終わる。

僕の願いごとは、かなえられる。つまり、新しく迎える年には、なかなかおもしろいことがはじまる。

　でもそのときの僕は、来るべき新年についてそれ以上想いをはせることはなかった。神社を後にして寮に戻ると、さっそく厨房に入った。朝のうちに、使わせてもらう約束をとりつけておいたのだった。断られるかと思いきや、料理長は意外にもすんなりと快諾し、基本的なおせちの作りかたもひととおり載っている、初心者向けの料理本まで貸してくれた。

　よく使いこまれ、油や調味料のしみがページのあちこちに飛んでいるその本を調理台の上に広げ、僕は下ごしらえにとりかかった。材料を切り、調味料をはかり、それらをまぜあわせて火にかける。化学の実験みたいで、けっこう楽しい。なにより、自分の好きなものを好きな味で、好きなだけたっぷり作れるなんて、すばらしすぎる。

　もちろん、できあがったおせちは、本の写真と比べてずいぶん見劣りがした。黒豆は皮が破れてしまったし、きんとんは色が若干くすんでいたし、筑前煮は火を入れすぎてごぼうやれんこんの歯ごたえが足りなかった。もっとも、気にしているのは僕くらいで、山根も龍彦もうまいうまいと喜んでたいらげてくれた。ひとまず満足すると同時に、もっと腕を上げたいと妙な闘志がわいてきた。

それ以来、僕はしばしば寮の厨房を借りるようになった。飲み会のつまみや、花見の弁当もこしらえた。節分には太巻き、ひな祭にはちらし寿司も作ってみた。山根と龍彦だけでなく川本や寺田まで加わって、ちょっとした試食会が開かれた。どれも好評だった。

広々とした厨房を見慣れているせいか、実家の台所はとても小さく感じる。

「もうじき店開けなあかんし、めし炊くひまはないな」

思案しつつ、僕は調理台に近づいた。隅に食パンの袋が置いてある。

「そうや、フレンチトースト作ったろか」

「フレンチトースト？」

果菜はぽかんとしている。

「ほんまは前日からしこんどくほうがええんやけど。卵と牛乳をしっかり染みこませるのがコツやからな。ま、今からでもチンすればそこそこいけるはずや。あとは弱火でじわじわ焼いてやな……」

いくらか得意になって説明していたら、

「今はいいわ、時間ないし」

と、さえぎられた。

「いや、すぐできるで。着替えてる間にでも」

「でもシャワーも浴びたいし、メイクもせなあかんし」

「すぐ水に浸かるんやろ？　シャワーも化粧もいらんやん」

「そういうわけにはいかんねんて」

果菜はあきれ顔で肩をすくめ、あやすようにつけ足した。

「そんなら、晩ごはんになんかおいしいもん作ってよ」


そういうわけで、僕は店番をしながら、頭の片隅では夕食の献立をずっと考えていた。店先に並べたふきのとうやぜんまいは、てんぷらにしたらうまそうだ。現に、客にもそう売りこんだ。旬のさやえんどうも、ぷりっと太ってみずみずしい。豆ごはんもいいかもしれない。国産のアスパラガスは出はじめたばかりだから少し割高に感じるけれど、さっとゆがいてマヨネーズをちょんちょんとつけて食べたい。

「あれ、実くん？」

声をかけられ、いらっしゃい、と反射的に応えた。

「ああ、おひさしぶりです」

三軒隣の、肉屋の奥さんだった。三歳くらいの男の子の手をひいている。息子は僕より四つか五つ年上だから、たぶん孫だろう。

「ほんま、ひさしぶりやん。元気？　元気そうやな？　おっきくなって、ってあんたは昔っから大きいわな」

一方的に喋り、太ももにぺたりとはりついている孫を見下ろした。

「実くんはな、えらい秀才やねんで。あんたも学校入ったらよう勉強しいや。お父ちゃんみたいになったらあかん」

孫は親指をくわえ、値踏みするように僕を眺めている。

「ほんで、なに食べたい？」

唐突に話が飛んで僕は面食らったが、彼は慣れているのか、間髪入れずにはきはきと答えた。

「ハンバーグ」

「ほな、玉ねぎもらうわ。サラダもしよか。レタスときゅうりと、にんじんもちょうだい」

「はい、毎度」

「にんじん、いらない」

幼いながらも断固とした声に、僕は手をとめた。祖母が無言で首を振ったので、にんじんも袋に加える。孫に下唇を突き出してにらみつけられた。

「あとトマトもな。あら、いちごもきれいやねえ。でもちょっと高いわ。バナナにしとこか」

ふたりを見送った後で、洋食もいいかもな、とひらめいた。野菜中心の和食よりも、がつんと食べごたえのあるほうが、果菜は喜びそうだ。こまごまと何品も作る時間もない。腹を空かせて帰ってきて、待たせるのもかわいそうだ。

夕方に店を閉め、肉屋に寄ってひき肉を買ってから家に戻った。米は昼間、客がとぎれた隙にといでおいた。炊飯器のスイッチを押し、うちの店先から調達してきた、じゃがいもと玉ねぎとにんじんの皮をむく。ひと口大に切って肉と一緒にいためはじめると、香ばしいにおいが台所いっぱいに広がった。

年末に衝動買いしたカレー粉を持ってくればよかったと悔やみつつ、戸棚から発見した甘口のルーを割り入れる。あの上等なカレー粉で作ったキーマカレーは、ややこしい味やな、と山根たちには受けがよくなかったから、こっちのほうが無難だろうか。ふと思いつき、店のほうに引き返して、なすとオクラもとってきた。軽く素揚げにしてのせたら合いそうだ。この間料理長から教わったとおり、隠し味に山椒も入れてみよう。

玄関の扉が開く音がしたときには、カレーと簡単なサラダがほぼできあがっていた。

「おかえり」

福神漬けを刻んでいた僕は、まな板に目を落としたまま声を張った。

「ただいま。いいにおいやなあ」

「すぐ食べれるで。はよ手、洗ってき」

「はあい。楽しみ、楽しみ」

上機嫌の返事に、やっぱりカレーにしてよかったと満足していたら、別の声が続いた。

「こんばんは」

僕は手をとめ、振り返った。制服姿の果菜と並んで、水色のワンピースを着た璃子が立っていた。

さかのぼること数時間前、携帯電話に果菜からメッセージが届いたとき、璃子は厩舎の前にいた。

〈お兄ちゃんが実家に帰ってきてる。めずらし！〉

「うそ」

つい声がもれた。顔を上げると、不思議そうに首をかしげているアミダと柵越しに目が合った。

果菜はだいたい日に一度は、璃子にメッセージをよこしていた。こういう近況報告めいたものもあれば、遊びの誘いもあった。

高一の夏にタナカを紹介されて以来、璃子は何度か知りあいにひきあわされてもいた。璃子が乗り気でないとはっきりしても、負けずぎらいの果菜はひきさがらなかった。それどころか、いっそうやる気をかきたてられ、消極的な親友の心をもとろかすような運命の出会いを見つけるべく、常日頃から目を光らせていた。

不意打ちにこりた璃子は、誰が来るかを事前にきちんと確かめた上で、誘いを受けることにしていた。心の準備さえできていれば、かつアミダの出る馬術大会といった重要な用事と重ならなければ、果菜の友達をまじえて一緒に遊ぶこと自体は楽しかった。男女二対二で遊園地や映画に行ったり、もっと大勢でボウリングや花火大会に繰り出したりした。果菜が連れてくる友達は、キムラやタナカと同じく、陽気で感じがよかった。その後の進展がなくても、果菜にがっかりされるのを除けば、支障はなかった。

今日のメッセージは、誘いではない。単なる報告だ。でも。

「ほんと……？」

璃子はアミダに問いかけた。素直に受けとめられなかったのには、わけがある。その日は四月一日だったのだ。すでに、小さな事件も起きていた。

朝、璃子がリビングに入ったら、部屋着姿の父親も食卓についていた。食べかけの皿を前に、新聞を読んでいる。

「おはよう」

璃子はなにげなく声をかけた。大阪に越してきて以来、父親との距離は多少縮まっていた。それは向こうにも伝わっていて、父から話しかけてくることも増えていた。璃子も気が向けば果菜やアミダの話をしている。

「ああ璃子、おはよう」

弱々しい声を聞いて、ぎょっとした。顔を上げた父親の表情はおそろしく暗かった。

「実はな」

意味ありげに言葉を切った父と、璃子は息を詰めて向きあった。胸騒ぎがしていた。

「また転勤が決まって」

「えっ」

「今度はアメリカなんだよ」

「うそ……」

「どうしたの？」

母親がホットケーキの皿を持ってリビングに入ってきた。立ちつくしている娘と、沈鬱(ちんうつ)なおももちの夫を見比べて、眉をひそめる。

「お父さん、やめなさいよ」

父親がふにゃりと表情をくずした。

「……なんちゃって」

その後、おろおろして平謝りされたが、璃子は断固として無視した。当分は口をきたくない。大好きなホットケーキの味もよくわからなかった。

その点、学校は安心だった。エイプリルフールはもとより、カタカナで表記されるような西洋発祥の季節行事とは一切縁がない。ハロウィンもバレンタインデーも、平穏に過ぎた。ことにクリスマスは、一部の敬虔な教師たちに敵視さえされていた。十二月二十四日の終業式では、わが校の生徒たるもの、くれぐれも異教徒の祭ではしゃぎすぎないように、と校長から訓辞を受けた。

「お兄ちゃんが、実家に帰ってきてる」

液晶画面の文字を、璃子は声に出して読み返した。アミダが興味深げにまばたきをした。長いまつげが震えた。

璃子は親友を信じることにした。アミダに別れを告げ、家に戻り、お気に入りのワンピースに着替えた。それから果菜に返信を送った。

〈そうなんだ！　ちょうど近くで用事があるから、ちょっと寄らせてもらおうかな〉

果菜はうそをつかなかったけれども、璃子はついた。

「ちょうど近くで用事があって。そしたら果菜に連絡をもらったから、せっかくだし挨拶だけでもと思って」

着替えてくるわ、と果菜が台所を出ていった後、僕とふたりで取り残された璃子は早口でそう説明した。

「へえ、偶然やな」

僕はなんの疑いもなく言い、なすとオクラを揚げにかかった。

「よかったら璃子ちゃんも食べてってや。カレー、好き？」

璃子が頬を紅潮させ、大きくうなずいた。かなりカレーが好きなようだ。

「ああもう、めっちゃおなかへった！　食べよ食べよ食べよ！」

騒々しい足音を響かせ、果菜が戻ってきた。

三人分の食器を準備して、カレーとサラダをよそい、テーブルについた。台所に一番近い、いつも母が座る席に僕がかけ、その向かいに果菜と璃子が並んだ。いただきます、と三人そろって手を合わせる。

「なにこれ、おいしいやん！」

カレーライスをひとさじすくって口に運ぶなり、果菜は大声を上げた。

「お兄ちゃん、もしかして歴史おたくから料理おたくになったん？」

「いや、まだまだ修業中やで」

僕は謙遜（けんそん）した。

「うん。おいしい」

璃子のほうは時間をかけてひと口を咀嚼してから、静かにつぶやいた。響きは違えど、果菜の声に負けず劣らず実感がこもっていて、僕はすっかりうれしくなった。

「こういうの、なつかしいな」

果菜がテーブルを見回した。

「ほんとだね」

璃子も納得顔でうなずく。

「へ？　なつかしいって、なにが？」

僕はどちらかといえば、逆の気分だった。見慣れた食卓に、両親のかわりに璃子が座っているのは、ちぐはぐな感じがした。

璃子と果菜は、同時に答えた。

「おままごと」

「お兄ちゃん、覚えてないん？　よう三人で遊んだやん。中庭で、レジャーシート敷いて」

果菜が口をとがらせた。

「そうやったっけ。覚えてるような、ないような……」

「なにそれ。変な薀蓄はよう覚えてるくせに、記憶力の無駄遣いやな。お兄ちゃんて、どうも薄情よな？　ここんとこめったに顔見せへんし、連絡もしてこんし、生きてるんか死んでるんかわかれへんってお母さんたちも言うてたで？」

憎まれ口をたたいたあげくに、いつものごとく話を飛躍させる。

「さびしいか？　すまんな」

「いや全然。静かでええけど」

果菜はぞんざいに頭を振り、ぱくりとカレーをほおばった。

「授業やら実習やら、けっこう忙しくてな。バイトもあるし」

「え、お兄ちゃんバイトなんかしてんの？　それも知らんかった」

「最近はじめてん」

僕はあわてて補った。また薄情だと責められてはかなわない。黙って聞いていた璃子が、口を挟んだ。

「なんのバイト？」

「塾の先生」

年明けから北白川にある小中学生向けの塾でアルバイトをはじめたきっかけも、実は料理だった。ほしい食材をそろえるには、先立つものが欠かせない。はじめてバイト代をもらった日、僕はその足で錦市場に自転車を走らせ、前から目をつけていた鰹節とごま油を買った。

「ふうん、お兄ちゃんが先生かあ」

果菜がもの言いたげな表情を浮かべているので、僕は先手を打った。

「けっこう人気あるんやで」

「ほんまに？」

アルバイトを選んだ決め手は時給だが、いざ働いてみたら、子どもに勉強を教えるという仕事は案外僕に向いているようだった。

個別指導の塾なので、大きな教室で講義をするのではなく、生徒と一対一で教える。生徒の自宅ではなく塾の個別ブースを使うという点を除けば、家庭教師に近い。説明を聞いた教え子が、あ、わかった、と顔をほころばせるのを見ると、ほっとする。テストの点がよかったとか成績が上がったとか報告されれば、気持ちがはずむ。職員にも、塾生たちからの評判は上々だとほめられ、もっとシフトを増やさないかと誘われたばかりだった。断ったのは、一般教養科目が多く時間に余裕のある二回生までと比べ、三回生からは実験の授業もはじまって、格段に忙しくなると聞いたからだ。

「果菜もちゃんと勉強してんの？」

あんまり言われっぱなしも癪で、僕は反撃してみた。果菜が不愉快そうに眉をつりあげる。

「うちはいい。そんなひまないし」

「ひまないってなんやねん、高校生の本分は勉強やろ。しかも来年は受験やん」

「関係ないわ。うち、高校出たら働くつもりやもん」

「え、そうなん？」

聞き返した僕を、果菜がじろりとにらんだ。

「前から言うてるやん。お兄ちゃんほんま薄情やわ、全然うちの話聞いてへんやんか」

「いや違うって。話聞いてへんだけで、薄情なわけやないで」

「やっぱり聞いてへんのや」

これ見よがしにため息をついてみせる。

「勉強せなあかんのは、璃子やろ。お兄ちゃんの大学受けるんやもんな」

「え、そうなん？」

またもや、僕はまぬけにも繰り返した。

「うそ、それも聞いてなかった？　それとも忘れたん？　学祭のときに言うてたやろ」

言われてみれば、そんなことを聞いた覚えがあった。冗談かその場の思いつきだろうと聞き流していた。

「そうや、いいこと考えた」

果菜がカレーのスプーンをひらりと振って、僕に向けた。

「お兄ちゃん、先生やってるんやったら、璃子にも勉強教えたげたら？　おんなじ大学に合格してるわけやし、ちょうどええやろ」

スプーンを水平に動かして、今度は璃子に先を向ける。僕と璃子は顔を見あわせた。

僕たちの大学には、女子学生が少ない。農学部では、女子は一クラスにひとりかふたりしかいなかったし、工学部や理学部も似たようなものだった。ただし文学部や教育学部は女子の比率がやや高く、それら文系学部の校舎が集まる中央キャンパスでは、北部キャンパスでほとんど見かけない女子学生ともちらほらとすれ違った。

そんな環境もあって、女子は文系科目が得意で理系科目が苦手なものだ、と僕はなんとなく思いこんでいた。家庭教師を引き受けたのは、喜んでいる璃子に向かってむげに断りづらかったのに加え、国語や英語はさておき、数学や理科なら僕にでもなんとか教えられるだろうと踏んだからだった。

浅はかだった。

研究者たるもの、先入観で物事を判断してはいけない。真実は多数決では決まらない。生物には個体差というものがあるのだ。

璃子が最も得意な科目は理科だった。とりわけ生物は、学年でもたいがい十位以内に入っていた。府下でも有数の進学校でその成績ならたいしたものだ。数学もそれにはおよばないものの、定期考査の点数は常に平均を軽々と上回っていた。全体の成績が中の上あたりにとどまっているのは、英語や社会科といった苦手科目が足をひっぱるせいだった。中でも国語は致命的に苦手で、理科の成績とは対照的に、学年内の順位は下から数えたほうが断然早かった。

というような実態を、僕ははじめて訪れた上原家の居間で聞かされた。

「いい先生が見つかったから、もう安心。どうか璃子をよろしくお願いします」

璃子の母親は深々と頭を下げた。大学入試を突破したというだけで、信頼に足るとみなされているらしい。やはり先入観はおそろしい。志望校だけでなく学部まで一緒だというところも、うれしい偶然として、肯定的にとらえられたようだった。英雄でもたたえるようなまなざしを浴び、今さら無理ですと言うわけにはいかなかった。

毎週土曜日、一回につき二時間、月謝はいくら、と事務的なところを確認してから、璃子の部屋でふたりになった。学校で使っている、現代文と古文と漢文の教材を見せてもらう。

「璃子ちゃん、どれが得意とか苦手とかってあるん?」

「全部苦手」

璃子は申し訳なさそうに答えた。

「でも一番は現代文かな」

ここまでくると、うすうす予想はできた。僕も現代文の偏差値が最も低かったくちなのだ。古文や漢文では、登場人物やあつかわれている事件が史実とつながっているものも多くてまだ興味が持てたけれど、現代文にはそれもない。

「特に小説。なにが言いたいのかよくわかんない」

行間を読むのが不得手なのは、僕も含めて理系の人間にはままあることだ。楽しいなら楽しい、悲しいなら悲しい、と白黒はっきりさせてもらいたい。いきなり主人公の気持ちだの言動の意味だのを問われても、わかりっこない。

僕は降参することにした。

「あのな、璃子ちゃん」

受験の結果は璃子の人生を左右する。軽々しく引き受けておいて、やっぱり力になれませんでした、ではすまない。

「実はおれ、国語ってそない得意やないねん」

僕の告白に、璃子はあっさりと答えた。

「そうだよね。専門も理系だもんね」

「せやから、教えるのはちょっと……」

璃子が眉を寄せ、僕の顔をじっとのぞきこんだ。

「でもお兄ちゃん、背泳ぎ教えてくれたよね？」

なにを言われているのか、すぐにはのみこめなかった。この比喩(ひゆ)は僕にはいささか高度すぎた。

「ほら、わたしが小二のとき。果菜も説明してくれたけど、全然わからなかった。お兄ちゃんに教わって、はじめてできるようになった」

そこまで聞いてようやく、文脈がおぼろげに見えてきた。

「はじめからできちゃうひとよりも、そうじゃなかったひとに教えてもらうほうが、きっとわかりやすいんだと思う」

考え考え、璃子は言った。

「お兄ちゃんは受験生のとき、どんなふうに勉強した？」

「どんなふうって……」

二年以上前の記憶を、僕は必死に掘り起こしてみた。かろうじてひとつだけ、参考になりそうなものに思いあたる。

「数をこなすしかないな」

受験生時代に、現国の教師から受けた忠告だった。期待に満ちたまなざしで僕を見ていた璃子が、そっと目をふせた。ありきたりの答えに失望したのだろう。

「でも」

ためらいがちに、口を開く。

「現代文って、おんなじ問題文はたぶん二度と出ないよね？」

高校生の僕も、同じように考えていた。どうせ試験本番では、知らない文章を一から読み解かなければならないわけで、前もって手の打ちようがない、と。

「それに、国語力とか文学的なセンスとかって、生まれつきのものじゃない？」

僕もかつて、才能がないんだからどうしようもない、と投げ出したくなったものだった。

「別にセンスを磨かんでもええねん」

高校時代を思い返しつつ、答える。

「満点をねらわんでも、平均に届けばいい。あと、まったく同じ文章は出んにしても、同じような考えかたで解ける問題はいっぱいあるで。数学みたいにわかりやすい公式はないけど、一定のパターンはある。たくさん解いてるうちに、だんだん勘もついてくる」

僕がそうだった。

こうして話していると、璃子の思考回路は受験生だった頃の僕とけっこう似ているようだ。ということは、僕に効果のあったやりかたは、璃子にも通用するんじゃないか。

「璃子ちゃん、もしかして、国語の勉強って後回しにしてへん？　やっても意味ないからって」

これも自分の経験をふまえ、言ってみた。璃子が唇をかんでうつむいた。

「一日一問ずつでも練習すれば、全然違うで。だまされたと思って、やってみ」

璃子は下を向いたまま動かない。適当に安請けあいしないのは、璃子の長所でもあり、融通のきかないところでもある。わかった、と僕はやむなく譲歩した。

「おれもやるわ。お互い宿題や。ほんで、毎週ふたりで答えあわせしよな」

璃子がそろそろと顔を上げた。

成果が見えはじめたのは、三か月ほど経ってからだった。

夏休みに入る直前、璃子は大手予備校の主催する全国模試を受けた。そしてその結果が出た直後の土曜日、僕が上原家の玄関に入るなり、得意げに成績表を突き出してみせた。

でかでかと記されているアルファベットを見て、僕は思わず大きな声を出してしまった。

「やったやん」

　B判定だった。

　アルファベットは、志望大学の合格可能性の目安を示している。A判定は八〇％以上、B判定は六〇％以上、C判定は四〇％以上、あとはD、E判定まで五種類がつく。春休みの模試ではCだったから、半年も経たずに合格可能性が半分以下から半分以上へと逆転したことになる。前回の偏差値も科目ごとに並べて記載されていて、変化はひとめで見てとれた。合格圏を完全に下回っていた国語が、その差をずいぶん縮めている。

　娘の快挙に、璃子の母親もいたく感激していた。毎回、勉強の後に用意されているおやつが、その日は有名な高級洋菓子店のケーキだった。しかも、ひとりふたつずつの大盤振る舞いである。

「璃子ちゃん、ようがんばったな」

　僕は濃厚なチョコレートに洋酒の絶妙な風味がきいたガトーショコラ、璃子はふわふわの生クリームとつややかないちごで彩られたショートケーキをほおばって、喜びを分かちあった。

「お兄ちゃんのおかげだよ。ひとりじゃ絶対に続かなかった」

　初日に約束した宿題は、ちゃんと続いていた。一日一題、と口で言うのは簡単でも、実際にやってみるとそうでもない。いや、その事実を僕は二年前にもつくづく思い知らされていたから、実際にやってみるとそうでもなかったことを思い出した、という表現が正しい。それでも僕から言い出した手前、怠けられなかった。璃子も渋っていたわりには毎回きっちりやっているので、なおさらだった。璃子のほうも、僕との約束は守らなければ、と自分に言い聞かせていたらしい。

　奇妙なことに、璃子と僕はたいてい同じ問題で、同じように間違えた。頭を寄せあって模範解答を確認し、首をひねり、時には出題者を罵(ののし)りもした。国語が苦手な者どうし、同じところでひっかかるというばかりでなく、僕たちの感性や価値観が重なっていたせいもあるのかもしれない。

　もっとも、性格はだいぶ違う。

「この調子やったら、次はA判定いけるんちゃう？」

「それは高望みしすぎだと思うよ」

　璃子は冷静に反論し、ケーキのてっぺんから皿の隅にとりのけてあったいちごに、ぶすりとフォークを突き刺した。成績だけでなく、僕に対する璃子の態度も、三か月の間に少し変わっていた。心なしか口数が増え、果菜と喋るときにも似た、くつろいだのびやかな口調になっている。

「お兄ちゃん、チーズケーキとミルフィーユ、どっちがいい？」

真剣な顔でケーキの箱をのぞきこむ。太るかなあ、といつもは一応気にしてみせるのに、今日ばかりは解禁らしい。

僕としては、璃子には心ゆくまで食べてほしかった。おいしそうにものを食べる人間は僕の周りに少なからずいるし、彼らの食べっぷりを見るのも好きだが、中でも璃子は別格だ。好物を前にした璃子は本当に幸せそうで、眺めているだけで心が和む。食べものへの愛が、あふれている。

「どっちでもええよ」

僕が教師としての余裕を見せると、璃子は口もとをゆるめた。

「じゃあチーズケーキにしよ。お兄ちゃんもひとくち味見する？」

受験が終わった後、僕たちはこの日のことを思い返し、あれは小春日和だった、と言いあった。

小春日和というのは、受験国語における頻出語だ。たぶん今でも多くの受験生が、試験や参考書で一度は目にしているだろう。小さい春という字面から、春先を意味すると解釈するのは誤りで、晩秋から初冬にかけての時季を指す。寒風が吹きはじめる中でたまに訪れる、よく晴れてぽかぽかした陽気の日を、小春日和と呼ぶ。すなわち、その直後に待ちかまえているのは、春ではなくて冬である。

冬はいきなりやってきた。

いや、実際の季節は、冬ではなくて秋だった。十月に入って最初の土曜日、玄関で出迎えてくれた璃子の顔をひとめ見て、僕はいやな予感がした。

試験の読解問題なら、「彼女は思い詰めたような目で僕を見上げた」という箇所に傍線がひかれ、「彼女の気持ち」を問われるところだろう。ア、僕と会うのがひさしぶりなので緊張している。イ、僕に伝えなければならないことがあり、言葉を探している。ウ、模試の結果が悪かったので落ちこんでいる。エ、僕と一緒におやつを食べようと待っていたため、空腹のあまり不機嫌になっている。

イかウで迷うところだ。

「またC判定だった」

璃子がぼそりと解答した。

夏休みの終わりに行われた模試の結果がまだ出ないうちから、璃子は自信がないと嘆いていた。僕のほうは、たいして気にしていなかった。謙虚な璃子は、試験にしても宿題にしても、よくできた、と胸を張ってみせるようなことはまずない。

璃子の部屋で、さっそく成績表を見せてもらった。前回は善戦した国語の偏差値が、がくんと下がってしまっている。それ以外の科目でも、いくつか不運が重なっていた。頼みの生物は、問題が易しかったのか平均点が高く、あまり差をつけることができなかった。また地理では、設問が人文地理に偏っていて、自然地理のほうが得意な璃子には不利だったようだ。

「今回は運が悪かったな。しゃあないわ、璃子ちゃんのせいやないよ」

僕が慰めても、璃子の表情は晴れなかった。

「でも、本番もこうなるかも」

「大丈夫やって。今回はたまたまや」

「どうしてわかるの？」

ふだんのおっとりした璃子には似合わず、ぴしゃりと言い返してくる。

「いや、その、わかるっていうか、そんな気がするっていうか……」

僕はたじたじとなった。

「気がする？」

璃子が低い声で繰り返した。僕はあえて明るく言ってみた。

「まあまあ、そない悪いほうへ悪いほうへ考えんと。次がんばって挽回すればええやん」

「今回もがんばったんだよ」

「そうやな、そらそうや。でもほら、C、B、C、ってきたから、次はB判定やろ」

「B、C、Dかもしれないよ」

璃子が悲しげにため息をついた。

「Dだったら、受けてもむだだよね？　合格率二〇％だもんね」

投げやりな調子で言われ、僕もちょっとむっとした。落ちこんでいるのはわかるが、せっかくこっちが励まそうとしているのに聞く耳を持たないなんて、璃子らしくもない。

「むだってことはないやろけど」

いらだちをおさえて、とりなした。

「浪人はしたくないんだけどなあ」

「そない思い詰めんでも。なにも絶対うちの大学受けなあかんってこともないんやし」

「どうして？」

「どうしてって、他にも大学はたくさんあるやろ……」

言い返しかけ、僕はぎょっとした。璃子は涙ぐんでいた。

「どうしてそんなこと言うの？」

おとなしいように見えて、璃子は意外に感情豊かなのだと、この頃には僕も学びつつあった。外ではおさえているだけで、ごく親しい相手に対しては、喜怒哀楽もはっきり見せる。感情を爆発させることも、たまにある。

そういう大きな噴火が起きたときには、下手になだめたり、適当にあしらったりしても意味がない。黙って璃子の言い分に耳を傾け、鎮火するのをひたすら待つ。文句や弱音をとことん吐き出し、そのうち気がおさまってきて、感情的になったことを璃子自身が反省する、そこまで辛抱強く見守るしかないのだ。

つまり、このときの僕のような対応は、望ましくない。

「他の大学じゃだめなの！　わたしはここに行きたいの！」

潤んだ目でにらみつけられて、僕はうなだれた。

前ぶれもなく冬がきたとはいえ、むざむざ凍死するわけにはいかない。

気を取り直して、僕たちは模試の問題を見直した。最も偏差値が低かった、現代文からとりかかる。第一問は小説の読解だった。本文の前に、物語の設定やそれまでの経緯について、簡単な注釈が添えてある。

「都会の暮らしに疲れた主人公は田舎の実家に戻り、小さなレストランを開いた。ある日、近所の農家からおんどりをもらい受け、コッコと名づけて店の裏で飼いはじめた」

僕は声に出して読んでみた。特にわかりづらそうでもない。

が、続きに目を通してみて、璃子が苦戦させられた理由が僕にもなんとなくわかった。問題で使われているのは、にわとりを譲ってくれた農家のおかみさんが余命いくばくもないと主人公が知る場面だった。世話になってきた彼女においしい料理を作ってふるまいたい、と主人公は思いたつ。結果、コッコは彼らに食べられてしまうのである。この展開は、動物を愛する璃子には確かにきついだろう。

「なにも食べちゃうことないのに」

顔をしかめている璃子に、僕は注意深く相槌を打った。

「まあ、にわとりにとったら気の毒な話やな」

捕食と被食、あるいは食う側と食われる側、両者の関係性にまつわるこの種の話は、非常に扱いが難しい。殺されるほうがかわいそうだとか、弱肉強食は自然の摂理だとか、ひとことではなかなか結論づけられない。さらに理系の学部では、食べるためでなくても、動物や植物を実験材料にする場合もある。考えはじめるときりがない。

考えはじめるときりがないので、僕はあまり突きつめて考えていない。そもそも結論を出せる話ではないのかもしれない。腰を据えてしっかり思考すること自体は僕も好きだし、気も長いほうだと思うけれども、いくら頭を働かせても答えの出ない問題について延々と考えめぐらせるのは苦手だ。

しいていうなら、しゃあない、というのが食物連鎖に対する僕の意見だ。そうなってるんやから、しゃあない。善とも悪とも断じられない、ただ、この世界はそういうしくみになっている。

最強の捕食者である人間としての、傲慢な意見だろうか。でも僕は、馬に生まれようがカブトムシに生まれようが、きっと同じように考えるだろう。だからといって、生きることをあきらめるわけではない。必死に生きる。生きていくために食べる。あるいは知恵をつけ、強くなる。僕は僕の都合でトマトを育てる。ダニはダニの都合でトマトにつく。僕は僕の都合でダニを駆除する。みんな、自分のために生きている。

「せやけどこれ、しょせんは作り話やで」

僕はやんわりと話をそらした。無事に大学に入ってからならまだしも、今は生態系について議論するときではない。大事なのは、ひとまず国語の試験でいかに高得点をとるかだ。

「作り話は作り話でも、これはひどくない？」

璃子は食いさがる。

僕のほうは、そこまでひどいとも感じなかった。にわとりをしめたりさばいたり、生々しい描写があるわけでもない。終盤、主人公がどんな料理を作ろうかと知恵をしぼっているところで段落が変わり、次の行ではコッコはすでにローストチキンになっている。ああおいしい、コッコありがとう、とおかみさんが喜び、主人公も満足する。順当な大団円である。

「でも、璃子ちゃんも鶏肉食べるやろ」

慎重に、言ってみた。

「食べるけど」

「やろ？　そのにわとりも、どっかで誰かが育てたんやで」

「名前つけて？　かわいがって？」

言葉に詰まった僕に、璃子はたたみかけた。

「動物を殺して食べるっていうこと自体がいやなんじゃないの。かわいそうとか残酷だとか言いたいわけでもない。でもこの話は、なんかやだ」

璃子の読解力は、着実に上がっていたのだろう。文章を丁寧に読みこむほど、その分だけ具体的な疑問が出てくるようになる。

「どうしてコッコなの？　どうして他の食べものじゃだめなの？」

璃子にはスイッチがある。どうしてスイッチ、と僕はひそかに呼んでいる。どこにあるのかは僕も、たぶん本人さえも知らない。頭のてっぺん、背中のどこか、もしくは足の裏かもしれない。いずれにしても、ふとしたはずみでそのスイッチは押され、そしてひとたび押されてしまったら、もう止められない。どうして、どうして、と繰り返しながら、璃子は答えを見つけるまで突き進む。そうなってるんやからしゃあないな、と僕なら割りきって片づけてしまうところでも、決して後にはひかず、粘り強く考え抜く。

どうしてスイッチは、古文でも発動された。

古文は現代文と違って、行間を読むというよりは、現代語に翻訳するのが主眼になる。言い換えると、少なくとも受験勉強では、文法や語彙さえ頭に入れておけばなんとかなる。要は、暗記である。璃子の記憶力は悪くないので、向いているように思えた。

「どうしてこんなふうに活用するの？」

記憶力は、悪くない。一方で、理解できないものをうのみにすることに、璃子はどうしても抵抗を感じるらしい。

「そう決まってるんや。太陽が東から上って西に沈むとか、昆虫の足は六本とか、そういうのとおんなじやって。なんで七本やないねん、って誰もつっこまへんやろ？理屈やないねん」

「虫は人間が作ったわけじゃないからしかたないよ。でも文法は人間が作ったものでしょ？」

「まあ、そうやけど」

「しかも同じ日本人」

「まあ、そうやな」

どうしてスイッチが入った璃子は、手強い。

「理屈じゃないなんて、おかしいよ」

しかし、順を追って考えてみたら、璃子の言い分はちょっと矛盾している。さっきのコッコの話が納得できないというのも、それこそ理屈じゃない。なにもかもを理屈だけで片づけることはできないのだ。

と反撃できればよかったのだけれど、そのときは僕もあせっていて、そこまで考えがおよばなかった。かわりに思い浮かんだのは、高校時代に授業で教わったことだった。

「せやけど千年以上も昔やし、日本人ってひとくくりにしたら乱暴かもしれんわ。ものの考えかたや感覚も、今とは全然違たみたいやし」

手もとの資料集を、ぱらぱらとめくった。文章の説明ばかりでなく、イラストや参考写真も随所に入っている。

「たとえば、これ」

めあてのページを開き、隅に描かれている絵を璃子に見せた。重たそうな着物をまとった女だ。

「小野小町？」

「当時は絶世の美女ってことになってたらしいねんけどな」

教師にこの絵を見せられた現代の男子高校生たちは、なんでやねん、と大合唱したものだ。

「しもぶくれっていうんかな、ほっぺたがふくらんでるほうが美人らしいわ。今の芸能人なんか、がりがりで話にならんやろな。あと髪が命らしいで」

授業で聞いた話を、僕は受け売りで話した。興味をひかれたのか、璃子はめがねを押しあげ、しげしげと小野小町を凝視していた。しばらく考えこんでから、神妙な顔で口を開く。

「お兄ちゃんは、どう思う？」

「どうって？」

「やせてるほうがきれいだと思う？　それともふっくらしてるほうがいい？」

「せやなあ、やせすぎはちょっといやかな」

戸惑いつつも、僕は答えた。

「そっか。じゃあ髪は？」

「へ？」

「長いほうがいい？　短いほうがいい？」

「ええと、別にどっちでも」

「そっか」

「なんで？」

「いや、別に、なんでもない」

急に早口になって、璃子は答えた。僕は資料集を閉じ、問題集のページを繰った。

「よし、ほな次の問題いこか。璃子ちゃん、形容詞の活用形は覚えてるやんな？」

璃子が恨めしげに僕を一瞥し、呪文のように唱えはじめた。

「く、く、し、き、けれ。から、かり、かる、かれ」

二度三度、しつこく繰り返す。僕がそうやって暗記しろと教えたのだ。

「く、く、し、き、けれ。から、かり、かる、かれ」

僕もまねして唱和した。カレーが食べたくなってきた。


二月の終わり、試験を翌週にひかえた日曜日に、僕と璃子はふたりで神社に出かけた。

言うまでもなく、合格祈願のためである。参拝先は、僕の実家の近所にある、こぢんまりとした神社にした。璃子の希望だった。京都の有名どころをすすめた僕に、お兄ちゃんが受験生のときにお詣(まい)りした神社がいいと主張した。

僕自身は、合格祈願などやったかどうか、例によって覚えていなかった。実家で母にたずねたところ、同じく受験直前に、家族で足を運んだと言われた。

「あんたはどっちでもいいて言うてたけど、果菜がこういうのはちゃんとしとかなって聞かんかったやないの」

「そうやったっけ？」

「ほら、鳥居のそばに焼きいもの屋台が出てて、四人で食べたやん」

横で聞いていた果菜が割って入り、僕もやっと思い出した。

「ああ、あのいもはうまかったな」

「ほんま、お兄ちゃんは薄情やわ。せっかくうちらは真剣にお祈りしたのに」

「すまんすまん。ありがとう」

「浪人でもされたら、うっとうしくてかなわんからな」

璃子の合格祈願にも果菜は同行したがったが、ちょうど卒業旅行と重なってしまって来られなかった。うちの分までちゃんとお祈りしといてや、と念を押された。

境内は閑散としていた。風が強いせいか、晴れているわりに寒い。紺色のダッフルコートの上に赤と緑のチェックのマフラーをぐるぐると巻き、もこもこした茶色いブーツをはいた璃子は、北国の子どものようでかわいらしかった。

並んで賽銭を投げ、順に鈴を鳴らし、柏手を打った。璃子はかなり長い間、熱心に祈っていた。

「お兄ちゃん、絵馬も書いていい？」

「ええよええよ」

たいくつそうに頬杖(ほおづえ)をついている巫女(みこ)さんから、絵馬を買い求めた。璃子のことだから、試験の直前でそうとう緊張しているだろうと想像していたのに、思いのほか平静で、僕は安心していた。

願いごとを書く段になってはじめて、璃子の手がかすかに震えているのに気づいた。

僕はそっと目をそらした。ひと足先に、境内の隅の、絵馬がぶらさげられている一角に向かう。さまざまな筆跡で書き入れられた願いごとを、眺めるともなく眺めた。

安産、病気平癒、家内円満。合格祈願もけっこう多い。

「どのへんにつけたらいいかな？」

絵馬を書き終えた璃子もやってきて、首をかしげた。

「そらやっぱ、ど真ん中ちゃう」

璃子が手を伸ばし、絵馬についているひもを金具にひっかけようとしたとき、びょう、と音を立てて強い突風が吹いてきた。

「あっ」

絵馬が璃子の手からすべり落ち、からんと乾いた音を立てて石畳に落ちた。

「落ちちゃった……」

呆然と立ちつくしている璃子にかわって、僕はあたふたと絵馬を拾いあげた。

「平気やって。ほら、三秒ルールや」

「でも……」

「それとも新しいのに書き直す？」

「それも、なんか……」

「わかった、ほなおれも一筆書かせてもらうわ。ふたり分で、ご利益も二倍や。な？」

明らかに科学的根拠に欠けることを、僕はわざと陽気に言った。今回ばかりは璃子も理屈がとおっていないとは指摘せず、涙目でうなずいた。

志望校に合格できますように、と璃子が書いた下に、絶対合格、と僕は大きな字で書き加えた。下に二重線もひいて強調する。

「大丈夫かなあ」

両手でそろそろと絵馬をかけ、璃子が心細げに言った。

「大丈夫やって。落ち着け。自分を信じなあかん」

璃子はうつむいて答えない。

「暗いほうに考えたらあかんで。もっと楽しいこと考えな。そうや、無事に試験が終わったら、どこでも連れてったるわ」

ゆっくりと顔を上げた璃子に、僕はたたみかけた。

「お祝いに、璃子ちゃんの好きなもん、好きなだけ食べようや」

赤くなった目を心もち細めて、璃子が口を開いた。

「約束？」

「おう。約束や」

鳥居を抜けると、三年前と同じように、参道に焼きいも屋が出ていた。一本買って、ふたりで半分ずつ食べた。やはり甘くてうまかった。

落ち着け、と璃子には偉そうに言っておきながら、試験本番の二日間、僕はずっとそわそわしていた。

われながら、おかしかった。落ち着いている、と僕は子どもの頃から言われてきたのだ。動じない、ゆったりしている、安定感がある、などと評されるときもあった。安藤くんは大物になるかもしれんなあ、と小学校の担任教師にはしみじみと言われ、お兄ちゃん鈍すぎ、と果菜にはばかにされた。確かに僕は、あまり細かいことを気にしない。別にそう心がけているわけでもなく、もともと気にならないのだった。

それなのに、このときは試験の前夜から眠れなかった。

寝つきのいい僕には珍しく、ほぼ一睡もできなかった。家庭教師をしてきた一年足らずの間に目にした、なんということもない風景が――たとえば考えこむ璃子の横顔が、愛用している筆箱のくまの模様が、あちこち蛍光ペンで線がひかれた参考書のページが、母親が出してくれた手製のクッキーが――、脈絡もなく頭の中に浮かんでは消えていく。国語の問題集に出てきた「走馬灯のように」という表現が、生まれてはじめて腑に落ちた。と同時に、どうにも縁起が悪い気もしてくる。考えるのはやめて眠ろうとしても、あせればあせるほど目が冴えてしまう。

　試験は学内の校舎で行われるので、通常の授業は休みになっていた。志望学部ごとに会場が分かれ、農学部は中央キャンパスだった。激励にいこうかと璃子に持ちかけたところ、丁重に辞退された。考えてみれば、他の受験生の手前、かえって気を遣わせても悪い。寮の自室で時計を見上げては、健闘を祈るばかりだった。

　昼前になって、僕はふらふらと外に出た。寝不足のぼうっとした頭で、近衛通(このえどおり)から東大路(ひがしおおじ)に抜け、北へと足を向けた。ぱらぱらと粉雪が風に舞っている。

　中央キャンパスの正門の前には、日頃この界隈(かいわい)では見かけない類の、こぎれいな中年の女性が数人立っていた。受験生の付き添いのようだった。昼休みの間に、親子で一緒に食事をとりに出るのだろう。はたして、正面にそびえ立つ時計台が正午の鐘を鳴らすと、受験生らしき人影がちらほらと校舎から出てきた。寒そうに身を縮め、そろって険しい顔をしている。

　親子連れがいなくなるまで、僕はなんとなくその場につったっていた。

　璃子を待っていたわけではない。自宅から持参した弁当を教室で食べると言っていた璃子が、雪の中こんなところまで出てくるはずもない。そうわかっているのに、なんだか取り残されたようでさびしかった。とりあえず昼めしを食おう、と思った。うどんか、雑炊か、とにかくあたたまるものがいい。体が芯から冷えきっている。

踵を返そうとしたとき、見覚えのある顔が視界に入った。

「あれ？」

向こうも僕の姿をみとめたようだった。ひょいと片手を上げ、近づいてくる。

「お前、なんでこんなとこにいるの？」

例の、体制に不屈の闘志を燃やす、法学部の先輩だった。あやしむように眉根を寄せ、ああ、とつぶやく。

「妹か」

「妹？」

その意味をのみこむのに、数秒かかった。

「おれの教室にいたよ」

「えっ」

先輩は試験監督のアルバイトをしていたのだという。妹ではないと訂正するのも忘れ、僕は勢いこんでたずねた。

「様子はどうでした？」

「どうって、別に普通だったけど」

「ちゃんと解けてました？」

「答案の中身までは見ないよ。回収して、枚数が合ってるかどうか数えるだけ」

先輩は肩をすくめたものの、璃子が窓際の前から三番目の席に座っていたことや、同じ教室にいた友達と休み時間に言葉をかわしていたことなど、意外に詳しく教えてくれた。顔見知りのよしみで、それなりに注意して見守ってくれていたらしい。気難しげに見えて、親切なところもあるのだ。

「午後も行きはるんですか？」

「いや、これで終わり。午前と午後で別の人間がやる決まりだから。寮に帰ってめしでも食おうかと思ってたところ」

「そうですか……」

せっかくなら午後の様子も聞きたいところだった。がっかりしている僕に向かって、先輩は眉をひそめた。

「おれは不正には手を貸せないよ。正義に従って行動する」

「あたりまえやないですか。変なこと言わないで下さいよ」

「まあ、でも」

なぜか顔をほんのり赤らめて、先輩が言った。

「受かるといいな」

「はい。受かるといいです」

僕は深くうなずいて、先輩と並んで寮へと歩きはじめた。

二週間後に、運命の日がやってきた。

合格発表の当日、正午ちょうどに、大学構内の掲示板に合格者の受験番号が貼り出される。僕も、それから璃子の母親も、付き添おうかと申し出たが、ひとりで見にいくと璃子は言った。合格でもそうでなくても連絡すると言い渡され、僕も無理強いはできなかった。

しかし、十二時を過ぎたら、どうしてもがまんができなくなった。璃子の受験番号は覚えている。僕は寮の自室で万年床に正座し、携帯電話で大学のサイトを検索した。合否の結果は、インターネットでも公表される。

トップページには、入学試験結果発表と書かれた赤いボタンがすでに表示されていた。大きく息を吸いこんで、ボタンを押した。新しい画面を読みこむために暗転した液晶を、息を詰めて注視する。

しばらくして現れたのは、受験番号の羅列ではなかった。

〈ただいまアクセスが集中しているため表示できません。申し訳ありませんが、しば

らく経ってからあらためて接続して下さい〉

僕はふとんの上に携帯電話を放り出し、頭を抱えた。それからはたと思いつき、一階に駆けおりた。

寺田はいつものとおり、部屋でゲームに熱中していた。畳にじかに置いたテレビの前に座り、コントローラーを握りしめている。四畳半の壁を覆いつくすアニメのポスターから、異様に目の大きな少女たちが部屋の主（あるじ）を見守っていた。

「おはよう」

たえまなく続く電子音に負けないように、僕は声を張った。電気電子工学科の寺田は、パソコンやインターネットがらみで困ったときの救世主として、全寮生から頼りにされている。

「おはようございます。ご機嫌いかがですか？」

画面から目を離さずに、寺田が答えた。言葉遣いは丁寧だけれど、キーを連打する手は休めない。

「ちょっと頼みがあるんやけど」

「はあ」

「ちょっと急ぎやねんけど」

生返事にもくじけず、僕は強引にたたみかけた。やや迷惑そうな顔をしながらも、ゲームを中断してくれた寺田に、いそいそと携帯電話を差し出した。

救世主がちょいちょいといじっただけで、見たかった画面が魔法のように現れた。ずらずらと並んでいる受験番号に、僕は夢中で目を走らせた。そして、礼を言うのもそこそこに、寮の玄関を飛び出した。試験日とうってかわって、晴れわたった青空には雲ひとつなかった。

掲示板の前には人垣ができていた。押しあいへしあいしている人々をかき分け、僕は無理やり前進した。前のほうに、紺色のダッフルコートとチェックのマフラーを見つけた。

「璃子ちゃん」

僕は大声を張りあげた。そばにいた何人かが、驚いた顔で振り向いた。

璃子もゆっくりと振り返って、僕を見た。目の縁に涙がたまり、陽ざしを受けてきらめいていた。

「おめでとう」

3

めでたく志望大学に合格した新入生は、喜びをかみしめる一方ですみやかにふたつのことに着手しなければならない。

第一に、入学金をはらいこむ。璃子の場合、これは母親の手によってとどこおりなくなされた。第二に、住まいを確保する。こちらは入学金とは違って、新入生全員にあてはまるわけではない。実家が大学に近ければ、必要ない。

ややこしいのは、どの程度の距離なら通学が可能なのか、個人によって、もしくは親と子によって、感覚が異なることだ。とりわけ、自宅の玄関から大学の校門まで一時間半と少し、という中途半端な距離だと、意見が分かれやすい。

大学のそばでひとり暮らしをしたいと切り出した璃子は、父親の猛反対に遭った。

「通えるじゃないか。大阪と京都は隣どうしだぞ」

「隣っていっても、往復三時間以上もかかるんだよ」

「お父さんだって独身の頃は、茨城から東京まで片道二時間かけて通勤してた」

「だけど一限の授業は八時半からだよ。早くない？　七時前には家を出ないと」

「お父さんも毎朝そのくらいの時間には出てるよ。そうだ、ふたりで一緒に駅まで歩けるな！」

　璃子は唇をかんだ。すんなり認めてくれるとは思っていなかったけれど、予想以上にかたくなだ。

「それに、璃子がひとりで住むなんて心配だよ。物騒な世の中なんだから。璃子になにかあったら、お父さんはどうしたらいいか……」

　父親にとって、時間よりなによりそれが最大の問題であることは、疑う余地がなかった。論理的な議論ならまだしも、感情論に持ちこまれては分が悪い。璃子は援軍を求めることにした。

「ねえ、お母さんはどう思う？」

「必要があるなら京都に住めばいいし、ないなら家にいなさい」

　こういうとき、母親はおおむね中立派に徹する。

「必要あるよ」

「いや、ないな」

「お父さんはここからあの大学に行ったことがないから、どんなに大変かわかってないんだって。何度も乗り換えて、最後は歩くんだよ」

「璃子も二、三回行っただけだろう。はじめは遠く感じても、毎日ならじきに慣れる。やってみないとわからないよ」

　どちらの意見も一理ある。やってみなければ、わからない。わかっていない者どうしがいくら言い争っても、らちが明かない。

「そうだ」

　母親がぱちんと手を打った。

「先生に意見を聞いてみない？」

「先生？」

　父親が聞き返した。

「ほら、安藤先生。家庭教師の」

　一年近く、ほぼ毎週にわたって、大学の一画に建つ寮から上原家まで足を運んできた当事者である。適任だろう、と父娘（おやこ）とも納得した。

　実際に電話をかけたのは、璃子本人ではなく母親だった。より客観的な判断をあおぐためには、そのほうがいいと判断したのだ。それから、これも公平を期すべく、父娘でもめているという背景は知らされなかった。

「璃子を自宅から通わせるか、京都でひとり暮らしをさせるか、迷ってるんです」

と、母親は簡潔に切り出した。

「できれば大学の近くに住んだほうがいいと思います」

回答も、負けず劣らず簡潔だった。

さらに細かい補足も続いた。往復三時間を超える移動は、土曜日の昼間でさえ大変だったのだから、平日のラッシュ時や夜遅くはもっと苦痛だろう。また、専門科目の授業が多くなってからは、始発や終電の時間にかまってもいられない。思わしい実験結果が得られず、研究室に夜どおしこもりっきりになったり、教授の都合に合わせて授業前の早朝に呼び出されたりもする。大学の周りには学生も多く、便利で住みやすい。

「それに、楽しいですよ」

「楽しい、ですか……」

璃子の母親は考えこむようにしばし黙った。

「ありがとうございます。先生のご意見も参考にして、家族でもう一度話しあってみます」

そんなやりとりを経て、璃子の新居は女子学生専用のこぢんまりとしたアパートに決まった。

東大路通と北大路通のまじわる高野の交差点からひと筋西へ入った路地に建ち、農学部のある北部キャンパスまで歩いて十五分、一般教養の授業が行われる中央キャンパスや南部キャンパスにも二十分程度で着く。自転車なら、その三分の一ほどの時間しかかからない。

引越しの日、家を出る娘を、父親は長い訓辞とともに送り出した。その後、引越し会社のトラックが実家にやってきて、母親の指示のもとで荷物を積みこみ、アパートまで運んだ。走り去るトラックを見送って、父親は涙ぐんでいたそうだ。

「そんなに遠くないもの。こっちにもときどき顔を出すって言ってたじゃない」

傷心の夫を妻は慰めた。

「卒業したらまた帰ってくるかもしれないし」

前者は実現したが、後者はしていない。十八歳で実家を離れて以来、璃子が両親と暮らす機会は一度も訪れていない。

学生生活がはじまり、璃子がまず驚いたのは、男子しかいない教室だった。

農学部は学科ごとにクラスが編成される。璃子の所属する農学科は、総勢五十人ほどの一クラスにまとめられ、そのうち女子はただひとりだった。高校三年間を女子校で過ごした身に、女子一〇〇パーセントから二パーセントへの急変は大きい。女子トイレも女性教員も、九八パーセント減とまではいかないまでも、やはりそうとう少ない。

必修科目の授業はクラス単位で受講する。中でも体育の時間には、ひときわ孤独を感じた。どのグラウンドにも女子更衣室などない。高校のときにもなかったけれど、それは全員が同じ教室で着替えるから必要なかったのだった。しかし大学では、薄暗くかび臭い体育倉庫の中で、ひとりぼっちでごそごそと着替えなければならない。男子たちは外のベンチで適当にやっている。なにやらふざけあっている声が窓越しに届くたび、璃子は切なくなった。

クラスメイトから無視されているわけではない。教室で目が合ったとき、構内ですれ違ったとき、挨拶がわりに微笑んでみれば、向こうもぎこちなく会釈を返してくれる。でも、進んで話しかけてきてはくれない。かといって、璃子のほうから誰かひとりに声をかけるのも、気がひけた。璃子だって、もし四十九人の女子の中にひとりぽつんと男子がまじっていたら、おいそれとは近づけない。それでも気負わず異性に話しかけることができるのは、活発で社交的な、あるいは世話好きで面倒見のいい、たとえば果菜みたいな子だ。璃子のクラスには、残念ながらそういう性格の男子はいなかった。ちなみに、なにも農学科だけが特別だったわけではない。この大学の、少なくとも理系の学部では、どこも似たような状況だった。

必修科目の他に、選択制の科目、いわゆる一般教養の授業もあった。これらは学部や学科には関係なく受けるので、女子もいる。四月中に興味のある科目を見て回り、五月の初旬に正式な履修登録をすることになっていた。

ただこれも残念ながら、たまたまなのか、はたまた璃子の嗜好と一般的な女子学生のそれがずれているのか、璃子が足を運んだ教室はたいがい男子学生が大半を占めていた。ちらほらとまじっている女子も、すでにふたりや三人ずつ固まって座り、仲がよさそうに話したり笑ったりしている。彼女たちの周りだけが陽だまりのようにまぶしくて、割りこみづらかった。

ひとりで構内を歩いていると、ひっきりなしにサークルや部活動の勧誘を受けた。歓迎コンパだの花見だの説明会だの、毎日のようになにかが開かれているようだった。そういう催しに参加すれば顔見知りもできるのだろうとは思いながらも、飛びこむ勇気はなかなか出なかった。この季節の構内は、まるで祭か戦場だ。獲物をねらう肉食獣のごとく目をぎらつかせ、声を張りあげ、強引にチラシを押しつけてくる上回生たちの勢いには、璃子のように内気な子でなくてもしりごみするだろう。

四月も半ばを過ぎて、璃子はだんだんあせりはじめた。果菜のような男子がいないということは、わたし自身が果菜のような女子をめざすしかないのだろうか。でも、どうやって。

そこで、ひとまず当の果菜に相談してみようとひらめいた。

「それ、逆ハーレムやん？　ええなあ、選びたい放題やな」

電話に出た果菜は、いたってのんきに言ってのけた。

卒業したら働くと言っていた果菜は、定職につくかわりに実家の店を手伝っていた。就職先を探していた矢先に、ちょうど母親が腰を痛めてしまって、人手が足りなくなったからだ。

「そんないいものじゃないよ」

璃子は弱々しく反論した。さすがに同情したのか、果菜が口調をあらためる。

「やっぱ、思いきって話しかけてみるしかないんちゃう？」

「なにを話せばいい？」

「そんなん、なんでもかまへんよ。出身どこですか、とか、趣味はなんですか、とか。会話をはじめな、どうもならんやろ」

「会話、かあ……」

あのおとなしそうな男子学生たちと盛りあがれるような話題が、はたして見つかるだろうか。同じ学科にいるのだから、学問的な興味の方向性は重なっているはずだけれど、もう少しやわらかい話から入ったほうがいい気がする。

「男子がハードル高いんやったら、まず女子からいってみれば？　そうや、授業のときにお菓子でも買うてったら？　近くの席に座って、ひとつどうですか、ってすすめてみるとか？」

「そっか、なるほど」

　それなら自然に話しかけやすいかもしれない。甘いものは女子にとって共通言語のひとつである。高校生のときにも、新発売のチョコレート菓子ひとつで、かなり話がはずんだものだ。大阪では、バス停や電車の中で、見知らぬおばさんやおばあさんに「飴ちゃん食べへん？」とすすめられることも一度ならずあった。

　翌朝、璃子は登校前に東大路通沿いのコンビニに寄り、時間をかけて吟味した末に、春期限定のチョコレートを買った。かわいらしいピンク色の箱に入った、桜餅チョコなる新製品だ。

　その日の一限は、京都史概論の授業だった。担当教授は京都御所の近くにある老舗旅館の息子だそうで、京都で起きた歴史的な大事件を毎回いくつかとりあげ、独特の京都弁で詳しく解説してくれる。中京区と下京区以外を京都とは認めず、その他の地域についてはいちいち「広義の京都」と呼んで区別したり、東京の話が出れば「東の果て」と鼻を鳴らしてみせたり、偏りぎみの価値観を敬遠する学生もいたようだが、その細かいこだわりが璃子はきらいではなかった。

　中央キャンパスの大教室に入り、注意深く室内を見回した。入口から正面の教壇に向かってゆるやかに下っていく階段を挟んで、左右に席が設けられている。学生は今のところ二、三十人はいるだろうか。文系科目のせいか、比較的女子が多い。向かって右側の前方にふたり連れ、中ほどに三人組、左なめ前にもふたりが隣りあって座っている。

入口から一番近い、左手のふたり連れのほうへ、璃子は足を向けた。机の間をぬって近づくと、彼女たちの横顔が見えた。ふっくらした頰を寄せあって、小鳥のようにささやきかわし、くすくすと笑っている。まじめで親切そうな子たちだ。仲間に入れてくれるかもしれない。

どきどきしながら、璃子はふたりの真後ろに座った。チョコレートの箱をコンビニ袋から出して机の上に置き、壁にかけられた時計を見る。一限がはじまるまであと五分だった。今話しかけるべきか、それとも授業が終わってからがいいか。せっかく会話がはじまったところでチャイムが鳴ってしまっては間が悪い。休み時間に話すひまはあるだろうか。

思案していたら、突然、背中をとんとんとたたかれた。璃子はびくりとして振り向いた。

「それ、ひとつもらってもいい?」

一列後ろから声をかけてきた学生は、くりくりとまるい目を輝かせ、身を乗り出すようにして璃子の手もとに視線を注いでいた。

璃子は急いでチョコレートの箱を開けた。パッケージの写真どおりに、精巧なミニチュアの桜餅が一ダース、ちんまりと整列している。腰をひねって、箱ごと差し出した。

「ありがとう。いただきまあす」

ほっそりとした白い指で一粒つまみ、

「うま！」

と彼は無邪気な声を上げた。あまりにもうれしそうなので、璃子は思わずすすめた。

「もうひとつ食べる？」

「ほんと？　ありがとう。これ、コマーシャルで見て探してたんだ。うちの近所には売ってないんだよ。予想以上にうまいなあ。箱もかわいいし」

彼は顔を上気させて一息に言い、璃子に笑いかけた。

「同じクラスだよね？」

璃子はうなずいた。外国の子どもみたいなふわふわとした栗色の髪と、優しげなアーモンド形の目に、見覚えがあった。そういえばはじめて見かけたときにも、誰かに似ているような気がしたのだ。男子にしては華奢（きゃしゃ）でやせていて、色白のかわいらしい顔だちは、どこか中性的な印象も受ける。

誰だっけ。ととのった目鼻だちだから、芸能人かもしれない。璃子がさらに記憶をたどろうとしたところで、チャイムが鳴った。

彼はかばんをつかんで立ちあがった。この授業を受けるんじゃなかったのか、と当惑している璃子を見下ろし、にこやかに言った。

「ねえ、隣に座っていい?」

彼の名は、涼真という。これから長く続く璃子と涼真のつきあいは、一粒のチョコレートからはじまったのだった。

授業が終わってから、璃子は涼真と連れだって、構内のカフェテリアに移動した。うまいぐあいにふたりとも二限は休講で、午後までなにも授業は入っていなかった。

昼どきには時間が早く、店内は空いていた。注文カウンターで、涼真は迷わずジャンボいちごパフェを選び、璃子もつられてバナナチョコレートパフェを頼んだ。背の高いグラスに盛られた、いかにも甘そうなパフェをそれぞれ受けとって、陽あたりのいい窓際の席についた。

「ひとくち食べる?」

涼真から当然のようにすすめられ、味見させてもらった。璃子のバナナパフェもお裾分けした。

パフェを食べ終えた後も、無料のほうじ茶を何度もおかわりしながら、時間も忘れて話し続けた。璃子と涼真には、共通項が驚くほどたくさんあった。甘いおやつに目がなくて、生きものが好きだった。転勤族の家庭に育ち、幼い頃から日本全国を転々としてきた。高校時代は関西で過ごした。履修しようと考えている選択科目も、京都史概論を含めて、かなり重なっていた。

三つ年上の兄もここの学生で、北白川のアパートでふたり暮らしをしていると涼真は言った。

「研究で忙しくて夜も遅いし、別々に住んだほうがいいんじゃないかって渋ったけど、僕が頼みこんだんだ」

「仲がいいんだね」

「うん。修ちゃん、あ、うちの兄は修治（しゅうじ）って名前だから修ちゃんって呼んでるんだけど、修ちゃんみたいな研究者になるのが僕の夢」

「ふうん。すごいね」

実の兄に対してまっすぐな尊敬の念を注ぎ、かつそれを出会ってまもない相手にも堂々と口に出す涼真の態度は、ひとりっ子の璃子にはもの珍しくもあり、うらやましくもあった。

「いいなあ」

言ってしまってから、でもきょうだいにもいろいろあるな、と思い直した。璃子にとって最も身近なサンプルは、安藤兄妹である。あの果菜が誰かに向かってお兄ちゃんを絶賛するなんて、とても想像できない。

「璃子ちゃん、きょうだいは？」

「いない。ひとりっ子」

璃子は首を振り、ふと思いついて言い添えた。

「お兄ちゃんって呼んでるひとはいるけど」

「へえ。いとことか？」

お兄ちゃんは、いとこじゃない。もちろん本当の兄でもない。友達のお兄さん、と言いきってしまうのも、なんだか少し違う気がする。

璃子はあいまいな作り笑いでごまかして、話題を戻した。

「お兄さんも農学部なの？」

「ううん、理学部。でも生物学科だから、研究内容はわりと近いみたい」

涼真は快活に答えた。兄について語るのが誇らしくてたまらないようだ。

「生物かあ。なにが専門？」

動物好きの璃子は、すかさず興味を示した。

「大腸菌だよ」

涼真がさわやかに言った。隣の席に座ってカレーライスをほおばっていた学生が、ちらっとふたりを見やった。

ゴールデンウィーク初日の土曜日、僕は璃子と百万遍の交差点で待ちあわせした。合格したらなんでも好きなものを食べさせるという約束を、果たすためだった。三月から四月にかけてはお互いに忙しく、延び延びになってしまっていたのだ。僕は四回生から正式に配属された研究室で、年間計画の作成に追われていた。璃子は璃子で、引越しもあり、入学後は新生活になじむので手いっぱいだった。

真新しい空色の自転車で東大路通を颯爽とやってきた璃子を見て、僕は合成写真を眺めているかのような、妙な気分になった。

璃子の姿が周りの風景から浮いていたわけではない。むしろ、すっかり学生らしくなじんでいた。ただその背景に、おやつを運んでくる母親や勉強部屋の本棚のかわりに、いつもの百万遍が広がっているのが、どうにもちぐはぐな感じだった。

「お待たせ」

僕の前で自転車をとめ、璃子がけげんそうに聞いた。

「どうしたの？」

「いや、なんでもない」

首を振った僕を、璃子は一瞬もの言いたげな顔で見上げた。すぐに目をそらし、自転車のハンドルを握り直す。

後から聞けば、内心おおいに落胆していたそうだ。成績が上がれば自分へのごほうびに、下がればせめてもの慰めに、チョコレートを口に放りこむという受験生時代の悪癖を断ちきれたせいか、常に食料がぱんぱんに詰まっている実家の冷蔵庫と訣別したせいか、僕と会わない間に二キロ近くも体重を落としていたのだ。さらに、大学入学を機に、コンタクトレンズを使いはじめてもいた。

そうならそうと、はっきり言ってくれないとわからない。

「じゃ、行こっか」

「吉田山のほうやっけ？」

「うん。神楽岡通から入るのが、一番早くてわかりやすいみたい」

寿司でもすきやきでも、なんでも好きなもんおごったるで、と気前よく提案した僕に、吉田山の中腹にあるカフェに行きたいと璃子は言った。

大学のすぐ近くにある吉田山は、僕たち学生にとっては身近な場所だった。鬱蒼と茂る林に囲まれた山道をハイキングがてら散策するもよし、節分祭で有名な吉田神社を参拝するもよし、山頂近くの公園で昼寝するもよし。ダニを研究している川本は、落ち葉や土を採集するためにも足を運んでいた。

「お兄ちゃんも行ったことないんだよね？」

「せやな、はじめて。聞いたことはあったけど」

興味がなかった、と正直に伝えるのは、やめておいた。カフェというのは女性客が雰囲気や会話を楽しむための場所だという印象があって、あまりそそられなかったのだ。

今出川通をしばらく東へ直進してから、吉田山の東麓（とうろく）を南北に走る神楽岡通で右折した。曲がってすぐに、民家の間に延びる細い石段と、その入口にかかげられたカフェの看板が見えてきた。自転車を降り、看板の傍らに二台並べてとめる。

「へえ。こんなとこがあったんや」

ひとけのないなだらかな階段を、僕は見上げた。大学とは山を挟んで反対側なので、距離は近いわりに、足を運ぶ機会がほとんどなかった。古めかしい家々を見回し、璃子がうきうきと言う。

「なんかいかにも京都って感じだね」

京都の街は狭い路地が複雑に入り組んでいて、いつもの道からひと筋それただけで、見知らぬ光景に出くわす。それがおもしろくて、僕も新入生のときにはよく目的もなくあたりをうろついたものだった。

璃子もきっと楽しい時期だろう。歩き出したばかりの幼い子どもが、地面を踏みしめて足の裏に伝わる感触を喜ぶように、暮らしはじめてまもない町の景色が、ぴかぴかと新鮮に見えているのだろう。僕にも昔、そんなときがあった。

「ほな行こか」

石段を上り、林の中を進む。木々が道に覆いかぶさるようにもくもくと茂り、あふれる新緑で体まで緑に染まってしまいそうだ。十分ほどで、行く手に建物が現れた。おお、とふたりで声をもらす。外見は、カフェというより山奥に建つ古民家そのものだった。入口にはためいている、だいだい色ののれんで、かろうじて店だと知れる。

二階の客席へ案内された。床は板張りで、高い天井には梁（はり）がむきだしになっている。窓際のカウンター席に腰を下ろすと、京都の市街地とそれを取り巻く山並みが目の前に広がった。

「大文字」

ふたり同時に山肌を指さし、同時に笑った。

僕も璃子も、日替わりのランチセットを注文した。四方の窓はすべて開け放たれ、そよ風が吹き抜けていく。ほぼ満席なのに、店内はひっそりと静かだった。外から響いてくる鳥のさえずりが、くっきりと聞こえる。

「ええとこやな」

「うん。すごくすてき」

ひそひそと言いかわしながら、静けさの理由を理解する。この空間では、大声を出すのがはばかられるのだ。

ほどなくして、サンドイッチとサラダとスープがのった、素朴な木の盆が運ばれてきた。大きく切った野菜と数種の豆がごろごろ入った冷製スープを、僕はひとくちすすった。

「うまいな」

カフェもあなどれんな、と胸の中で続ける。

「ここ、雑誌とかで見つけたん？」

「ううん。友達が教えてくれた」

「ああ、こないだ電話で言うてた、クラスの子？」

「そうそう。甘いものが大好きで、すごく詳しいの。ケーキ屋さんとかカフェもいろいろ知ってるんだよ」

「ふうん」

説明を聞きながら、僕は璃子とよく似た感じの女子学生を思い浮かべていた。

「ときどき手作りのお菓子も持ってきてくれるの。おいしいよ」

「へえ。実家から通ってるん？」

「ううん、お兄さんとふたり暮らし。家族向けのアパートだから、オーヴンもあるんだって」

この兄についてもうちょっと詳しく確かめていれば、たとえば理学部だとか専攻は大腸菌だとか聞いていたら、僕も自分との接点に気づいたかもしれない。

奇遇にも、涼真の兄である修治と、僕は一回生のときからつきあいがあったのだ。同じ理学部の龍彦から紹介されて、親しくなった。しかしながらこの時点では、修治の弟が今年から同じ大学に通いはじめたことも、それ以前に弟がいることすら、僕は知らなかった。

後日、僕と修治が友人どうしだという事実が判明したとき、ご縁だねえ、と璃子はしんみりと言った。透きとおった「ご縁」の糸が、僕たちの上に網の目のように張りめぐらされている様を、僕は思い浮かべた。僕と璃子。璃子と涼真。涼真と修治。修治と僕。そしてさらに、この縁の輪はまた新たな、かつ強力な次なる縁を運んでくることになる。

「その子が洋菓子研究会に入りたいって言うから、こないだ一緒に見学にも行ったんだよ。思ってたのとちょっと違ったけど」

料理教室のように自分たちで作ったり試食したりするのを期待していたら、西欧の古典文学を読んで伝統的な洋菓子文化を学ぼうという会だったそうだ。璃子は璃子で、駿馬愛好会の見学につきあってもらった。活動内容は競馬のレース予想と観戦で、これも想定外だった。

それから馬術部にも行ってみたが、こちらも入部には至らなかった。訓練すればなんとかなると先輩たちは優しく励ましてくれたものの、璃子の運動能力と体力でやっていけるかは疑わしかった。ポニーに乗ったときには、心躍る一方で、全体重を支えてもらって恐縮もした。そもそも璃子は馬を乗りこなしたいわけではない。餌をやったりブラシをかけたり、時には話しかけたり、馬たちとふれあいたいだけなのだ。

その本音を先輩部員にも打ち明けてみたところ、それなら馬術部より研究室に入ったほうがいいかも、とすすめられた。馬たちの様子がおかしかったり、気になることや疑問が出たりしたら、農学部の研究室に連絡して見にきてもらっているという。病気やけがは専門の獣医を呼ばなければならないけれど、ちょっとした問題なら解決できることも多いらしい。その研究室と担当教授の名前も、彼女は教えてくれた。

「そうだ、それもお兄ちゃんに聞こうと思ってたんだ」

スプーンを置いて、璃子が言う。

「動物多様性科学研究室って、お兄ちゃん知ってる？」

「ああそれ、川本んとこやな」

僕にとっては川本が専門にしているダニの印象が強かったが、研究室全体としては生態系の解明をかかげていた。当然ながら哺乳類も扱っている。

「お友達？」

「うん、うちの寮生や。そうや璃子ちゃん、学祭でシンポジウム見たって言うてたやろ？　あれを主催してた研究室やで」

「ああ、あの」

璃子が記憶をたぐりよせるように目を細めた。研究室の名までは覚えていなかったらしい。

「問いあわせてみたら、一回生から正式に入るのは無理だけど、ミニゼミっていうのがあるんだって」

「そうか、あそこのミニゼミに入るんか」

「たぶん」

「迷ってるん？」

「ちゃんと調べて、じっくり考えてから決めようかなって」

璃子らしいなと僕は思った。まずは直感で方向性を見極め、根拠を集めて検証する。この大学を受験すると決めたときもそうだった。研究者としても、正しい姿勢だ。

「ええと思うよ。他にも何人か、一回生からミニゼミに入ってたやつ知ってるけど、評判ええで。おれも入りたかってんけど、植物系の研究室でやってるとこがほとんどなくて、あきらめてん」

　ミニゼミを設置しているのは、軒並み動物系の研究室ばかりだったのだ。

　農学部の内部は、研究対象によって、動物系と植物系という二大派閥に分かれていた。このふたつはなにかと張りあうふしがあり、たとえばミニゼミを実施するか否かであからさまに偏りがあるのも、その表れだった。源氏と平家、あるいは会津と薩長、となぞらえるのは大仰すぎるだろうか。いずれにしても、教授や准教授、研究室に所属する学生たちばかりか、まだ専攻が固まっていない新入生さえも、自分が動物派か植物派かはなんとなく意識せざるをえなかった。

　間の悪いことに、僕が四回生になり、植物バイオ科学研究室に配属されたとたん、ようやくミニゼミ制度の導入が決まった。後期からうちの研究室にも一回生が入ってくるということで、みんな盛りあがっていた。

「お兄ちゃんのところは、遺伝子だっけ？」

「うん、そうやな。今やろうとしてるのは、トウモロコシを使った製薬の技術」

「トウモロコシって薬になるの？」

「いや、ちょっとちゃうな。トウモロコシに薬を作ってもらうんよ」

簡単にいえば、まず、薬を生成する遺伝子をトウモロコシの細胞に取りこんで、核内のDNAに組みこむ。次に、その遺伝子を保有するトウモロコシを培養し、光や空気や水といった諸条件を管理した工場で大量に栽培する。そうして育った子株から、必要な成分を抽出して薬を作る。

というような研究を、僕ははじめていた。おやつは毎日トウモロコシだった。

「すごい。そんなことができるんだ」

璃子は興味しんしんで聞き入っていた。

「おもしろそうだね」

「せやけど、うちは植物やからな。璃子ちゃんは基本、動物系やもんなあ。そや、川本からも直接話聞いてみる？」

「ほんと？　すごく助かる」

「あいつのことやから、喜んで喋りまくるで。ちょっと待ってな、忘れんうちに伝えとこ」

川本にメッセージを送ろうと携帯電話を取り出して、あ、と僕は声を上げた。

「どうしたの？」

「めしのこと、すっかり忘れてたな」

いつのまにか、店に入ってから一時間近く経っていた。僕たちとしたことが、話に没頭して食べものが後回しになっていた。ふたりとも、食事にはほとんど手をつけていない。

雰囲気を楽しみ、会話を楽しむ。立派なカフェの客である。

「ほんとだ」

璃子があわてたようにサンドイッチを手にとり、大口を開けてかぶりついた。

サラダをほおばりながら、僕はなんだか愉快な気分になっていた。四回生になったからといって、新入生の璃子と比べて年寄りぶることはない。

「デザートにケーキも食べよな」

璃子が口をもぐもぐさせつつ、大きくうなずいた。

それから数日後、うちの研究室でもミニゼミの話題が出た。初年度ということもあり、九月からどのように進めようか相談していたのだった。雑談のついでに、僕はなにげなく璃子の話をした。

「そういや、おれが家庭教師してた生徒も一回生で、ミニゼミ考えてるらしいです」

「へえ。どこの研究室?」

「動物多様性科学です。猪俣(いのまた)先生の」

答えたとたんに、研究室がにわかに静まり返った。

「おい安藤」

気まずい沈黙を、梅園（うめぞの）教授のどら声が破った。

教授はがっちりした筋肉質の巨漢で、背丈は僕よりも高く、一九〇センチをゆうに超えている。趣味はアウトドアで、年中こんがりと日焼けし、短パンとビーチサンダル姿でうちわ片手に構内をうろついていた。およそ大学教授には見えない。夏祭の屋台で焼きそばを売っていたほうがよほど似合う。スーツ着用の学会は大きらいで、ハワイでやってくれねえかなあ、と毎回ぼやいていた。現地で正装とみなされているアロハシャツで参加できるらしい。堅苦しいのが苦手なのは服装にとどまらず、学生相手にも気さくに話しかけ、冗談を連発して場の空気を和ませていた。

だから、そのときの険しい表情にはたじろいだ。

「金輪際（こんりんざい）、おれの部屋でその名前を言うのはやめてくれるか。頼むから」

それが頼みごとではなく命令であることは、いくら国語力のない僕にでもたやすくのみこめた。

「わかりました。すんません」

わけもわからず、しかし聞いたこともないような険（けん）のある声にたじろいで、とりあえず謝った。

「わかればいい」

教授がうめくように答えた。

「腹へった。めし食ってくる」

乱暴な足どりで、部屋を出ていく。ばたんと音を立ててドアが閉まったのを見届けて、先輩たちが詰めていた息をいっせいに吐いた。

「しくじったね」

一年上の菅沼(すがぬま)さんが、皆を代表して僕に言った。

植物バイオ科学研究室の梅園教授と、動物多様性科学研究室の猪俣教授は、犬猿の仲なのだった。ふたりともこの大学の出身で、同級生として出会った学生時代から三十数年にわたり、なにかと張りあってきたというから因縁は深い。同い年というばかりでなく、学会での評価や論文の評判、准教授や教授に昇格した時期、といった点でも拮抗(きっこう)し、確執に拍車がかかっていた。さらに、この数年後には、学部長の座をめぐる政治的な攻防も白熱することとなる。

「そういうことは早く教えて下さいよ」

「無理よ」

菅沼さんが肩をすくめた。きれいにカールした髪がふわふわと揺れた。

「そのへんは一切禁句なんだもん。この部屋でその固有名詞は使えないよ」

「動物多様性科学ですか？　猪俣先生ですか？」

「両方」

顔をしかめて言い放つ。

どうやら僕は、そうとうな失言をしてしまったようだった。研究室で紅一点ながら、教授にも上回生にも言いたいことをがんがん言って平然としている、こわいもの知らずの菅沼さんが、これほど神経をとがらせるとはただごとではない。

「ま、今度から気をつければいいよ」

しょげている僕を憐れんでくれたのか、菅沼さんが口調を和らげた。

「知らなかったものはしかたないし、先生もそれはわかってるはず。腹ごしらえしたら、ご機嫌も直ってるよ」

その予想は、正しかった。研究室に戻ってきた梅園教授は、ふだんどおりのおおらかな笑みを浮かべていた。

「さっきはすんませんでした」

僕がおそるおそる謝ると、いやこっちこそ、かっとなって悪かったな、とむしろきまり悪そうに受け流された。

その頃には、僕は一日の大半を研究室で過ごすようになっていた。

四回生は大学院生と二人一組になって研究を進める。指導を受けたり、先輩の作業を手伝ったりするのだ。組みあわせは梅園教授が、本人いわく直感によって、たぶん実際には研究テーマと学生どうしの相性を考えあわせて、決める。その結果、僕は菅沼さんと組むことになった。

研究室には僕以外に四回生が三人いて、それぞれ別の院生と組んでいた。どの先輩にも、長所と短所はある。研究者としての資質と面倒見のよさは比例しないし、後輩をかまってくれようとする親切心はあっても、専門用語だらけの説明では初心者には理解できない。その点、菅沼さんの話は明確かつ端的でわかりやすかった。指示された内容に混乱したり、放ったらかしにされて途方に暮れたりするようなことは、僕の場合にはなかった。

それでも、同回生たちは誰ひとりとして僕をうらやむことはなかった。菅沼さんはとにかく人遣いが荒かったからだ。

深夜までこき使われるだけでなく、僕の能力の限界を承知しているかのように、もしくは試しているかのように、ぎりぎりできるかできないか、まにあうかまにあわないかという絶妙なさじかげんで作業を割り振ってくる。かといって後輩に任せきりではなく、自分は自分で実験器具にかじりつき、僕の倍の作業を黙々とこなしていくので、文句も言えない。ととのった顔だちの菅沼さんが、長い髪をひっつめて眉間(みけん)にしわを寄せ、なにやらぶつぶつつぶやきながら試験管の中身に目を凝らしている姿には、一種独特の迫力があった。

菅沼さんも僕と同じく、植物による医薬品の培養を研究していた。彼女はイネ、僕はトウモロコシを主に扱い、薬の種類も異なるが、基本的な原理は変わらない。薬を作る遺伝子を植物に組みこんで、栽培する。いわゆる遺伝子組み換え技術の一種だ。

「遺伝子組み換えって、なんでこんなに風あたり強いわけ？」

テレビや新聞でその言葉が取りざたされるたびに、菅沼さんは不満そうにこぼした。

「使いかたによっては危険かもしれないけど、うまく活用すれば役に立つのに。そこまで目の敵にしなくたっていいよねえ」

八百屋の家に生まれた僕には、その嘆きがよく理解できた。日本で遺伝子組み換えといえば、こわい、危ない、という偏見がどうしても拭えない。技術の中身が具体的にどのようなものか、どんな課題があり可能性があるのか、ほとんどの人々はなにも知らないまま、マスコミの報道だけで評価はほぼ固まってしまう。ワイドショーでとりあげられようものなら、奈良の片隅の小さな八百屋でさえ、これって遺伝子ナントカやないやろね、と確認する客が何人もいた。

三回生の終わりに専攻を決めるとき、僕が慣れ親しんだ野菜や果物ではなく薬を研究対象として選んだのは、ひょっとしたらその影響もあったのだろうか。無意識のうちに、食用を前提に植物の遺伝子をいじることを避けようとしていたのかもしれない。

たとえば僕は、大学でなにを勉強しているのかと実家で聞かれたとき、トウモロコシの遺伝子組み換えだとは言わなかった。かわりに、バイオ技術で薬を作っていると答えた。薬だって結局は体内に入るわけで、同じといえば同じなのに、家族の抱く印象は違うだろうと、これも無意識に感じていた。ずいぶん考えなしだったと思う。薬の研究にも真剣に取り組んではいたが、最も興味があるのはなんなのか、本当にやりたいことはなんなのか、考え抜いていなかった。

菅沼さんは、違った。自分のやりたいことについて、やるべきことについて、確固とした信念を持っていた。

「うちはがん家系なの。祖父母も、父も、みんな若いうちにがんで死んだ。母はこないだ手術をしたばっかり。わたしも弟も、たぶん将来はがんになる」

実験の手順を確認するかのように淡々と言われ、僕には返す言葉もなかった。

「わたしたちの世代にはたぶんまにあわないと思うけど、この研究が実を結んだら、子どもか、もしかしたら孫の役には立つかもね」

七月の終わり、翌月に開かれる学会に向けて、研究はいよいよ佳境を迎えた。体力には自信のある僕も、徹夜続きでさすがにふらふらだった。

研究室で夜を明かした翌朝、つい弱音を吐いてしまったことがある。

「菅沼さん、毎日こんなで疲れません？」

早朝の実験室に、ふたりきりだった。菅沼さんの背後にある窓が白々と明るんでいた。彼女は眉を上げ、即答した。

「女だからってなめられたくないの」

子どもや孫のためにがんばる、というような返答を半ば予測していた僕はあっけにとられ、それから苦笑した。

「誰もなめてませんよ」

なめるどころか一目置いている。菅沼さんの集中力とスタミナは、誰もが認めるところだった。それに、少なくとも僕は、菅沼さんの性別を気にしたことなどない。教授だって他の学生たちだって、そうだろう。

「ここではね」

菅沼さんはふっと笑った。大きな目の下に、薄くくまが浮いていた。

「でもそんなの、ここだけなんだよ。外の世界は違う。大学に入る前もそうだったし、出た後もきっと」

真顔に戻り、僕の顔をじっと見つめた。右目が少し充血している。

「安藤くんにはわからないよね」

僕を責めているふうではなかった。いつもの威勢のいい早口とも違った。どちらかといえば自分に言い聞かせているような、ひとりごとにも近い口調だった。

「さてと。おつかれさま」

僕がなにも返事をできずにいるうちに、菅沼さんは勢いよく立ちあがった。

「今日って先生は午後まで来ないんだったよね？　ここ片づけたら、帰ってちょっと寝るわ」

「おれ、よかったらやっときますよ」

「ほんとに？　ありがとう、助かる」

僕はひとりで器具を片づけ、エアコンを切って窓を開けた。外から小鳥のさえずりが聞こえてくる。朝日のさしこむ静かな実験室で、つかのまぼんやりとした。

安藤くんにはわからない。

それはそうだ。女だからってなめられたくない、その気持ちが、男の僕にわかるはずもない。しゃあない、と心の中で唱える。なにか気の利いた言葉をかけられたらよかったのだろうが、あの勝気な菅沼さんを励ましたり慰めたりするなんて、どのみち僕には難しすぎた。

ため息をついて立ちあがろうとしたところで、どういうわけか、璃子の顔が頭に浮かんだ。

璃子もこの先、あんなに追い詰められた表情をすることになるのだろうか？　なめられたくないと挑むように宣言し、せっぱつまった勢いで研究に励むのだろうか？

あののんびりした、おとなしい小さな璃子が？
想像できない。けれど、もしそんなときがきたとして、僕はどう応えればいいだろう。さっきみたいに呆然として、ろくな相槌も打てないのはいやだ。なにか言いたい。なんでもいい、璃子の力になれるような言葉を、かけてやりたい。

けたたましいアラームが鳴りはじめ、はっとした。

かばんの中に入れていた、携帯電話の目覚ましだった。毎日六時十五分にかけてある。そろそろ寮の食堂でラジオ体操がはじまる。

僕は腰を上げ、かばんから携帯電話を出してアラームをとめた。いったん帰って腹ごしらえしてから、僕も少し眠ろう。

一方、璃子は大学に入ってはじめての夏休みを存分に満喫していた。涼真と三条へ買いものに出かけ、大学に併設されている博物館で恐竜の骨を見学し、学食で売り出した夏季限定のかき氷にはまり、馬術部の厩舎に足しげく通った。そして、十日間のミニゼミにも精を出した。

動物多様性科学研究室のミニゼミを、璃子は受けることに決めたのである。

この研究室のミニゼミは、後期からはじまる通常講座の前に、七月の半ばに行われる夏期集中講座も設けられていた。いわばお試し期間のようなもので、あらかじめ研究室の活動を体験してみてから、本格的に履修するかどうかを決められるようにという配慮だ。この年は応募したのがたまたま璃子ひとりで、何度か質問に答えてくれていた川本に、一対一で面倒を見てもらうことになった。

初日の朝、璃子はどきどきしながら北部キャンパスの農学研究棟におもむいた。一階にある研究室の前で川本と待ちあわせ、中に入った。室内は思ったよりも広かった。語学の授業で使っている、定員五十人ほどの小教室とそう変わらない。中央に二列、向かいあわせで据えられたスチール机には、パソコンやら本やら紙の束やらがごたごたと置いてある。その両側の壁に、天井まで届く本棚が隙間なく並び、そこにおさまりきらない書物やファイルが床に平積みされていた。

教授や先輩に挨拶するのだろうと身構えていたのに、誰もいない。拍子抜けしている璃子を、川本は隅のドアまで案内した。

「ここが先生の部屋。忙しくて、めったにいはらへんけどな。あ、あと、うちは地下もあるんよ」

ドアの傍らに、下り階段の入口がぽっかりと口を開けていた。

地下室は薄暗く、湿っぽかった。青白い蛍光灯が大小の水槽やケージを照らし出し、薬品なのか、かびやほこりなのか、不思議なにおいが漂っている。上の部屋よりもこちらのほうが、璃子の想像していた理系の研究室に近かった。

中央に据えられている大きな水槽に、川本が歩み寄った。

「モモちゃん、おはよう」

璃子のほうを振り向き、ほがらかな声で紹介する。

「モモちゃん、こちら上原さん。ミニゼミの一回生」

水面から目だけを出してこちらをうかがっていた鰐（わに）、もといモモちゃんが、のっそりと水から上がった。ごつごつした硬そうなうろこに覆われた頭と胴体に続いて、立派な尾も現れる。体長は二メートルほどだろうか。ガラスのすぐそばまでやってきて、物憂（ものう）げに璃子を見上げる。

「はじめまして」

璃子は小さな声で挨拶した。モモちゃんは黄色い目玉をぎょろりと見開いて、璃子を念入りにねめつけた。半開きになった口の隙間から、白く鋭い牙（きば）がのぞいている。

その後、熱帯魚やモルモットやカブトムシにもひととおり対面してから、上階に戻った。川本は自分のデスクに座り、隣の席を璃子にすすめた。

「いろいろおるやろ。仲よくしたってな」

転校生にクラスメイトを紹介する担任教師のような口ぶりで言う。

「うちは基本、なんでもありやから」

動物多様性科学研究室が扱っている研究内容は、非常に幅広い。ミニゼミの募集要項には、生物間相互作用および生態系の解明、と壮大なテーマがかかげられていた。

「生態系ってざっくり言うても、めっちゃ広いからな」

川本は誇らしげに胸を張った。

通常は、特定の地域、または具体的な生物に焦点をあてて、研究を進めていく。研究室内では、それぞれ「土地縛り」「生きもの縛り」と呼んでいる。現在は、ダニを扱う川本を含め、どちらかといえば生きもの縛りの学生のほうが多いという。学祭のシンポジウムでも登場したような、絶滅の危機に瀕している種を専門に研究する者もいる。

「ほんまは先輩たちにも紹介したかってんけどなあ。おもろい話も聞かせてもらえるやろし」

無人の研究室をぐるりと見回して、川本が残念そうに首を振った。

「夏休みは特にひとが少ないねん。現地に行ってはる先輩もけっこうおって」

「現地って、海外ですか？」

「いや、そうとも限らんな」

希少種と聞くと、ジャングルや南の島に生息する動物を思い浮かべがちだが、最近はアカトンボやスズメといった、ごく身近な生きものも減っている。歴史をさかのぼってみても、普通種が絶滅した例は少なくない。乱獲や宅地開発のみならず、農地の耕作放棄など、人間の手が入らなくなることでかえって悪影響が生じる場合もある。さらに、温暖化といった気候の変化も見逃せない。種々の要因を考えあわせて過去の変動理由を解明し、また生息に適した環境を予測できれば、希少種を守る手がかりになる、と川本は璃子に語った。

「そうそう、うちは野外実習多いから。もし後期も続けるようなら、寝袋買うといてな」

そこへ、入口のほうから声がかかった。

「いらっしゃい」

振り向くと、璃子とさほど背丈の変わらなそうな、小柄な男が立っていた。ぴんとアイロンのかかった半袖の白いシャツにねずみ色のスラックスをはき、つやつやの茶色い革靴をはいている。

「あ、先生！　おひさしぶりです！」

川本が声をはずませた。

「上原さん、ラッキーやわ。うちの先生もそうとう希少やから。なかなかお目にかかれへんねんで」

「人聞きの悪いことを言わないで下さいよ」

　猪俣教授は恥ずかしそうにさえぎった。穏やかなおもだちで、白髪まじりの短髪を品よく七三分けにしている。梅園教授が仁王なら、こちらは地蔵である。好々爺そのものの外見は、生態学研究の世界でその名をとどろかせている第一人者には見えない。

「はじめまして、猪俣です。あなたがミニゼミの一回生？」

「はい、上原です。よろしくお願いします」

「上原さんは、高校生のときにうちのシンポジウムを見て、ここの大学に入ろうって決めてくれたんですよ」

　川本が得意そうに言い添えた。教授がしわに埋もれそうになっている細い目を、いっそう細めた。

「ほう。それはうれしいねえ」

「あと、わたしの親友のお兄さんもここの農学部なんです」

　璃子は正確を期すためにつけ加えた。

「そうですか、それはそれは。今も現役でいらっしゃる？　それとももう卒業したのかな？」

「四回生です」

「そうや先生、上原さんに手伝ってもらう研究テーマのことなんですけど」

川本がなぜかあせったように口を挟んだ。

「こないだ相談させてもろてた、気候条件に応じたユーラシア大陸のダニの勢力拡散シミュレーションはどうかなって……」

「ああ、今日は少し時間があるので、この後話しましょう」

教授は軽くうなずき、璃子に向き直った。

「四回生なら、わたしも面識があるかもしれませんね。そのお兄さん、どこの研究室かわかります？」

「植物バイオ科学です」

「植物バイオ？」

教授の眼光がいきなり鋭くなった。川本が天をあおいだ。


幸い、一瞬だけ殺気をみなぎらせた猪俣教授は、すぐにもとの温和な顔つきに戻った。夏期講座の期間中に何度か璃子と顔を合わせたときも、その話題は二度と出なかった。川本から事情を聞かされた璃子も、うっかり地雷を踏まないように細心の注意をはらっていた。

そうして無事にミニゼミを終えた翌週、璃子は涼真が兄と暮らすアパートに招かれた。

　涼真の誕生日パーティーが開かれたのである。パーティーといっても大人数ではなく、兄弟と璃子、それから修治もひとり友達を連れてくるというので、総勢四人だった。誕生日というのも名目にすぎず、涼真にとって一番の目的は、兄がプレゼントしてくれたホットプレートでパンケーキを焼くことだった。

　璃子は涼真と近くのスーパーマーケットで待ちあわせ、食材の買い出しをしてからアパートに案内してもらった。修治とその友達はあと三十分ほどで来るという。

　ワンルームの暮らしにいつしか慣れてしまっていた璃子の目に、2DKの部屋はとても広く映った。玄関を入ってすぐの一間がダイニングキッチンで、向かって右手に流しとコンロがあり、左に正方形のテーブルと椅子が置かれている。そのさらに奥には、四畳半の和室がふたつ並んでいた。どちらも入口のふすまが開け放たれ、中の様子が丸見えだった。

「見苦しくてごめん。でも、こうしたほうがよく風が通るから」

　買ってきた食材を手際よくダイニングテーブルの上と冷蔵庫の中に振り分けながら、涼真が言った。確かに和室のほうからいい風が吹いてくる。

「焼いてて暑くなってきたら、扇風機も回そう」

「いいおうちだね」

璃子は室内をぐるりと見回した。ちっとも見苦しくなんかない。壁や床は年季が入っているけれど、きちんと片づいていて清潔感がある。器用で気も回り、いつもこざっぱりとおしゃれな格好をしている涼真のことだから、部屋も散らかってはいないだろうと思っていたものの、予想以上に整理が行き届いている。

璃子の考えたとおり、部屋がきれいに保たれていたのはひとえに涼真のおかげである。修治がまだひとり暮らしをしていた頃の下宿は、とんでもなく散らかっていた。生活がとにかく大腸菌を中心に回っていて、研究室にこもりっきりで自宅にはめったに帰らないのだから、部屋が荒れるのも当然といえば当然だった。

「なにか手伝おうか？」

真新しいホットプレートをいそいそとテーブルの上に出している涼真に、璃子は聞いてみた。

「いいよいいよ、簡単だから。璃子ちゃんは適当にくつろいでて。僕の部屋の本とか雑誌とか、気になるのあったら見ていいよ」

「わかった。ありがとう」

璃子は涼真に背を向けて、壁で仕切られた左右の和室を見比べた。家具の配置はよく似ている。壁に沿って木製の本棚、その向かいに押入れ、中央に座卓、隅に三つ折りにしたふとんとたたんだタオルケットが重ねてある。ただし、右の部屋にはこれといった装飾がなくやや殺風景にも見えるのに対して、左の座卓には積み木をいくつも重ねたような凝ったデザインのフロアライトが置かれ、天井から小鳥を模した可憐（かれん）なモビールがぶらさがってかすかに揺れていた。

　決定的な違いは、左の部屋の窓辺に並んでいる植木鉢だった。赤やピンクのベゴニアの寄せ植え、まるい緑の葉を茂らせたミントの苗、ぷっくりとした胴体に産毛（うぶげ）のようなとげを生やしたサボテン、オレンジ色の花をいくつもつけたハイビスカス、と多種多様だ。しおれた花や元気のない葉はひとつも見あたらない。

　わたしの部屋はどっちかっていうと左より右寄りだな、と璃子はなんとなく反省しつつ、左の部屋に足を踏み入れた。窓際の植物をひとわたり眺める。ときどき涼真の話に登場するので、ルーシーだのカトリーヌだのサマンサだの、幾分少女趣味な名前が彼らについていることは知っていた。

　本棚も、わかりやすく整頓されていた。上から一段目に教科書や参考書、二段目は植物の図鑑や写真集、三段目には漫画や文庫本、そして一番下の段には料理や洋菓子のレシピ本がずらりと並べてあった。目についた「誰でも作れる簡単ボリュームおかず」という一冊を抜き出してみる。

「涼ちゃん、料理もするんだ？」

　ダイニングのほうを振り向き、尊敬をこめて言った。手作りのマドレーヌやクッキーはたまにもらうけれど、食事まで作れるのか。璃子の自炊といえば、食パンをトースターで焼いたり、米を炊いて納豆やふりかけをかけて食べたり、ゆでたマカロニに缶詰のミートソースをあえたり、という程度だ。

「まあ適当にね」

涼真はテーブルにボウルを置き、しゃかしゃかと軽快な音を立てて中身をかきまぜている。

「夏休みは時間あるし、なるべく作るようにしてる。修ちゃん、ちゃんと食べさせないとどんどんやせちゃうから」

「なんかお母さんみたいだね」

頭に浮かんだままを口にしてしまってから、失礼だったかと璃子は内心あわてたが、涼真はまんざらでもなさそうに相好をくずした。

「うん、修ちゃんにもよく言われる」

「お兄さんは幸せ者だね」

「どうなのかなあ。でもこっちも、食べてくれる相手がいたほうが作りがいもあるんだよね」

またしても母親じみたことを言っている。

「あ、うわさしてたら帰ってきたかも」

主人の足音を聞きつけた忠犬のように、涼真がぴくんと背筋を伸ばした。次の瞬間に、玄関の鍵が回る音がした。

「ただいま」

開きかけた扉の向こうから、低い声がした。

「おじゃまします」

と軽やかな高い声が続き、璃子と涼真は顔を見あわせた。

友達、というと、反射的に同性のことのように思ってしまうのはどうしてだろう。後日、璃子は果菜と会ったときに、その疑問をぶつけてみた。そうかな、うちは別にそんなことないけどな、と果菜は首をひねってみせた。

ふたりであれこれ話しあった結果、確率の問題ではないか、という結論にたどり着いた。璃子は友達の九割以上を同性が占めているのに対し、果菜は男女がほぼ半々だからだろう。璃子にとって人生初の男友達は、涼真だった。高校時代にも、果菜に誘われて出かけた場に男子がまじっていることはあったが、彼らはあくまで果菜の友達だった。涼真は違う。

もっとも、璃子は彼を男友達とは意識していなかった。一緒にいるときの話題や時間の使いかたが、果菜や女子高時代の友達と過ごすときのそれと、ほぼ変わらなかったのだ。服屋や雑貨屋をのぞき、ケーキ屋めぐりをし、他愛もない話に何時間でも興じた。

ともかく、璃子も涼真も、修治が連れてくる「友達」が女だとは夢にも思っていなかった。

「アリサです。はじめまして」

彼女はくるくると巻いた髪を揺らし、飛び跳ねるような足どりで部屋に上がってきた。黄色いノースリーブのブラウスに、真っ白なミニスカートを合わせている。背は璃子よりも低いくらいだけれど、顔が小さく脚がすんなりと長く、茶色い瞳と白い肌とも相まって、なんだか人形のようだった。

「涼ちゃん？　会いたかった！」

その場に立ちつくしている涼真の手をさっと握り、外国人が挨拶するときのように力強く上下に振る。

「いつも話は聞いてるよ。会えてうれしい。早く紹介してって言ってるのに、修治が忙しい忙しいって先延ばしにして。ひどいよね？」

「ほんまに忙しかってんて」

修治が困ったように眉を下げた。ものすごくやせていて、ひょろりと背が高く、小柄なアリサの頭が肩あたりにある。髪はひどく縮れ、ぶあついめがねをかけている。

涼真とは全然似ていない。

「こんにちは。涼ちゃんの彼女、だよね？　お名前は？」

面食らっている璃子の顔を、アリサがにこにこしてのぞきこんだ。

「彼女？」

璃子がとっさに問い返すと、アリサはくすくすと笑い出した。

「日本語って変だよね、あたしもいつも思う。なんで恋人ってストレートに言わないかな？　ハニーやダーリンじゃ照れるから？」

英語の発音がやけにいい。そういえば、顔だちといい派手な身ぶりといい、日本人離れしている。

などと感心している場合ではなかった。

「違います」

璃子と涼真の声がそろった。

「えっ？」

アリサがいぶかしげに眉を寄せ、修治を振り返った。

「そうなの？」

ひとことでいうと、すべて修治の勘違いだった。

弟が仲よくしているクラスメイトの「璃子ちゃん」の話を、修治は前から聞いていた。もちろん、性別も正しく認識していた。その正しい認識が、誤解につながった。

「今度、璃子ちゃんをうちに連れてきてもいい?」

涼真から切り出された修治は、弟が彼女、もしくは恋人でもハニーでもいいのだが、そのような相手を兄に紹介したがっていると早合点したのだった。

折しも、弟にひきあわせろとアリサからもせっつかれているところだった。つきあって四年目になる彼女の存在を、修治は家族にずっと伏せてきた。わざわざ報告するのも照れくさかったのだ。ひとり暮らしをしている間はうまく隠しおおせていたものの、涼真と同じ部屋に住みはじめ、勘づかれるのは時間の問題に違いなく、自然に打ち明けられる機会をうかがっていた。

「ほな、おれも友達呼ぼかな」

彼女、などという言葉は、修治には気恥ずかしくて使えなかった。恋人だのハニーだのは、言うまでもない。

「いいね。そのほうがバランスもいいし、楽しそうかも」

涼真がすぐさま乗ってくれたので、ほっとした。もともと察しのいい弟のことだし、しかも今回は同じ目的を持っているわけで、趣旨はちゃんと伝わったのだと信じていた。

でも、そうではなかった。

「なあんだ、まだつきあってないんだ」

アリサがつまらなそうに言う。

「まだっていうか」

「普通の友達なんですけど……」

「いいからいいから。修治が早とちりしすぎ。頭いいくせに、肝心なとこで抜けてるんだよね！」

「すまん、すまん」

修治は特に気分を害するふうでもなく、頭をかいている。本人よりも涼真のほうが、不服そうに顔をこわばらせていた。わたしとつきあっていると誤解されてそんなに不本意だったのか、と璃子もいささか複雑な気持ちになった。

ぎくしゃくした空気をよそに、アリサはダイニングテーブルに目を移し、無邪気に叫んだ。

「やだ、かわいい！　おいしそう！」

赤いギンガムチェックのテーブルクロスがかかった食卓には、生のいちごとブルーベリー、バナナの輪切り、生クリームとカスタードクリームが、それぞれ小さな器に入れて並べてあった。傍らにメープルシロップと、璃子が誕生日祝いと手土産を兼ねて買ってきた、マーマレードとりんごジャムの瓶も出ている。

四人でテーブルについた後も、ほとんどアリサが喋っていた。自分の通っている市内の女子大のことや、修治と知りあった学祭のことからはじまって、アメリカで生まれ育ったこと、高校入学を機に帰国して東京に住んでいたことも話した。時折、修治が合の手を入れたり、追加の説明を添えたり、英単語をそれとなく日本語に翻訳したりした。

涼真は相槌も打たず、黙々とパンケーキを焼いていた。いろいろな具材を順に試せるように、一枚一枚が手のひらほどのサイズなので、すぐに皿が空く。ことにアリサは、華奢な体からは信じられない勢いで、果物とクリームをこんもり盛りつけた生地をぺろりぺろりとたいらげていく。

「ちょっと休憩して、涼ちゃんも食べれば?」

自分が食べるのも後回しにして、粛々とおたまとフライ返しを操っている涼真に気を遣い、璃子は声をかけた。かわってあげようにも、涼真のようにうまく焼ける自信がない。

「いいよ大丈夫」

涼真はホットプレートを見据えたまま、短く答えた。

「ふわふわで超おいしい。お店のみたい。涼ちゃん器用だね」

「どうも」

アリサが愛想よくほめても、気のない返事しかしない。

修治もアリサも気にせずむしゃむしゃ食べていたが、璃子は涼真の様子が気にかかり、あまりゆっくり味わえなかった。アメリカではこれが定番なんだよ、とアリサがしきりにすすめてきた、かりかりに焼いたベーコンをのせた上にメープルシロップをたっぷりかけるという、いかにも本場らしい食べかたも、興味はひかれつつも辞退した。

アリサと、彼女を駅まで送っていくという修治が、ふたり連れだって部屋を出ていくなり、

「なにあれ？」

と涼真は鼻息荒く言い捨てた。

「あんなちゃらちゃらした女、修ちゃんには似合わない。弟の前でいちゃいちゃしちゃってさ。修ちゃんも修ちゃんだよ、優しくするからあの女も調子に乗るんだよ」

璃子は仰天した。日頃は温厚で、めったに声を荒らげることのない涼真とは別人だ。草花を愛(め)で、ハート形のクッキーを焼き、恋愛ドラマに一喜一憂し、「かわいい」が口癖の涼真が、あの女、とは。

正直なところ、璃子はそこまで悪い印象は抱かなかった。

向かいに並んで座ったふたりの仲睦(なかむつ)まじさに、最初は多少どぎまぎしてしまった。

でも、いやらしい感じではなかった。テーブルに置かれた修治の左手にアリサが自分の右手を重ねていたのも、ベーコンをのせたパンケーキをひときれフォークにのせて彼の口に放りこんだのも、ごく自然でさりげなかった。長くつきあった恋人たちはこういうふうになるものなのか、と感慨深くさえあった。

「璃子ちゃんはひとりっ子だから、わかんないか」

涼真はもどかしげに言う。

「ああ、でも、お兄ちゃんみたいなひとはいるって言ってたよね？　そのお兄ちゃんにあんな彼女がいたら、いやじゃない？」

寄り添っていたふたりの姿を、璃子は頭の中に再生した。修治のほうを、置き換えてみる。いや、置き換えようとしてみる。

「想像できない」

しばらく試みてから、璃子は答えた。

週末、京都まで遊びに来た果菜に、璃子はその一件を話した。

「わかるわそれ。めっちゃわかる」

アパートの床にぺたりと座りこみ、さかんにうなずきながら聞き入っていた果菜は、ぺちぺちと膝を打った。

「わかる？　やっぱり、いやなものなの？」

「ちゃうちゃう、そこやなくて。ていうか、いやもなにも、お兄ちゃんに彼女がおるとかありえへんし。うちがわかるって言ったんは、そのアリサさんてひとの話」

「え？」

「もう、ごまかさんとってや。ばればれやで」

果菜はにやにやして、きょとんとしている璃子の肩に自分の肩をぶつけた。

「璃子、ほんまは涼ちゃんとつきおうてるんやろ？」

「は？」

「またまたあ、照れんでええって。水くさいわ。もっとオープンにいこうや。うちやって、そのへん隠したことないやろ？」

「涼ちゃんとはそういうんじゃないって」

「うそやん。めっちゃ仲いいやん。家にまで呼んでもろてるし」

「仲はいいけど、友達だよ。つきあうとか絶対にないよ」

果菜があんぐりと口を開け、まじまじと璃子の顔を見た。

「……本気で言ってんの？」

「もちろん」

「うわあ。涼ちゃん、かわいそ」

「かわいそうじゃないよ。向こうも同じだって」

「んなわけないやん。男と女やで？　そんだけ気も合うのに、いつまでもただのお友達ってことあらへんやろ？」

訳知り顔で反論する。実家の店には中高年の主婦の客が多く、時には店先でご近所やら芸能界やらの下世話なうわさ話が飛びかうので、果菜も着実にその影響を受けていたのだ。

「果菜だって、いっぱい男友達がいるじゃない」

「おるけど、一対一で遊んだりはせえへんよ。ほんまにつきあうかどうかはまた別として、そうなってもいいって気持ちにならんと、ふたりきりでは会わへんもん。向こうやってそうやわ」

きっぱりと断じてから、急に眉をひそめて言い添える。

「ああでも、そうやない男もいるっちゃいるねんな」

不穏な響きを聞きとって、璃子はおそるおそるたずねた。

「なにかあったの？」

「あった、あった」

果菜は憤然と言った。

「ミヤケくんがな、来月結婚しはるねんて！」

ミヤケくんというのは郵便配達の青年である。この数か月前から商店街の一帯を担当するようになって以来、奥様方から絶大な人気を得ていた。果菜は水面下の牽制（けんせい）にもひるまず、例によって果敢に話しかけ、休みの日に遊びにいく約束をとりつけた、というところまでは璃子も電話で聞いていた。

「こないだ、ふたりで海遊館に行くって言ってたのは……」

「行ったんよ。でも行っただけ。魚見て、お茶して、うちまで送ってもろて、おしまい。なんやおかしいとは思っててんけどさあ」

すでに結婚の話は決まっていたのだろうし、「行っただけ」ですんでよかったではないかと璃子は思ったけれど、果菜の落胆ぶりを前に、口には出せなかった。

「その点、璃子はええやん。涼ちゃんはフリーなんやろ？」

「たぶん」

直接聞いたことはないが、つきあっている相手がいるような気配はまるでない。

「ああもう、ぐちゃぐちゃ言ってんと、ちゃっちゃとつきあえばええのに！　ほんで、うちに涼ちゃんの友達紹介してや！」

その涼真は、誕生日パーティー以来、めっきり元気がなかった。あの日のようにアリサを口汚く罵るわけでもなく、どちらかといえばその話題を避けているようにも感じられ、璃子もそっとしておくしかなかった。

涼真が重い口を開いたのは、十一月に入ってからのことだった。

そのときふたりは宇治（うじ）キャンパスにいた。その名のとおり、宇治市内にあるキャンパスには、工学系や農学系の研究棟や実験施設が集まっている。京都市左京区の大学本部からは、公共の交通機関か専用のシャトルバスを使って、一時間ほどで着く。周りには田畑が広がり、本部キャンパスよりものどかな雰囲気である。

みごとな秋晴れだった。乾いた風が赤や黄色に色づきはじめた木々の葉を揺らし、うららかな陽ざしが降り注いでいる。なんとも心和む風景に、あの女、という剣呑（けんのん）な言葉はいかにも不似合いだった。

「あの女、ほんとに勘弁してほしいよ」

なんの前置きもなく切り出されたものの、それが誰のことなのか、璃子にもすぐにわかった。

「どうしたの？」

たずねながら、高枝切りばさみでとった柿の実をかごに入れた。単純作業とはいえ、うっかり手をすべらせて落とすと割れてしまうので、気が抜けない。かごの中には、だいだい色に熟れた実がもう五、六個入っている。

ただ漫然と柿をもいでいるわけではない。宇治キャンパスの実験農場を使った、これっきとした授業である。農場実習では、田植えをやったり、畑の土をならしたり、トマトやきゅうりを収穫したり、季節感あふれる泥くさい課題を毎月こなすのだ。

「桃栗三年、柿八年」

講座を担当している老教授は、柿をもぐ手順を実演してみせた後、木の根もとに集まった学生たちを見回してそう言った。

「この年数はだいたい合うてるんですよ。ことわざやからって、きりのいい数字を適当にあてているわけやない。あと、意味も正しい。おいしい実を食べたいなら、じっくり時間をかけて育ててやらなあかん。真実です」

なめらかな口調から、長年にわたって受講生たちに同じ内容を繰り返してきたことがうかがえた。毎年続いている講義はたいがい、講師が替わらない限り、中身も変わらない。単位を落としてしまった科目を二年続けて履修すると、授業中の雑談や冗談までもが録音してあるかのごとく前年のままで、びっくりさせられることもあった。

「きみらはまだ若いから、ぴんとこんかもしれんけどね。そないのんびり待ってられへんって、あせるでしょ。しかしね、どんなことでも、成就するには時間が必要。大事に大事に育ててやれば、いつか必ず実を結ぶもんですよ」

教授の指摘したとおり、このときの璃子には彼の言葉があまり腑に落ちてはいなかった。それよりも、頭上にたわわに生っている実のほうに、注意が向いていた。収穫した柿は各自持って帰れるというので、学生たちは楽しみにしていた。

涼真も数日前には、たくさんもいでジャムを作ろうと意気ごんでいた。それなのに、行きのバスでは顔色が冴えず、黙りこくっていて、璃子も気にかかっていた。ひょっとして、アリサがふたりのアパートに入りびたっているのだろうか？　それとも、修治をめぐってけんかでもしたとか？　さまざまな憶測が、頭をよぎった。

ところが涼真は思いもよらないことを言った。

「アメリカに行っちゃって」

「ふたりで？」

「ううん、あの女ひとりで。旅行らしい」

「そう」

璃子は首をかしげた。きらいな相手がしばらくそばにいなくなって、喜ぶべきじゃないのか。

「八月の頭から、ずっと連絡がなくて。修ちゃん、しおれちゃって、見てられなかったんだよ。昨日ようやくつかまったんだけど」

「へえ。そんなに」

あんなに仲がよさそうだったのに、三か月以上も離れ離れで過ごすなんて、さぞつらかっただろう。

「でもそれがさ、ほんとは違ったらしくて」

涼真が柿の実を取り落とした。とすん、と重たげな音がした。熟しすぎた果肉が土の上で無残につぶれ、赤い汁が飛び散る。

「アメリカに行ってたのは十日間くらいで、その後はずっと京都にいたんだって。修ちゃんには内緒で」

「どうして？」

璃子は思わず口を挟んだ。

「知らない。こっちが聞きたいよ。いつもの気まぐれじゃないかって、修ちゃんは言ってるけど。でもさ、ありえなくない？　修ちゃんをあんなに心配させといて、なに考えてんだよ」

涼真は声を震わせている。自慢の兄が粗末に扱われて、がまんならないようだった。

「それはひどいね」

璃子もため息をついた。

この前は、アリサを一方的に非難する涼真に、同情はしたけれども心から同意はできなかった。自分の身に置き換えて想像しろと言われても、アリサとお兄ちゃんが並んでいる姿はどうしても思い浮かべられなかった。

しかし今回は、涼真の言い分に共感を覚えた。もしもお兄ちゃんが誰かの気まぐれに振り回され、ていよくあしらわれていたとしたら、わたしも憤慨するだろう。

柿もぎ実習から二週間ばかり後に開かれた学祭で、璃子ははじめて涼真と果菜をひきあわせた。

その頃には、涼真もだいぶ元気になっていた。修治がアリサと無事に仲直りし、ふだんの調子を取り戻していたのだ。理由はともあれ、兄の復活は涼真にとっては喜ばしかった。

朝から屋台を食べ歩いていた涼真は、おいしいクレープの店を璃子と果菜に教えた。それから、北部キャンパスの片隅に設けられている植物園に案内し、珍しい花々を見せてくれた。最後は一乗寺(いちじょうじ)にある涼真の行きつけのカフェまで足を延ばし、三人でケーキセットを食べた。

果菜は涼真のことをいたく気に入った。

「涼ちゃん最高やな!」

本人にも直接そう言っていたし、その晩、璃子のアパートでも、繰り返し絶賛していた。

「親切やし、優しいし。男前やし。おしゃれやし。お兄ちゃんの後輩とは思えんわ」

璃子がアパートに誰かを泊めるのは、はじめてだった。果菜にベッドを譲り、璃子は床に置いた寝袋にもぐりこんでいた。誕生日祝いに寝袋をねだったところ、父親はなんともいえない顔をしつつも買ってくれた。

「なあ、涼ちゃんってシカにちょっと似てへん？」

「鹿？」

　璃子は聞き返した。

「どっちかっていうと、猫っぽくない？　目の感じとか」

「ちゃうちゃうちゃう」

　果菜がベッドの上で足をばたつかせた。

「動物の鹿やなくて、シカ。カクシカの」

　ここ最近は聞くことのなかった名前を耳にして、ああ、と璃子は声をもらした。そういえば初対面のときも、どこかで見たような気がした。

「ま、顔はどうでも、いっぺん会いたいってずっと思てたからな。今日はゆっくり話せてよかったわ」

「うん。涼ちゃんもそう言ってたよね」

「来たかいあったよ。お兄ちゃんも元気そうやったし、ひと安心」

　すでに毎年恒例となっていた兄のたこ焼き屋に、果菜は二年前と同様、璃子とともに顔を出したのだった。もちろん今回も、ちゃっかりただでたこ焼きを食べた。

「え？ 体調でも悪かったの？」

璃子はびっくりしてたずねた。初耳だった。

「いや、そういうわけやないけど。こないだの連休に実家帰ってきたとき、いつもより静かやったから、どないしたかなと思てたん」

「そうなんだ。全然気づかなかった」

「疲れてただけかもな。研究が忙しいとは言うてたし。今日は別に、普通やった」

果菜は確かめるように言い、一変して明るい声を出した。

「そうや、店の奥にめっちゃかわいい女の子がおったん、見た？ あんな女友達がおるんやから、けっこう楽しくやってるんちゃう？」

彼女のことは、璃子も気になっていた。果菜の言うとおり、かわいかった。顔はよく見えなかったが、全体の雰囲気が華やかだった。なんとなく、アリサっぽい。つまり、うちの大学っぽくない。

「そうだね」

返事をしながら、きゅっと胸が苦しくなった。お兄ちゃんにはお兄ちゃんの生活があり、友達がいるのだ。さびしい気もするけれど、当然なのだろう。子どもの頃からそうだった。お兄ちゃんは常にわたしの三年先にいる。

「お兄ちゃんねらいってことはないし、山根もないよなあ。てことは、龍彦？ あのうっすい顔、うちはあんまりぴんとこんけど」

兄の友人を敬おうという発想は、果菜にはない。よほどの男前でもない限り、年の差は無視して遠慮なく呼び捨てにされる。

「ねらってる？」

璃子はぎょっとした。

「そうやなかったら、誰が好きこのんでたこ焼き屋なんか手伝うんよ」

果菜が決めつけた。ちなみにこの読みは、はずれていない。

「ま、お兄ちゃんたちにそれがわかってるかは微妙やけどな」

この読みも同じくはずれていない。

「お兄ちゃんて、ほんま鈍いやん？」

果菜は心もち声を低めた。

「せやから、ためこむねんな。ためこんでしまえる、っていうか。しかも鈍いから、どんだけためこんでるか、自分でも気づかへんねん。横で見てて、あほちゃうかって思うときがある」

さっきの話の続きだということを、璃子は遅れて理解した。今日は元気そうに見えたと言いながらも、果菜はまだひっかかるものを感じていたのだろうか。

この点においても、やはり果菜は正しかった。

4

果菜にも見抜かれていたとおり、僕は本調子ではなかった。本調子でないどころか、絶不調だった。

研究がうまく進んでいなかったのだ。僕自身も、また、僕が手伝っている菅沼さんも。

秋口まではすこぶる順調だった。学祭がはじまるまでには、ふたりともそれぞれの論文を仕上げられるはずだった。それが最後の最後になって、論を展開する上で基礎となる前提条件に、致命的な齟齬（そご）が見つかった。あと一息で完成だと信じてがんばってきただけに、打撃は大きかった。

行き詰まったときの研究者は、予測もつかないような行動に出ることがある。暴飲暴食に走る者もいれば、逆に、なにものどを通らなくなる者もいる。自分を責めてふさぎこむ、周囲にあたり散らす、べらべらと喋りまくる、陰気に黙りこくる、症状は千差万別だ。あえて分類するなら、ふだんとは正反対の方向にふれる場合と、生来の性質や癖が助長される場合があるような気がする。

僕は前者で、菅沼さんは後者だった。

何度実験をやり直しても思わしい結果が出ず、僕はあせっていた。あせるあまり、ひとつずつ仮説を立てて十分に検証する時間を惜しみ、同時並行でいくつもこなそうとした。当然のごとく失敗した。失敗すればするほど無口になった。反比例するように、菅沼さんの毒舌は勢いづき、僕のしでかした不始末を責めた。僕はいよいよ無口になった。

菅沼さんは、大勢の前で後輩をしかりつけはしなかった。彼女も余裕を失っている中で、それはぎりぎりの配慮だったのだろうと思う。しかし、その配慮ゆえに、僕は孤独だった。誰からも慰めも励ましも受けられず、ひとりぼっちで歯を食いしばるしかなかった。こういうときに教授がいれば、的確な助言をくれたり、冗談めかして発破をかけてくれたりして、ぎすぎすした雰囲気も幾分ほぐれるのに、折悪しく学会がたてこんでいる時期で大学にはほとんど姿を見せなかった。

「わたしもこんなこと言いたくないんだけどね」

ある日の明け方、怒っているというより悲しげな顔で、菅沼さんは言った。

「安藤くん、やる気ある？」

「あります」

僕はもそもそと答えた。

「じゃあ、なんでこうなるの？」

突きつけられた実験結果の記録紙をひとめ見ただけで、器具の設定を間違えていたとわかった。実験に慣れていないミニゼミの一回生ならともかく、四回生にはまずありえない、初歩的なミスだった。

「やる気がないんだったら、やらなくていいよ」

冷ややかに言い捨てて、菅沼さんは実験室を出ていった。

僕は途方に暮れて、その場に立ちつくした。やる気はある、つもりだった。ただ、なにをやるべきかがわからない。

このままでいいのか、と漠然と思ってはいた。でも、なかなか頭の整理がつかなかった。深く考え抜くには、僕はくたびれすぎていた。もやもやとした違和感を持て余しつつ、とりあえず手だけは動かしていた。それで事態が好転するわけもなく、つまらない不手際を連発し、そのたびに菅沼さんにしかられた。彼女の情熱を目のあたりにして、自分との温度差をまたもや痛感し、ますます落ちこんだ。

そんな苦境にあることを、僕は研究室の外でも黙っていた。最も親しくつきあっていた山根や龍彦にさえ打ち明けられなかった。寮では努めてふだんどおりにふるまった。

　なぜだろう？　自らの研究について生き生きと語る彼らに、みじめな姿を見せるのが恥ずかしかったから？　心配させるのが申し訳なかったから？　唯一くつろげる場所だった寮にまで、よどんだ空気を持ちこみたくなかったから？　単純に、どう切り出したらいいのかをはかりかねていたから？

　どれも当たっているようでもあり、これだけでは説明しきれていないような気もする。いずれにせよ、寮生たちは誰ひとりとして僕の不調に気づかなかった。少なくとも気づいたそぶりは見せなかった。

「大丈夫ですか？」

　一度だけ、寮長が気遣わしげに声をかけてきた。

「最近元気がありませんね。なにかありましたか？」

「いえ、大丈夫です」

　僕は反射的に答えた。寮長はそれ以上追及してこなかった。よく考えて決めたほうがいいですよ、と脈絡のない――とそのときには感じられた――ことを言って、僕の肩をたたいただけだった。

そして学祭がはじまった。

ちょうど、ほぼ同じ日程で、東京で大規模な学会が開かれていた。菅沼さんをはじめ院生の大半は、教授に同行して留守だった。学部生はせっかくだから学祭を楽しむようにと教授が言ってくれて、研究室は事実上休みになった。僕にとっては、ひさしぶりの休息だった。

恒例のたこ焼き屋を出した。山根と龍彦が一緒なのも、龍彦がまたしてもくじ運の強さを発揮していい場所を確保できたのも、例年と同じだった。ただひとつ前の年までと違ったのは、花ちゃんも店を手伝ってくれたことだ。

彼女とはその年の夏に龍彦をとおして知りあい、僕や山根とも急速に仲よくなっていた。僕の記憶が正しければ、このときにはまだ龍彦とつきあいはじめてはいなかったはずだ。

文学部四回生の花ちゃんは、小柄で華奢で、いつ見ても違う服を着ていた。女優のようなつばの広い帽子をかぶっていたり、ばかでかいサングラスをかけていたり、色鮮やかな布きれを首もとにぐるぐる巻きつけていたり、寮に足しげく通ってくるようになった当初は浮きまくっていた。けれど中身は案外さばけていて、よく食べるしよく飲む。けっこうまじめなところもあり、就職活動も順調にこなしたらしく、東京の商社に内定が決まっていた。

四日間、僕はひたすらたこ焼きを焼いて過ごした。忙しく働いていると、頭の中が空っぽになった。よけいなことを考えずにすんだおかげで、ずいぶん回復した。回復したと思っていた。

甘かった。

学祭が終わった明くる日の晩だったか、その次の日だったか、山根の部屋でたこ焼き屋の打ちあげをした。最初は四人で楽しく飲んでいた。昼間は研究室に出て、夏休み明けの小学生並みにしおれていた僕も、飲んでいるうちにいくらか持ち直してきた。持ち直すために、わざとどんどん飲んでいたふしもある。山根と龍彦も、それから花ちゃんも、祭の高揚がまだ残っていたのか、いつになく酒が進んでいた。他愛もない話で盛りあがり、気づいたら日付が変わっていた。

やがて、どういう流れだったか、将来の話になった。同じ四回生でも、春から就職するのは文系の花ちゃんだけだった。僕と山根と龍彦は、大学院に進む。院生になっても、生活は学部生時代とさほど変わらない。花ちゃんから就職活動や内定式の話を聞くたびに、すごいなあ、えらいなあ、と三人で嘆息した。なぜ学生の頃は社会人がああも立派に感じられたのか、今となっては不思議な気もするが、当時は本気だった。

花ちゃんはいつも、居心地悪そうに謙遜した。別に会社に入ってどうしてもやりたいことがあるわけでもない、好きな研究に打ちこんでいるみんなのほうがうらやましい、と。こちらもおせじではなく、本心から言ってくれていたのだと思う。

本心だからこそいっそう、こたえた。僕は研究に打ちこんでなどいなかった。出口の見えない迷路をぐるぐるとさまよっているだけだった。片や花ちゃんは、そんな僕を尻目に、余裕たっぷりに大学生活を謳歌(おうか)している。意気揚々と新しい世界へ向かって歩み出そうとしている。

今さら言い訳するつもりはないけれど、時間をおいて振り返ってみれば、僕があんなにもひがみっぽくなってしまったきっかけは他にも思いあたる。

まず、涼真から絶えず聞かされていた、アリサに関する愚痴があった。

涼真は後期から、わが植物バイオ科学研究室のミニゼミに参加していたのである。もっとも僕は、しばらくの間、彼が璃子の話に出てくる「涼ちゃん」だとはまったく気づかなかったのだが。

涼ちゃんが後期からお兄ちゃんの研究室のミニゼミに入るからよろしくね、と璃子からあらかじめ連絡は受けていたものの、やってきた一回生は男ばかりだった。僕は彼らと直接話す機会もなく、「涼ちゃん」は気が変わってよそのミニゼミに入ったのだとばかり思いこんでいた。涼真は涼真で、「お兄ちゃん」の話を璃子に聞かされてはいたが、名前までは確かめていなかった。それにこの時期、彼の頭は修治とアリサのことでいっぱいだった。

状況を変えたのは、十月に行われた研究室の飲み会だった。学生向けの安居酒屋の、狭苦しい座敷の隅で、涼真が縷々語りはじめたのである。敬愛する兄を振り回す、横暴な恋人の話を。

宴は終盤にさしかかっていた。テーブルの上は食べ散らかした皿や空いたビール瓶で混沌とし、バイオ医療の未来について議論を戦わせる者、悪酔いした梅園教授につかまって懇々と説教を受けている者、隣の研究室のうわさ話に興じる者、畳の上でいびきをとどろかせている者、と皆が思い思いの時間を過ごしていた。僕はまだ飲み足りず、教授が酔った勢いで注文した、店で一番高い芋焼酎のボトルを、そっとひとりじめしていた。

「ここ、いいですか？」

声をかけられて顔を上げると、新入りの一回生が立っていた。

「ええよ」

僕は答えた。これが、僕と涼真の記念すべきはじめての会話である。

「飲む？」

「いえ、けっこうです。僕はまだ未成年なので」

言下に断られ、それならなぜ寄ってきたのかと腑に落ちなかったが、すぐに謎は解けた。涼真が求めていたのは、酒ではなく話し相手だった。

僕は焼酎をすすりながら、涼真の話に耳を傾けた。自慢ではないけれど、こういう場で聞き役をつとめるのは苦手ではない。山根などはわりと短気なので、寮生どうしで飲んでいるときも、法学部の先輩が政治論を語り出したり、寺田が新作ゲームの攻略法を解説しはじめたりすると、ほどよいところで腰を上げて逃げていく。でも僕はちゃんと聞く。聞いてるんやなくて聞き流してるんやろ、と山根は人聞きの悪いことを言うけれども。

涼真は感情豊かに話し続けた。途中で感極まって声を詰まらせ、涙ぐみもした。グラスに入っている琥珀色の液体はジンジャーエールではなくて、ウィスキーのソーダ割りではないかと疑われるほどだった。感情が昂るとともに、話も具体的になってきた。理学部、修ちゃん、大腸菌、といったキーワードも登場した。

「もしかして」

僕は涼真の話をさえぎった。

「涼ちゃん、か？」

涼真が口を半開きにして僕を見た。

「璃子ちゃんの……」

と僕がさらに言いかけたところで、あ、と涼真も手を打った。

「璃子ちゃんの？」

かくして僕と涼真は、ついに互いの存在を認知したのだった。

「あの女、修ちゃんにまとわりついて、研究のじゃまばっかりするんですよ」

学祭の数日前にも、涼真は僕に訴えかけてきた。アパートに遊びにきたアリサが、あたしより大腸菌のほうが大事なんでしょ、と修治をなじっているのを聞いたという。

「そりゃそうですよね？　修ちゃんはぎりぎりまで身を削ってやってるんですよ。それをあの女は全然わかってない。ちょっとくらい息抜きしたほうがいいって、遊びに誘い出そうとしたり」

「彼女は彼女なりに、あいつの体を心配してるんちゃうの」

「いや、そんな殊勝なもんじゃないです。心配してるふうに見せかけて、ただ自分がかまってほしいだけで」

「そうやろか」

「そうですよ！　ほんと、勝手すぎる。研究をやったことのない人間には、しょせん僕らの苦労が理解できないんだ！」

涼真はこぶしを握りしめ、ぶるりと身震いした。

「別の世界の住人だから、相容れないんですよ。適当に息抜きしろって、僕たちのことをばかにしてません？　ああいうお気楽な文系学生とは、絶対わかりあえっこない」

涼真の気がすむまで、僕は話を聞いてやった。山根の言葉を借りれば、聞き流した。そして、学祭の最終日まで思い出しもしなかった。

たこ焼き屋のテントに花ちゃんの友達が何人かやってきたとき、本人は店にいなかった。

ちょうど客がとぎれ、僕は鉄板にこびりついた焼きかすを掃除し、隣で山根が追加のタネをこしらえていた。

「ここやろか?」

「ここじゃないの?」

言いかわしている声が耳に入り、手を休めて顔を上げた。花ちゃんと似通った空気を漂わせた、あかぬけた学生たちが、店の手前でこちらをうかがっていた。花ちゃんは外出中だと教えようと僕が口を開きかけたとき、すっとんきょうな声が聞こえた。

「なにこの店、花ちゃんらしくないやん!」

別に目くじらを立てるようなことじゃない、と今なら言える。

ふだんなら、笑って受け流せたはずだった。声の主である、もこもこした白い毛皮のコートを着た女子には、悪意も敵意も感じられなかった。それに、誰になんと言われようと、現に僕らは友達になれたのだから。それだけの縁があったし、気も合ったのだから。

それなのに、悪びれない声を聞いて、僕の耳には涼真の言葉がよみがえっていた。別の世界の住人。相容れない。絶対わかりあえっこない。

結局、僕は花ちゃんに、友達が来たことを伝えそびれたままになっていた。

「花ちゃんはええよなあ」

湯呑に注いだ日本酒をあおり、僕はうなった。

「おれらみたいなんと仲良くしてくれてること自体がびっくりやわ」

山根もつぶやいた。あの場に居あわせた山根は山根で、なにか思うところがあったのかもしれない。もしくは僕と同様、やや悪酔いしていたのかもしれない。

「住んでる世界が違うもんな」

よせばいいのに、僕はご丁寧にとどめを刺した。花ちゃんがさっと青ざめた。

花ちゃんが出ていった後、あれはないわ、と龍彦はため息をついた。山根も無言で首を振った。僕もまったくもって同感だった。いたたまれなくなって、部屋を後にした。山根たちもひきとめなかった。

自室に戻る気にもなれず、そのまま玄関を出た。ものすごく寒かった。深夜に部屋着のジャージだけで外に出たのだから、あたりまえだ。冷気で全身がじんじんと痛んだ。

携帯電話が震えたのは、哲学の道をとぼとぼと歩いているときだった。

山根たちが連絡してきたのだろうと僕は思った。ポケットから電話を出し、液晶に目を落とす。街灯がまばらに点いているきりの、静まり返った暗い小道で、白い光を放つ画面がまぶしく目を射った。

璃子からのメッセージだった。

〈元気ですか？ こないだはたこ焼きごちそうさま！ 友達どうしでお店出すのって楽しそうだね。来年はクレープ屋とかやってみようかって涼ちゃんと話してます〉

立ちどまってひととおり読み終えてから、僕は道端のベンチに腰かけた。むくむくとぶあついダウンジャケットを着こんだ男が、自転車で前を通り過ぎた。黄色いライトが夜道を一瞬だけ照らし、また暗がりが戻ってくる。

元気ですか？

数日前に会ったばかりなのにこの問いかけは変じゃないか、と不審に感じなかったのは、やはりまだ酔いが回っていたからだろう。不審がるどころか、僕はうれしくなった。花ちゃんに愛想をつかされ、山根たちにもあきれられ、なんだかみんなに見捨てられたような気分だったから。

もちろん璃子は、そんなこととは知らなかった。学祭の帰りに泊まりにきた果菜から聞いた話がずっと心にひっかかっていて、探りを入れてみようと決心したらしい。

すぐに返答があるとも期待していなかった。

「お兄ちゃん？　どうしたの？」

　電話に出た璃子は、けげんそうに言った。

「元気、ないわ」

　僕は言った。

　あそこでなぜ璃子に電話をかけたのか、今でもうまく説明できない。科学の世界に身を置く者として、なるべく偶然を理由にしたくはないが、でもやっぱり、いくつもの偶然が積み重なったのだという気がする。絶妙なタイミングだった。あの日、あの暗い道で、僕がひとりぼっちで凍えているまさにそのときに、璃子が僕のことを案じてくれていた。闇の先にともった、そのひと筋の光に、僕は夢中で手を伸ばしたのだ。

「元気、ないの？」

　璃子がおうむ返しに繰り返したのがやけにおかしくて、僕は低く笑った。笑い出したら、とまらなくなった。

「うん。ない」

「どうして？」

　聞かれたときにも、まだ笑っていた。璃子は重ねてたずねた。

「もしかしてお兄ちゃん、酔っぱらってる？」

ごまかそうとして面倒になった。

「うん。酔ってるな」

「だめだよ、飲みすぎたら」

「せやな」

「飲みすぎて元気がなくなったの？」

「いや違う」

僕は目を閉じた。

「元気がなくて、飲みすぎた」

電話の向こうでしばらく沈黙があった。ばつが悪くなって、言い添える。

「そういうことってあるやろ？」

「わたしはお酒飲まないからよくわかんないけど……」

「え？　璃子ちゃん、飲まへんの？」

「だって未成年だよ」

「そういや、そうやな」

意外な気がした。僕はなぜか、璃子を同い年の友達のように錯覚して喋っていたのだった。そんなことは、それ以前には一度もなかったのに。

「いや」

あの日まで、僕は答える側であり、頼られる側だった。幼い璃子に質問を投げかけられ、受験のときは悩みや不安を打ち明けられ、大学に入ってからもこまごまとした相談を受けてきた。その都度、慰めや励ましや助言を返してきた。

「じゃあ、どうして元気がないの？」

璃子が話を戻した。

「けんかした」

「誰と？」

「友達と。花ちゃんと」

まるで母親と子どものような会話だが、僕も璃子もおおまじめだった。

「花ちゃんって……」

「学祭のとき、たこ焼き屋を手伝ってくれてた女の子がおったやろ。あの子」

「どうして？」

「おれがしょうもないことでからんだ」

「どうして？」

「どうしてやろ？」

璃子の口癖が、僕にもうつってしまった。冷たい空気を胸いっぱいに吸って、考えてみる。

「むかむかしてん。無性に。でも、あれはやつあたりやった」

正直な気持ちが、口からぽろぽろとこぼれ落ちた。言い訳をするつもりはなかった。というか、できなかった。僕が言いがかりをつけて、一方的にけんかを売ったのだ。

「完全におれが悪いわ」

「そうなの？　でも、けんかって普通は両方悪いんじゃない？」

正論である。子どもの頃、僕と果菜がもめるたびに、母はそう言って仲裁したものだ。大切にとっておいたプリンを果菜に食べられて頭にきている僕には「さっさと食べんかったあんたも悪い」。自分専用のシャンプーを勝手に使われて激昂（げっこう）している果菜には「お風呂場に置きっぱなしにしてるあんたも悪い」。

それに璃子にしてみれば、面識のない花ちゃんよりも僕の肩を持つのは自然なことでもあっただろう。涼真の愚痴を僕以上によく聞かされていたせいで、アリサと似た雰囲気をまとった彼女に対して、多少の先入観もあったかもしれない。

「そんなに思い詰めないほうがいいよ。反省してるんだったら、向こうもきっとわかってくれるだろうし」

璃子がかばってくれるほど、僕はかえって情けなくなった。

「いや、おれが悪いねん。花ちゃんはなんも悪くない」

つい、強い口調になってしまった。璃子が口をつぐんだ。

「ひがんでるんやわ」

どうして、と璃子に聞かれる前に、僕は言葉をしぼり出した。

「ここんとこ、研究がうまくいってへんねん。ほんで悪酔いして、花ちゃんにからんでん。ほんま最低や」

つまるところ、僕は花ちゃんに嫉妬していたのだ。彼女自身にというより、同い年でありながらすでに自分のやるべきことを見定め、迷いなく社会に足を踏み出そうとしている、いや、しているように見えた、文系の学生たちに。

僕はなんにもわかっていなかった。ほがらかに軽やかに笑っていても、彼らには彼らの悩みがあり、葛藤があったはずだ。わかりあえないもなにも、視界が狭まっていたのは僕のほうだった。わかりあおうとしなかったのは、僕のほうだった。

璃子はしばらく黙っていた。そして、

「そんなふうに言わないでよ」

と、怒ったようにつぶやいた。

「わたしはお兄ちゃんにあこがれて、この大学に入ったのに。お兄ちゃんみたいになりたいと思ってるのに」

今度は僕が黙りこんだ。璃子が心から言ってくれているのは、伝わってきた。本当なら、うれしく誇らしく感じてもいいはずだった。でも、到底そんな気分にはなれなかった。

「お兄ちゃん、前に研究のこと話してくれたよね。バイオで薬作るんでしょ？　最先端の技術なんでしょ？　すごいよ。新しいことをやってるんだから、うまくいかないときもあるよ。すぐに結果が出なくてもあきらめないでがんばるのが研究者のつとめだって、受験のときにも教えてくれたじゃない」

璃子は訥々と言葉を重ね、最後に小さな声になってしめくくった。

「……なんか、偉そうなこと言ってごめん」

僕は携帯電話を握りしめたまま、ぶんぶんと首を振った。

「いや。そんなことない」

偉そうなことを言っていたのは、僕のほうだ。なんにもわかっていないくせに、調子に乗って先輩風を吹かせて、聞こえのいい言葉を並べていた。

追いたてられるように、口を開いた。

「うちの研究室にな、薬の研究を一緒にやってる先輩がいはるんやけど」

「先輩？」

「そのひと、ほんますごいんよ。専門はがんの薬やねんけど、命賭ける勢いでやってはんねん。まだ院生やのに、その領域では助手の先生とかより詳しいくらい。でもおれは、そこまではいけへん。先輩から見たら、おれみたいな中途半端なんは、そらいらつくやろな」

璃子に説明しているはずが、同時に、自分自身に対して確かめているようでもあった。言葉にしてみてはじめて、ずっと心の底によどんでいた靄が、ぼんやりと輪郭を持った気がした。

「薬の培養は意味のある研究やとおれも思う。興味もないわけやない。せやけど、先輩みたいにはがんばられへんねん」

「どうして？」

僕は薄く笑った。

「どうしてやろな。もともと研究には向いてへんかったんかな、おれは」

「そんなことないよ」

璃子がぴしゃりと言った。

「お兄ちゃんだって、その先輩と同じタイプじゃない」

「同じ？」

「うん。好きなものには、命を賭ける勢いで打ちこむでしょ？」

確かにそうだった。歴史でも料理でも、一度なにかに興味を持ちはじめると、どっぷりのめりこんでしまう。

「趣味と研究は違うからなあ」

「違うけど、似てるよ。どっちも、おもしろいな、って気持ちからはじまるもん」

あのとき璃子は、本当にいいことを言ってくれていた。なのに、ばかな僕は鬱々と卑屈に落ちこむばかりで、うかうかとそれを聞き逃した。

「そない言うてもなあ。八百屋の息子で、野菜が好きで農業にも興味あるから農学部って、そもそも単純すぎたんかも」

野菜が好きだから、農学部に入った——はからずも、僕は重要な事実を言いあてていた。確かにそれは単純な、けれど純粋な、動機だった。

「わたしだってそうだよ。生きものが好きだから、大学でも勉強しようって決めた。それでよかったと思ってる。ミニゼミもすごくおもしろいし、来年もこのまま猪俣先生の研究室に置いてもらうつもり」

璃子はきまじめにつけ加えた。

「全部、お兄ちゃんのおかげだよ。あのとき相談してよかった」

誤解してもらいたくないのだが、璃子が充実した大学生活を送っていること自体は、僕もうれしかった。それは本当だ。自分がうまくいっていないからといって、うまくいっている璃子を妬んだり恨んだりしてしまうほど、弱りきってはいなかった。

ただ、みじめだった。

「おれも一回生からもっぺんやり直したいわ」

なるべく軽い口調を作ったつもりだった。

「やり直すとしたら、文系もええかもしれんな。そうや、歴史とかどやろ？　そしたら実験ともおさらばや。部活やサークルにも入れるし」

浮ついた言葉を並べても、むなしくなってくるだけだった。聞いている璃子も同じだったのだろう、相槌も打たない。沈黙に耐えかねて、僕はすがるようにたずねた。

「なあ、ええと思わん？」

「思わない」

おさえた声で、でもきっぱりと、璃子は答えた。

「なんで？」

「そんなのお兄ちゃんらしくないよ」

「おれらしいって、なに？」

僕はかちんときて問い返した。

「らしいとかしくないとか言われても、これがおれやろ。ぱっとせんし、あほみたいやけど、しゃあないやん」

やけくそぎみに言い放った僕を、璃子は責めなかった。小さくため息をついただけだった。

「お兄ちゃん、疲れてるんだよ。お酒もたくさん飲んだんでしょ？　今日はもう休んで、明日もう一度よく考えてみたら？」

「せやな。考えてみるわ、自分で」

じぶんで、をわざとらしく強調して、僕はぶっきらぼうに答えた。

「悪かったな、こんな遅い時間に電話して」

璃子はなにも言い返さなかった。じゃあな、と僕が言うやいなや、電話はぷつりと切れてしまった。

よろよろと寮に戻ったときには、体が冷えきっていた。どういうわけか、部屋に入ってからのほうが、なおのこと寒く感じた。毛布にくるまってがたがたと震えているうちに、いつのまにか意識がとぎれていた。

翌朝は、史上最悪のふつか酔いと自己嫌悪に襲われた。幸か不幸か、僕はどれだけ泥酔しても、記憶は飛ばない。どんなにくだらない行動をとったか、どんなにばかげた失言をしたか、はっきり覚えている。前日、花ちゃんや璃子になにを言ったか、そして彼女たちからなにを言われたかも、忘れてはいなかった。

いったん寝てもう一度よく考え直せ、という璃子の忠告に、僕は従った。大学は休み、頭痛と吐き気の波に揺られながらも、電話での会話を反芻した。それから、迷惑をかけた仲間たちに謝った。山根と龍彦に、そして花ちゃんにも。

璃子にだけは、直接会って話すかわりに、ゆうべはすまん、と短いメッセージを送ったきりですませた。いいよ気にしないで、と負けず劣らず短い返信があった。

とことん考え抜いてから璃子に会おう、と僕は心に決めていた。どんな結論にたどり着いたとしても、そこに至ったいきさつも含めて、璃子にはじっくり聞いてほしかった。


研究テーマを替えたいと言い出した僕に対して、周囲の反応はさまざまだった。

「なんで急に？」

菅沼さんは、反対した。

「もしかして、わたしがいじめたから？」

もともと大きな目をさらに見開いて、探るように続けた。

「ちゃいますよ」

「じゃあ、最近うまくいってなかったから？」

「それはあります」

僕は白状した。

「でも、つらいからやめたくなったわけやなくて、この機会に自分なりに考え直してみたんです。本当にやりたいことって、なんなんやろうって」

少し迷ってから、言い添えた。

「おれも、自分が心から打ちこめるもんを見つけたいと思たんです。菅沼さんみたいに」

バイオ技術を主軸に、薬の培養ではなく野菜の栽培について研究してみたい、というのが僕の希望だった。

「でも、半年以上も薬でやってきたじゃない」

それは僕も考えた。今から新しいテーマにとりかかるとなると、研究室に配属されてからの八か月間にやってきたことがむだになる。遅れを取り戻すためには、これまで以上にがんばらなければならない。

「まだ半年です」

菅沼さんの目を見て、僕は言った。

「おれ、この先何年も、下手したら何十年も、研究を続けることになると思うんです。いや、続けたいんです」

菅沼さんは僕の目を見つめ返し、ぷいとそっぽを向いて、実験装置のほうへすたすたと歩いていってしまった。

梅園教授にも、話した。教授は菅沼さんのように僕を問い詰めはしなかった。ぎょろりとした目玉を光らせて僕の顔をのぞきこみ、ひとことだけ聞いた。

「本気か？」

「本気です」

僕は答えた。

「じゃあ、本気でやれ」

相談した結果、僕は食用植物の多産性に関する研究に取り組むことになった。

従来、バイオ技術を使った、つまり遺伝子組み換えによる農作物の改良といえば、収穫量の安定をめざし、農薬や虫害に強い品種を作り出すのが主な目的だった。その反面、農薬に強いというのは、大量の農薬をまいても枯れたり弱ったりしにくいということでもあって、安全性を疑問視する声も上がっていた。また、虫害に強くするためには、虫が好んで食べないようにするわけだから、人間の舌にも食味が変わってしまう懸念もある。しかも、その新種に順応した害虫がいずれは出現し、そうやって変異種が増えすぎてしまうと、生態系にも影響を与えるかもしれない。巷で遺伝子の組み換えが不安がられるゆえんである。

そんな中、新たな観点からの研究もはじまっていると梅園教授は言った。収穫量は、個体の数と、各個体からとれる可食部分をかけあわせて決まる。外部環境に負けない丈夫な品種を開発するのは、個体の数をできる限り多く確保するための、ひとつの手段だ。一方で、ひとつの個体あたりの種子や果実の数、たとえばイネなら一本の稲穂につく米粒、りんごなら一本の樹になる実の数を増やせば、全体の量も底上げできる。植物の生育は、多くの遺伝子の相互作用によって、厳密に制御されている。その一環として種や実の数も決まるはずだが、詳しい実態はまだ解明されていない。ただ、イネの研究において、ある特定の遺伝子の働きが強ければコメの量が増え、弱ければ減るという連関が確認された。同様の遺伝子が他の作物にも存在するのではないかという仮説のもと、いくつかの大学が連携して立ちあげた研究チームに参加することになった梅園教授が、その補佐として入らないかと僕にすすめてくれたのだった。

そして璃子も、僕の決断に賛成してくれた。

年末、僕は北部キャンパスの学食に璃子を呼び出した。昼どきにもかかわらず、食堂はがらがらに空いていた。僕もそうだけれど、人並みに休むひまがないと思しき理系の院生たちがちらほら、背をまるめてわびしげに食事をしている。

この間のおわびになんでもおごると言ったのに、璃子は慎ましく一番安いA定食を選んだ。せめてごはんは大盛りにすればいいのに、それも断った。

「あのな、研究のことなんやけど」

細長いテーブルの端に向かいあって座り、定食を食べ終えたところで、僕は切り出した。

「薬やなくて、野菜にしよかと思う」

璃子は僕の顔をまっすぐに見て、にっこりした。

「そっちのほうが、似合うよ」

菅沼さんや梅園教授や、研究室の仲間たちと違い、さほど驚いた様子はなかった。あれだけ長々と弱音を聞かされて、なにかしらの方向転換は予期していたのだろう。

「璃子ちゃんのおかげや。ありがとうな」

僕は深く頭を下げた。今度は、璃子はぽかんとして目をみはった。

「どうして？」

「あの電話がきっかけで、考え直さなあかんって本気が出てん」

璃子がぱちぱちとまばたきをした。しばらく考えこんでから、おもむろに口を開く。

「いつもと逆だね」

「逆って？」

「これまでは、いつもお兄ちゃんがわたしを助けてくれてたから」

なんか不思議、とくすぐったそうに小声でつけ加え、身を乗り出した。

「で、どんなことするの？」

ちなみに、この時期には僕以外にもうひとり、僕以上に大きな転機を迎えたやつがいた。

僕がひととおり話し終えた後、北部食堂で冬の目玉商品として売り出されている白玉ぜんざいを追加で注文し、璃子のミニゼミやら果菜の失恋やらについて雑談をしているうちに、その話題になった。

「お兄ちゃんも聞いた？」

「聞いた、聞いた。びっくりよな」

舌の上で大事に転がしていた白玉を飲みこんで、僕は答えた。

「あいつに比べれば、おれのテーマ変更なんか、そない騒がんでもええ気がしてきたわ。おかげでちょっと気が楽になったかも」

あいつというのは、修治である。

春からアメリカの大学院に進むことになったという話を、僕も璃子も、本人ではなく涼真から聞いた。大変な取り乱しようだったのは言うまでもない。三日続けて無断で研究室を休み、四日目に顔を出したときも、魂が抜けていた。どうしたのかと聞いても、修ちゃん、アメリカ、とうわごとのように繰り返すばかりで要領を得ない。

僕は前々から断片的ながら話を聞いていたので、おそらくアリサがらみだろうと推測はできた。それにしても、まさか修治本人がアメリカへ行ってしまうとまでは予想していなかった。

「あの女にそそのかされたんですよ」

涼真は悔しそうに唇をかんでいた。

「行くなら勝手にひとりで行けばいいのに、修ちゃんまで巻きこんで。あのわがまま女、ほんとに自分のことしか考えてないんだから」

後から修治に確認したところ、涼真はかなり誤解していた。

アリサは以前から、日本の大学を卒業した後はアメリカに留学するつもりだったらしい。それを知った修治が、自分も同行して現地で研究を続けられないかと考えつき、ほうぼうを調べた末に、うちの学校と提携している大学に編入することになったそうだ。つまり、あくまで修治自身の意志で決めた話で、アリサの希望に押し切られたわけではない。反対に、アリサは修治に迷惑をかけるのをおそれ、留学の計画も隠していた。夏にしばらく音信を絶っていたのも、留学資金を貯めるために、こっそりアルバイトに精を出していたかららしい。

「おれのじゃましたくなかってんて。あたしより研究のほうが今は大事でしょ、って」

なんともいえない表情で、修治はつぶやいていた。

「おれ、アリサがじゃまやなんて、これっぽっちも思てへんのに」

修治は三月の卒業式を終えてから、アリサとともに現地へ発つ。それまでの数か月、引越しやらビザ申請やら、もろもろの手続きに追われているようだった。

「涼ちゃん、大丈夫かな。最近すごくやつれてるでしょ？」

璃子が心配そうに言う。

「そうか？」

もともとやせているので気づかなかった。確かに顔色は悪い。あと、研究室のデスクでときどき涙ぐんでいるのも気になる。

「せやけど、修治も研究をやめるわけやないしな。最初はさびしいやろけど、そのうち弟として応援したろって気になるんちゃう？」

「だといいんだけどね。とにかく早く元気になってほしいよ」

「そや、璃子ちゃんとおれと三人で、めしでも食おか?」

ちょっとは気分転換になるかもしれない。

「いいかも。涼ちゃんはもう実家だから、年明けかな。お正月は家族水入らずで過ごすんだって」

「最後やもんなあ」

「だめだよ、最後っていうのは禁句だから」

璃子が釘をさす。

「ほな、どうせなら、なんか見舞いもみつくろってみよか？」

涼真はよく研究室に手作りの焼き菓子を持ってきてくれるから、お返しにもなる。

「お見舞いって、病気じゃないけどね」

「似たようなもんやん。なにがええかな？」

僕や、あるいは山根や龍彦なら、精神的に落ちこんでいるときの差し入れとしてふさわしい品は酒以外に考えられないけれど、涼真は飲めない。やはり甘いものがいいだろうか。

「洋菓子はあっちのほうが詳しいもんな。正月に実家帰ったら、ちょっといい果物でももろてこよか？」

「ああ、涼ちゃんフルーツ大好きだから、喜ぶよ。お兄ちゃんとこの、おいしいし」

気遣わしげに顔を曇らせていた璃子が、ようやく微笑んだ。自分のことのように、うれしそうだった。

そんな璃子に負けないくらい涼真のことを心配していたのが、果菜である。

「お兄ちゃん、なにしてんの？　食べるんなら、ちゃんとお金はろてや」

帰省中、実家の店先でメロンを品定めしているところを見とがめられて、僕は事情を説明した。

「そらあかんわ。かわいそすぎる」

果菜はさかんに同情してみせた。涼真とは学祭で出会って意気投合して以来、たまに連絡しあっていたそうだ。ところが十二月に入ったあたりからぷっつり音信がとだえてしまい、気になっていたという。

「メロンだけやなくて、いちごも持ってけば？」

「ああ、好きそうや」

「知ってた？　いちごって、果物の中で女性人気ベストワンなんやで。赤くてかわいいしな」

「よう見たら毛生えとるけどな」

「そういうこと言わんとって。売上が下がるやろ」

果菜が眉をひそめた。

「ほな、涼ちゃんはひとりぼっちで京都におるわけ？」

「いや、実家に帰ってるらしい。修治もな」

「そうか、一緒に過ごせる最後のお正月やもんね」

「最後っていうのは禁句らしいで」

僕は璃子の受け売りで注意した。

「京都に戻ってきたら、璃子ちゃんも一緒にめし食おかって話やけど。果菜も来るか？」

「うちも？」

　真剣な目つきで、両手に持ったいちごのパックを見比べていた果菜が、はじかれるように顔を上げた。

「ええの？」

「みんな知りあいやし、かまへんのちゃう」

　人数の多いほうが、にぎやかでいいかもしれない。しかも果菜だ。ひとり分以上ににぎやかになるのは間違いない。

「場所は京都になると思うけど、大丈夫か？　店の休みに合わせてもええで」

　果菜は予定を確認するかのようにしばし宙に目をさまよわせ、ゆっくりと首を振った。

「ううん、ええわ。とりあえずやめとく」

「忙しいか。ほな、また今度」

　日頃あいまいな言葉遣いをしない果菜にしては、歯切れの悪い口ぶりを、僕は特に気にもとめなかった。果菜が考えをめぐらしていたのが自分のスケジュールなどではなかったことも、後になって知る。

　そしてこれも僕は知らなかったのだが、果菜はその晩さっそく璃子にも電話をかけたらしい。

「涼ちゃんのぐあいはどない？」

涼真は完全に病人扱いになっていた。

「冬休みに入ってからはわたしも会ってないんだよ。あけましておめでとうってメッセージはきたけど」

「それはうちももろた」

「そっか。わたしのところにも、あれ以外はなんにも」

「元気なんかなあ」

果菜は心配そうに言い、なあ璃子、と口調をあらためた。

「璃子はほんまに涼ちゃんとつきあわへんの？」

「は？」

一気に話題が飛んで、璃子は当惑した。

「こういうつらいときこそ、そばで支えたげるべきやない？　涼ちゃんやって人肌恋しいやろ？」

「だから、違うって。何度も言ってるでしょ。涼ちゃんとはそういうのじゃないんだってば」

「何度も聞いてるけど、信じられへんねんもん。なんもないって誓える？」

「誓うよ。四天王にかけて、誓う」

高校時代に友達の間で使っていた決まり文句が、璃子の口をついて出た。四天王とは、仏教における四人の守護神を指す。母校の講堂の前には、四体の勇ましい石像が立っていた。

「シテンノウ？　……誰？」

果菜はつぶやいたものの、璃子の声が真剣なのは伝わったのか、まあわかったわ、とやっとひきさがった。

店から持ち出した高級メロンといちごを、涼真はとても喜んだ。特にいちごは大好物だそうで、僕はまたしても妹の勘の鋭さを実感した。一方、食事会のほうは、結局すぐには実現しなかった。三月に修治が渡米するまでは少しでも長く一緒に過ごしたいからその後にでも、と丁重に辞退されたのだ。もちろん、僕も璃子も異存はなかった。

それに、僕たちがことさら励ましたり慰めたりしなくても、日が経つにつれて涼真は少しずつ落ち着いてきた。年が明けてからは、研究室にも毎日顔を出していたし、めそめそする姿も見なくなった。修治が日本を発つ日は見送りのため大学を休み、その直後の数日は放心していたものの、翌週は元に戻っていた。

僕は僕で、新たな研究を本格的にはじめていた。野菜といってもあまりに漠然としているから、京野菜にしぼろうと決めた。一般の品種に比べて希少種が多く、収穫量も限られていて、種の保全という観点からも遺伝子情報を解析する意義は大きい。研究室にこの分野を扱っている先輩はいなかったので、梅園教授じきじきに指導してもらうことになった。

ただし、研究対象が薬から野菜に替わっただけで、大学院に進んでからもやっていることは学部時代とあまり変わらなかった。卒業記念に山根たちと誘いあわせて旅行したり、卒業式に出てみたりしたのを除けば、おおむねそれまでと同じ生活が続いていた。こつこつ実験を重ね、論文を読んだり書いたりしながら、学会での発表に向けて準備する、その繰り返しだった。

二回生になった璃子も、僕と同じく、前年と似たような毎日を送っていた。授業にもミニゼミにも、ひとり暮らしにも慣れ、日々は穏やかに過ぎていった。草木の芽吹きにもなぞらえて、春ははじまりの季節だとよくいわれるけれども、この年にはそのような感慨は薄かった。

すぐそばにあったはじまりの兆しを、ひそやかに育ちつつあったやわらかい新芽を、僕も璃子も見逃していたのだ。

四月末、連休をひかえて、僕の研究は一段落ついた。より正確にいえば、やらなければならないことを前倒しで進め、なんとか一段落つけた。

五月といえば、葵祭（あおいまつり）である。

歴史好きが嵩（こう）じ、伝統行事の類にも興味のある僕にとって、京都という街ほど魅力的な場所はない。長く日本の中心として栄華をきわめ、その時代に育（はぐく）まれた雅（みやび）な文化が、現代にも脈々と息づいている。葵祭と並んで京都三大祭に数えられている祇園祭や時代祭も、五山（ござん）の送り火も吉田神社の節分祭も、見逃せない。

中でも葵祭の歴史は古く、王朝風俗の伝統も色濃く残っている。平安中期の貴族たちにとっては「祭」といえば葵祭を意味するほど、誰もが心待ちにする一大行事だったらしい。当時は葵祭ではなく、賀茂祭と呼ばれていた。賀茂御祖（かもみおや）神社と賀茂別雷（かもわけいかづち）神社、すなわち下鴨神社と上賀茂神社の例祭だからだ。

そのような歴史もさることながら、僕にとって葵祭が特別な理由はもうひとつあった。

目玉となる王朝行列では、平安時代の武官や女官の装束を身につけ、葵の若葉を頭や胸に飾った人々が、馬や牛車を引き連れて街の中を練り歩く。先頭から最後尾まで一キロ近くにも及ぶ、総勢およそ五百人の大行列を完成させるため、いわば映画のエキストラのように、一般のアルバイトも募っているのだ。僕のような、京都で生まれ育ったわけではないよそ者でも応募できる。

前の年に参加して、僕はすっかり気に入ってしまった。割り振られたのは下級役人の役で、素朴な白装束に烏帽子をかぶり、牛車を牽くように指示された。実際は、牽くというより、押さなければならなかった。当時を再現した巨大な牛車はあまりにも重く、牛の力だけでは動かせないのだ。僕たちアルバイトは牛と力を合わせて牛車を転がし、京都御所から下鴨神社を経由して上賀茂神社まで、約八キロを歩きとおした。無事に到着したときには、牛と頬ずりして互いの健闘をたたえあったものだ。

今年も参加することが決まってから、葵祭のすばらしさをもっと広めたい一心で、僕は友人知人に見物に来ないかと声をかけていた。寮の仲間をはじめ、研究室の同期や菅沼さんを含めた親しい先輩も誘った。研究の状況しだいで、とみんな同じ返事をよこした。

平日は店があるから難しいだろうと思いつつ、家族にも一応伝えた。両親には案の定断られたが、意外にも果菜が関心を示した。

「それ、璃子も行くんかな？」

「まだ声はかけてへんけど、ひまなら来てくれるかもな」

「璃子が行くんやったら、うちも行きたいな。ちょうど会いたいなと思ててん。うちから誘ってみよか？」

「ほんまに？　ほな頼むわ」

　果菜の申し出を、僕はなんの疑いもなく受けとめた。行列には牛や馬もたくさん参加するから、璃子はきっと気に入るだろう。


　その頃すでに璃子は葵祭を、正しくは葵祭の一部を、ちょうど見物したばかりだった。

　葵祭では、五月十五日の王朝行列に先だって、他にもいくつか神事が催される。中でも、糺の森の馬場で執り行われる流鏑馬は、人気も知名度も高い。祭の無事を祈って、公家の装束をつけた射手が、馬を走らせながら弓矢で的を射抜く儀式である。

　新入生のときに見学に行って以来、交流の続いていた馬術部の先輩たちが、一見の価値があるからと璃子を誘ってくれた。彼らとともに、璃子は手に汗を握って観戦した。矢がびゅんと空を切るたびに息をのんだ。新緑の中を疾走する馬たちは神々しいまでに美しく、背にまたがった射手と一体になっていた。放たれた矢は一本残らず、みごとに的を射た。あんなふうに馬を乗りこなしてみたい、と馬術部員たちは色めきたっていた。乗馬の技術はわからない璃子も、あんなふうに馬と心を通じあわせてみたい、と思った。彼らの深いきずなと信頼関係は、しろうとの目にも見てとれた。

馬術部では、葵祭といえばとにかく流鏑馬に尽きるので、その後の行事は添えものとしかみなされていない。彼らの影響で、なんとなく葵祭はもう終わったような気分になっていた璃子は、果菜に誘われて虚をつかれた。

「行列にな、お兄ちゃんが出るねんて。平安時代のかっこして」

「それって仮装行列みたいなもの？」

秋に大学構内で、かぼちゃやおばけや魔女に扮した学生たちが歌ったり踊ったりしていたのを思い起こし、たずねた。

「うちもよう知らんけど、そうなんちゃう？」

「そっか、楽しそうだね」

「璃子とも最近ごぶさたやから、会って喋りたいし」

「そうだね。行こう、行こう」

こうして璃子は、誤った理解のもとに五月十五日を迎えることとなった。

地下鉄の北大路駅で果菜と落ちあい、加茂街道へ向かった。賀茂川西岸の堤防の上を一直線に走る並木道の、北大路橋から御薗橋までの間が、行列の順路にあたっている。

道の両側にできた人垣を目のあたりにして、遅ればせながら、単なる仮装行列とは趣も規模も違うようだと気づいた。ばかでかい望遠レンズのついた本格的なカメラを携えた人々や、大阪弁で喋りまくっている中高年のグループや、バックパックを背負った外国人もいる。

「えらい混んでるなあ」

「ほんとだね」

目をまるくして言いかわしている璃子と果菜に、

「これでも御所や下鴨よりはましらしいよ」

と涼真が言った。

果菜の発案で、涼真にも声をかけたのだった。地下鉄の駅で待ちあわせたときには、ひっきりなしに話している果菜に気を遣ったのか口数が少なかったけれど、大にぎわいの道を歩いているうちに表情がほぐれてきた。

「詳しいね、涼ちゃん」

「安藤先輩に教えてもらったんだよ」

「へえ。お兄ちゃんの蘊蓄もたまには役に立つな」

三人で加茂街道を北上し、御薗橋の手前にさしかかったところで、周囲からどよめきが起きた。

「あ、なんか来たで」

果菜が北大路通のほうを指さした。橋を渡りきった行列の先頭が、はるか遠くに小さく見えた。

「馬だ」

璃子も声を上げた。近づいてくる先導役の警官は、車やバイクではなく馬に乗っていた。

「さすが京都やな」

「雰囲気があっていいねえ」

涼真も目を細めている。誘ってよかった、と璃子は思った。修治がいなくなって以来、いくらか元気になってきたとはいえ、こんなに楽しげな顔つきを見るのはひさしぶりだった。

警官の後ろからは、いよいよ行列がやってくる。こちらも騎乗が多く、璃子の胸はときめいた。

「かっこええやん」

「ほんと。衣裳（いしょう）もすてきだね」

青や赤の色鮮やかな衣裳をつけた騎手たちに注目している果菜と涼真の隣で、璃子の目はその下の馬に吸い寄せられた。農耕馬らしいずんぐりした体型のものもいれば、すらりと脚の長いものもいる。色もまちまちで、茶褐色の鹿毛、黄褐色の栗毛、灰色の葦毛、輝くような純白もいた。晴れ舞台に向けて入念にととのえられたのだろう、つややかな毛並みを輝かせながら、堂々と厳かに歩いていく。

「お兄ちゃん、どのへんやろか」

「牛車だよね？　あの、後ろのほうの大きいのじゃない？」

「紫の花がついてるやつ？　まだけっこう遠いな。ていうかこの行列、めっちゃ長ない？」

「全部でだいたい一キロくらいあるらしいよ。先輩が言ってた」

涼真に教えられ、果菜はすっとんきょうな声を上げた。

「一キロ？　なにそれ、長っ！」

「知らなかったの？」

「知らんよ、そんなん」

こうして聞く限り、果菜は葵祭にはほとんど興味がないようだ。それなのにどうしてわざわざ誘ってきたのか、璃子はひそかに首をひねった。話もしたいと電話では言っていたから、折り入って聞いてほしいことでもあるのかとも思ったが、そんな様子もない。涼真に遠慮しているのか。でも、涼ちゃんも呼ぼう、と言い出したのは当の果菜だ。

ゆっくりと近づいてきた牛車は、璃子が予想していたよりも、はるかに立派だった。屋根からたれさがるように飾られた藤や梅の花が、牛車の動きに合わせてさらさらと揺れる。朱色の着物姿の子どもがふたり、牛の手綱をとって先を歩き、その背後には白装束の男たちが十数人も、車をぐるりと囲んでいた。車輪は彼らの背よりも大きい。ぎしぎしと車がきしむ音に、沿道からの歓声が重なった。

「あれ、お兄ちゃんちゃう？」

牛車がまさに目の前を過ぎようとしたところで、果菜が言った。

「え？　どこどこ？」

璃子はあわてて首を伸ばした。

「ほらあそこ、車の後ろの一番端っこ」

「ほんとだ、先輩だ」

「気づいてるんかな。おうい、お兄ちゃあん」

手を振り回している果菜と涼真の横で、璃子は思わず口もとをゆるめた。お兄ちゃん、気づいてる。だって今、目が合ったもん。

牛車が去った後も、璃子たちは見物を続けた。男性から成る本列の後ろには、女性ばかりの斎王代列が続く。果菜と涼真はさらに盛りあがり、何枚も写真を撮っていた。

こちらのほうが衣裳も一段と華やかで、色とりどりの花傘や童女役の子どもたちも愛らしく、特に女性には人気がある。女官はほとんど徒歩で、馬が少ないのが璃子には物足りなかったものの、それなりに楽しんだ。

行列の最後尾が通り過ぎてしまうのを見届けて、歩道にひしめいていた見物客は二手に分かれた。上賀茂神社まで行列を追おうとする人々と、北大路通に向かって帰途につく人々が、路上に入り乱れている。

外国人観光客の団体に囲まれてしまい、パワフルな早口に璃子が圧倒されていたら、果菜に手をとられた。

「璃子、手つなご。はぐれんように」

「うん」

「涼ちゃんも」

「え」

妙な声をもらした涼真の手首も、果菜はかまわずさっさとつかんだ。子どもの手をひく母親のように璃子たちを引き連れて、ひとごみの中をずんずん歩き出す。

北大路通まで出ると、混雑は幾分ましになった。璃子は大きく息をつき、果菜の手を離した。

「これからどうする？　お茶でもしよっか？」

汗ばんだ額をハンカチで拭いながら、たずねる。ふと見れば、果菜はまだ涼真と手をつないでいた。

「え?」

璃子はふたりを見比べた。果菜と涼真が顔を見あわせた。果菜がつないだ手をぶらぶらと前後に揺らし、璃子の目をのぞきこんで、

「実はそうやねん」

と言った。

僕が果菜と涼真の関係を知らされたのは、その数日後のことだった。

話したいことがあるのでランチしませんか、と涼真に誘われて、僕はてっきり修治の件だとばかり思った。最近は回復してきたようだったのに、なにかあったのか、はたまた単に兄の思い出話がしたいだけなのか、いずれにしても断る理由はなかった。週末のほうがゆっくりできてうれしいと言われるまま、土曜の昼に約束した。店も涼真が決めてくれた。南部キャンパスのそば、東一条通に面したカフェで、有機野菜や雑穀を使った料理がおいしいという。

寮からも近いその店に、僕は歩いて出かけた。すこんと晴れた空は青く、街路樹の新緑が映えていた。五月はなにもかも色が濃い。

入口の前で待っていた涼真とともに、中へ入った。観葉植物の鉢が所狭しと置かれ、四方八方に伸びた枝が壁や天井を覆っていて、飲食店というより温室のようだった。野放図に茂っているようにも見えるけれど、生き生きと咲き乱れる花々やみずみずしい葉の様子から、どの鉢も世話が行き届いているのがわかった。

もう一度ぐるりと店内を見回してみて、へ、と声がもれた。窓際のソファ席で、果菜がひらひらと手を振っていた。

偶然なのかとも思ったが、涼真はすたすたとそちらへ近づいていき、果菜と並んで座った。低いテーブルを挟んだ向かいに、僕も腰かけた。

席につくやいなや、涼真は膝の上で両手をそろえ、がばりと頭を下げた。

「ご報告が遅れてすみません！」

メニュウを手に近づいてこようとしていた店員が、ぎょっとした顔になって足をとめた。隣のテーブルで喋っていた女性客ふたりも、ちらりとこっちを一瞥し、目くばせをかわしている。

「実は僕たち、つきあってるんです」

唐突な告白に、僕は不思議と動じなかった。どちらかといえば、周囲から浴びせられている好奇の視線のほうが、気になった。

「いや、別にええけども」

涼真が拍子抜けしたように顔を上げた。

「え、いいんですか？」

「おれがあれこれ言うことやないやん」

「ほら言うたやろ。お兄ちゃんにわざわざ報告することないねんて」

果菜がひじで涼真の二の腕をつついた。

「涼ちゃんな、お兄ちゃんにめっちゃ気遣てんで。はよ話通しとかな、失礼やって」

「失礼なことあらへんよ。ちょっとびっくりしたけど」

後日、僕は璃子とともに、自分たちの注意散漫をおおいに反省した。研究者たるもの、常に周辺環境を冷静に観察しなければ、大発見を逃すはめになりかねない。思い返せば、兆しはいくつもあった。果菜は初対面から涼真を絶賛していた。璃子との仲をくどいほど確認していたのは、不幸な三角関係に陥るのを避けるためだったのだろうし、四人での食事を断ったのも、なにも知らない僕や璃子と同席するのが気まずかったせいだろう。修治の渡米で打ちひしがれていた涼真が、少しずつ生気を取り戻したのも、果菜との距離が着々と縮まっていたことと無関係ではなかったのかもしれない。

「ま、これで無事に報告完了やな」

果菜がソファにもたれ、涼真の太もものあたりをぽんぽんとたたいた。様子をうかがっていた店員がおそるおそる近づいてきて、メニュウをテーブルに置く。

「璃子にもこないだ話してん」

「葵祭のときに。びっくりしてました」

「でも、お似合いやって言うてくれたで」

交互に話す涼真と果菜を見比べて、せやな、と僕は言った。

「ふたり、お似合いやわ」

つきあいはじめてそう日は経っていないらしいのに、しっくりとなじんでいる。

「ほんまに？」

「ありがとうございます」

嬉々として顔を見あわせた間あいも、ぴったりそろっていた。

「さすが安藤先輩、心が広いな」

「広ないって。お兄ちゃんはうちに興味がないだけやって」

「いや、人間の器が大きいよ。僕には絶対に無理」

涼真が遠い目をした。よく考えれば、きょうだいの交際相手という意味では、僕にとっての涼真は、涼真にとってのアリサにあたるのだった。

それ以来、果菜はほぼ毎週末、京都に通ってくるようになった。その少し前から母の体調がよくなって、店の人手にも余裕ができていた。高校を卒業してから一年ほど、期待した以上にがんばって店を支えてくれた果菜に、週末くらいはゆっくり休むようにと両親のほうから言ったそうだ。

隠しごとのめっぽう苦手な果菜は、さっそく涼真を実家に連れていって紹介した。さわやかで気も利き、さらに僕の後輩でもあり璃子の友人でもある涼真を、うちの両親が気に入らないわけがなかった。

ただし京都で一泊するときには、璃子のアパートに泊めてもらっていることになっていた。

「せやから、お兄ちゃんもちゃんと話合わせてや」

「なんやめんどくさいなあ。勘づかれてるんちゃうの？」

「まあな。お父さんは大丈夫やと思うけど、お母さんは微妙やな」

果菜はしれっと肯定した。

「でもな、親しき仲にも礼儀ありっていうやろ？　娘として、ここはやっぱりけじめをつけとかなと思うわけよ」

「全然ついてへんやん。しかも璃子ちゃんまで巻きこんで」

「平気やって。お母さんたちには確かめようないやろ。璃子もいいって言うてくれてるし、ちゃんとお返しもする約束やし」

「お返し？」

「うん。璃子もうちの名前を使ってええでって言うてある」

「おい、それは危険やで」

僕は警告した。

「あの親父さんやったら、ほんまに電話かけてきはるって」

「うそや、そこまでせえへんやろ。もう二十歳やで？」

そこまでするのである。

この後、璃子とふたりで何度か小旅行に出かけてみて、果菜もそれを思い知ったらしい。璃子の学部卒業を祝って北海道に行ったときも、果菜の独身生活最後の記念に香港へ行ったときも、父親は毎晩欠かさず璃子に電話をかけてきて、果菜にもかわってくれと頼んだという。

涼真とつきあい出してからも、果菜と璃子との距離は変わらなかった。むしろ、より近くなった。果菜が京都にやってくる頻度が増し、璃子と会う機会も増えたのだ。涼真とふたりきりで過ごしたいだろうと璃子が遠慮しても、果菜のほうからたびたび声をかけていた。

一般には、交際相手ができた男女は、特につきあいはじめてまもない時期において、それまで親しかった友人たちと疎遠になる場合が多いようだ。たとえば龍彦の例がある。花ちゃんとつきあいはじめてから、僕や山根と過ごす時間は格段に減った。下手をすると、ひと月やふた月も顔を合わせないときすらあった。大学院に上がったのを機に、寮を出てひとり暮らしをはじめたせいもあるし、もともと研究にのめりこむと部屋にこもりがちだったとはいえ、それでも変化は明らかだった。薄情なやっちゃなあ、と僕も山根もからかったものだ。

でも考えてみれば、多かれ少なかれ、誰かと誰かが出会えば変化は起こるのだ。相手が恋人でも、友達でも、先輩や後輩でも、仕事仲間でも。時には見ず知らずの、行きずりの相手から、思いがけない変化がもたらされることさえある。

人間は、変わる。

細胞は日々生まれ変わっている。もっと根本的な、遺伝子の観点からもそれはいえる。この世に生まれ落ちた瞬間には、赤ん坊の体は親から引き継いだＤＮＡをもとにできあがっているけれども、そのまま一生を終えるわけではない。環境や経験が、そして出会いが、遺伝子にも影響をおよぼす。どんなふうに生きてきたか、またどのような人々に出会ってきたかによって、人間の遺伝子にはなんらかの変化が生じる。さらに、それは一代では終わらない。彼もしくは彼女の遺伝子を受け継ぐ子どもにも、孫にも、脈々と伝わっていくのだ。

五月の京の風物詩が葵祭なら、八月のそれは五山の送り火である。東山如意ヶ嶽（にょいがたけ）の大文字をはじめ、京の街を囲む六つの山肌に、炎で巨大な漢字や模様が描き出されるさまは圧巻だ。

この年、僕たちは寮の屋上にある物干し場から送り火を見物した。

正確な人数はわからないが、総勢二十人以上は集まったのではないだろうか。盆休みで実家に帰省している者もいたはずなので、寮生は六、七人ほどだったか。そのそれぞれが、友達や研究室の仲間に声をかけた。

昼から夕方にかけて、寮生で手分けして準備をした。といっても、大層なもてなしをするわけでもない。食べものと酒を用意し、食堂で使っている長机を物干し場に運んでおくくらいだった。僕は料理の担当で、買い出し班が出町枡形（でまちますがた）商店街で調達してきた食材を使い、料理長にも手伝ってもらって、厨房で鶏のからあげとポテトサラダといなりずしを大量にこしらえた。後から焼く肉や野菜の下ごしらえもした。焼鳥、レバー、砂肝、豚肉、それから野菜の串もじゃんじゃん作った。串が山盛りになった大皿を、寺田と川本がせっせと屋上まで運んでくれた。

下準備をすべてすませて、僕が物干し場に上ったときには、日が傾きはじめていた。空が淡い水色に染まっている。昼間の強烈な暑さはおさまっても、陽ざしをたっぷり浴びていた床はまだあたたかく、はだしの裏に熱がじんわりと伝わってきた。

「安藤、焼き場はこのへんでええか？」

物干し場の隅から、川本が言った。肉や野菜の皿が置かれた机と、水の入ったバケツが準備してある。

「おう、完璧や。ありがとうな」

僕は持ち場について、火を熾(おこ)すことにした。炭を割っていると、寺田が近づいてきて首をかしげた。

「その植木鉢みたいなの、なんですか？」

はじめは、川本を通じて、動物多様性科学研究室のバーベキューコンロを借りるつもりだった。彼らは研究のために山や森に野宿する機会が多く、キャンプ用の本格的なやつを持っている。ところが、木炭を買おうと足を運んだホームセンターで、僕はおもしろそうなものを見つけてしまったのだ。

「なんやお前、七輪知らんの？」

「シチリン？」

「和風のバーベキューコンロみたいなもんやな」

七輪は前から一度使ってみたいと思っていた。同じ食材でも炭で火を通すと段違いに味がよくなる、と料理長も太鼓判を押していた。

「遠赤外線でじわじわ焼くのがええんよ。炭火だけやなくて、七輪本体からも赤外線が出るしな。輻射熱で表面を一気に焼きあげるから、うまみを内部に閉じこめて逃がさへん。あとは煙の効果もあるな。燻されて風味がつくと、ぐっとうまくなる」

寺田に講釈しているうちに、炭に火が移った。表面が赤くなってくるのを待って、さらに炭を足し、うちわであおぐ。

「おお、点いたか」

川本も寄ってきてのぞきこんだ。最初はもの珍しそうに眺めていた寺田はすぐに飽きたようで、傍らに座りこんでオンラインゲームをはじめた。

「これ、山根も好きそうやな？」

川本が言った。鋭い指摘だ。花火でも焚き火でも、とにかく火を燃やすのがなにより大好きな山根のことだから、うらやましがるに違いなかった。

山根はしかし、その場にはいなかった。ちょうど目の前に見えている、如意ヶ嶽の山上で、送り火の準備をしていたのだ。

五山の送り火は地元の住民によって運営されていて、葵祭のアルバイトのような一般募集はない。寮長が知りあいに口をきいてくれたおかげで、ボランティアとしてもぐりこめたらしい。火のあるところに山根あり、なかなかの執念である。

六時を過ぎ、夕焼け空が広がる頃には、物干し場にぽつぽつと客がやってきた。璃子も果菜と涼真と連れだって、三人で現れた。

「わあ。七輪だ」

料理好きの涼真は、七輪を見るなり目を輝かせた。うちわを操る僕の横にしゃがみこみ、興味しんしんで見守っている。

「なんでも好きなもん焼くで」

「じゃあ、僕は焼鳥を一本下さい」

「うちは砂肝とつくねかな」

「わたしもつくねを」

僕は七輪に網をのせ、串を並べた。ぱちぱちと火花がはじけ、白い煙がたちのぼる。香ばしいにおいが夕暮れの薄闇に溶けていく。

「安藤くん、こんなとこで焼鳥屋やってるの？」

三人の後ろからひょいと顔をのぞかせたのは、ゆかたを着た菅沼さんだった。薄紅色のあじさいが染めぬかれた藍（あい）の地が、白い肌によく映えている。

「ゆかた、すてきですねえ。似合ってます」

涼真が声をはずませた。確かに、楚々としたゆかた姿は、目を血走らせて実験に勤しんでいる日頃の菅沼さんとは別人のようだった。

「誰？」

果菜が涼真の腕をつついてささやきかけた。

「あ、こちらは研究室の先輩で、菅沼さん」

「どうも」

「はじめまして。安藤です」

果菜は涼真にすばやく腕をからめ、にっこりして名乗った。アンドウ、と菅沼さんが復唱し、僕を見た。

「妹です」

「妹？」

果菜に向き直り、しげしげと眺める。

「似てないね」

「ありがとうございます」

果菜が満面の笑みで答えた。菅沼さんが微笑み返し、視線を横へすべらせた。

「上原です。こんばんは」

璃子の表情は、果菜とは対照的に硬かった。生来の人見知りに加えて、動物多様性科学研究室の一員として、反射的に身構えたようだった。

僕と川本は、おのおの研究室の連中に声をかけるかどうか、あらかじめ相談した。直接いがみあっているのは教授どうしだが、その影響で相手方の研究室を快く思っていない学生もいる。楽しく酒を酌みかわせるかは疑わしい。とはいえ僕も川本も、せっかくなので親しい仲間を招きたい。妥協案として、あっちの研究室のやつらもいますけどいいですか、と釘を刺そうと決めた。菅沼さんはわずかに眉をひそめつつ、それでも行きたいと答えた。

「あれ、菅沼さん、ゆかたやないですか！」

植物バイオ科学研究室の四回生がやってきて、歓声を上げた。

「似合いますよ！」

「ありがとう」

「安藤さんは焼鳥屋ですか！　似合いますよ！」

「ありがとう」

僕は七輪につきっきりで、休みなく肉や野菜を焼き続けた。炭火焼きはいたって好評で、一時は行列ができたほどだった。途中で川本や涼真が交代しようかと声をかけてくれたけれど、火かげんが気がかりなので断って、かわりに缶ビールをこまめに運んできてもらった。日が傾いて多少は涼しくなってきたといっても、火のそばでは汗だくになってしまう。

ようやく手が空いたときには、いつのまにかあたりは暗くなっていた。

焼きあがったばかりの肉を網の上からじかにつまみ、口に放りこむ。うま、と声がもれる。熱々の香ばしいかたまりを堪能しながら、僕は物干し場全体を見回してみた。即席の照明として物干し竿にくくりつけたいくつもの懐中電灯が、会話と飲み食いに興じる人々を照らし出している。和やかなざわめきと黄色いあかりは縁日を連想させた。

法学部の先輩が大仰な身ぶり手ぶりとともに、璃子になにやら話している。涼真は果菜もまじえて、ミニゼミの同期生たちと喋っている。寮長と料理長が並んでからあげをほおばっている。菅沼さんは、どういう風の吹き回しか、川本と話しこんでいる。互いの研究室を教えあっていないのか、それとも今日だけは仲よく飲もうと決めたのか。僕の知っている顔も、そうでない顔も、懐中電灯の素朴な光に彩られて、くつろいだ表情に見える。

「そろそろはじまりますよ」

送り火の点火時刻の数分前に、寺田が懐中電灯を消して回った。暗くなるにつれて、誰からともなく口をつぐみ、やがて物干し場から光と音が消えた。小さな深紅の炭火だけが、七輪の底にひっそりとうずくまっている。皆が同じ方角を向いているとかろうじてわかった。濃紺の空を背に、くろぐろとした山なみが影絵のように浮かびあがっている。

不意に、山肌に大の字がともった。

どよめきがわき起こる。誰かが手をたたく。つかのま静まり返っていた物干し場が、再びにぎやかになった。

宴会は深夜まで続いた。僕は相変わらずうちわを片手に、七輪のそばに陣どっていた。大仕事を終えて戻ってきた山根のために肉をどっさり焼いてやり、その後は、料理長が差し入れてくれたスルメやたたみいわしをちびちびとあぶって食べた。ほのかに炭の香りをまとった干物は、焼酎におそろしく合う。時折、誰かがにおいにつられてやってくるたびに、そのとき網にのっているものを分けた。

さすがに満腹になってきて、火を弱めようと七輪の風口(かざくち)をいじっていたら、頭の上から声が降ってきた。

「安藤くん、おつかれさま」

しゃがんだ姿勢で振り向くと、一升瓶を胸に抱いた花ちゃんが立っていた。

「ずっと焼いててくたびれたでしょ？　こっちは食べるばっかりで、ごめんね」

「いや、これがけっこうはまるねん。花ちゃんこそ、遠くからで疲れてるやろ」

　東京勤務の花ちゃんは、この日わざわざ会社を早退してやってきたのだ。時間ぎりぎりまで仕事をして、急いで新幹線に飛び乗ったらしい。

「まあね、でも来たかいがあったよ。すごく楽しい。こういうの、ひさしぶりだし」

　七輪を挟んで僕の向かいに膝を抱えて座り、重たそうな瓶をかかげてにっと笑う。僕は紙コップの底に残っていた焼酎を飲み干した。

「会社でも飲み会とかあるんちゃうの？」

「あるけどさ、こんなふうにはならないよ」

「まあ、物干し場では飲まんわな」

「いや、場所っていうか、このゆるい感じ。学生っぽくて最高」

　花ちゃんは僕から紙コップを受けとって、

「ああ、うらやましいなあ」

　と心底うらやましそうにつぶやいた。通勤服を着替えるひまもなかったのだろう、白い半袖のブラウスに、黒っぽい色のワイドパンツを合わせている。色と柄をふんだんに駆使していた学生時代からは信じられないような、地味な格好だった。

「服、大丈夫？　汚れへん？」

「いいよ、どうせクリーニングに出すから。おかげさまで、おいしそうなにおいがしみっちゃんいたしね」

花ちゃんは無造作に首を振り、ふたり分の日本酒を順に注いだ。

「乾杯」

七輪越しに、紙コップを合わせる。風のかげんか、網の下から火の粉が舞いあがってきて、あわててよけた。

「あ、さっきはごめんな。妹がわけわからんこと言うて」

酔った果菜が、龍彦のどこがええんですか、と失礼きわまりない質問をぶつけていたのを思い出し、僕は謝った。全部、と花ちゃんはにこやかにかわしていたが。

「ううん、全然。果菜ちゃん、おもしろいね」

花ちゃんだけではない。僕の知りあいに、果菜は片っ端からからみまくっていた。

「めがねとったら意外にかっこいいって聞いたけど、ほんまかいな」

と山根のめがねをとりあげて顔をじろじろ眺め、

「ダニの研究って、聞いただけで全身かゆくなってくる」

と川本に暴言を吐き、

「こない男前やのに、ほんまもったいないわあ」

と寺田の前で涙ぐむしまつだった。僕は見かねて割って入った。

「お前、飲みすぎや。もう帰れ」

「いやや、これからが本番やのに」

「本番は送り火や。とっくに終わったわ」

果菜はしばらくぐずっていたが、そのうち眠くなってきたようで、涼真が連れて帰ってくれた。

「彼も、いい感じだったね。優しそうで」

花ちゃんは言い、うまそうにのどを鳴らして日本酒を飲んだ。飲みっぷりは変わっていない。

「安藤くんの後輩なんだって？」

「うん。三つ下」

「あと、あの子もでしょ？」

物干し場の真ん中あたりに、視線を投げる。璃子が龍彦と山根と三人で喋っていた。果菜たちが帰ってしまった後も璃子が残っているのに気づき、僕ははじめちょっと心配した。ひとりで置いていかれて、さびしいのではないか。おまけに周りは酔っぱらいだらけだ。七輪のそばにやってきた本人をつかまえて大丈夫かと聞いたところ、もう少しここに残ると自分で決めたと言われて、ほっとした。

「三つ下ってことは、わたしたちが四回生のときにはもう入学してたんだよね？」

「そやな」

「なんで教えてくれなかったの！」

上機嫌だった花ちゃんが、いきなり険しい声を張りあげた。僕は手に持っていた紙コップを取り落としかけた。

「ああもう全然気づかなかった。紹介してくれればよかったのに、水くさいなあ。あ、もしかして、去年はまだそういう関係じゃなかったとか？ じゃあ、いつから？ 幼なじみなんだよね？ なにがきっかけだったの？」

おばさんみたいな口ぶりで、矢継ぎ早にまくしたてる。

「いや、あの、そういう関係もなにもないんやけど」

花ちゃんの言わんとするところが、遅まきながら僕にものみこめてきて、遠慮がちに口を挟んだ。彼女はこの手の話に目がない。もっとも果菜に言わせれば、たいていの女の子はそうらしいけれど。

「言うたら妹みたいなもんや。小さいときから知っとったし」

「いもうと？」

花ちゃんが眉間にしわを寄せた。

「うん。妹」

誤解を解消すべく、僕はきっぱりとうなずいた。

「でも、受験のときは勉強教えてあげてたんだよね？」

「そらまあ、家庭教師やったからな」

「家庭教師？」

「うん。バイトさせてもろててん」

花ちゃんがまばたきした。誰から聞いたか知らないが、事実がうまく伝わっていなかった模様だ。あるいは断片的な情報が、彼女の頭の中で化学反応を起こしたのかもしれない。文学部出身の花ちゃんは、なにかにつけて想像豊かに物語をふくらませてみせる。

「なあんだ。あの子があんまりうれしそうに安藤くんの話をしてたから、そういうことなんだとばっかり」

「そらうれしかったやろ。ここが第一志望やったからな」

花ちゃんがわざとらしくため息をついた。

「わかったよ、今日のところはわたしの勘違いってことにしとく。ふたりはお似合いだと思うんだけどな」

「お似合い？」

花ちゃんの視線につられるように、僕は璃子のほうを見やった。山根がなにかおもしろいことでも言ったのか、体を揺らして笑っている。

「なんていうか、よく似た空気を醸し出してるっていうか」

「ああ、同じ学部やねん」

「ううん、そういうことじゃなくて……」

さらになにか言いかけて、花ちゃんはあきらめたように口をつぐんだ。ぐいと紙コップの中身をあおり、手酌で勇ましくおかわりを注ぐ。

「まあいいや。でも、なにかあったら絶対に教えてよね」

「なにかって?」

「なんでもいい」

なんとも答えあぐねて、僕は再び璃子たちを眺めた。三人はこちらの視線に気づくそぶりもなく、依然として話に興じている。

と僕は思っていたのだけれど、実際は違ったらしい。

「ふたりでなに話してるのか、ずっと気になってたんだよ」

後になって、璃子は僕にぼやいた。

「真剣に話しこんでるかと思ったら、たまにちらちらこっちを見たりするし。わたし、そわそわしちゃって、山根さんの話も半分上の空で」

これに限らず、あの送り火の夜について、僕と璃子の認識はところどころ食い違っていた。

果菜たちが帰った直後、璃子はやはり心細かったという。残りたいと申し出たのを一瞬後悔したほどだったのに、僕の前ではつい平気だと強がってしまった。それを僕が真に受けたので、七輪のそばに居座っているわけにもいかなくなった。

「おかげでいろんなひとと話せて、よかったけどね。はじめてお兄ちゃんの世界にちょっとだけ入れた気がした」

　はじめて尽くしだった、と璃子は言った。送り火を見るのも、学生寮に足を踏み入れるのも、僕の知りあいとゆっくり会話するのも、璃子にとってははじめてだったのだ。僕の親しくしていた友人知人の大半と、璃子は一晩のうちに顔を合わせたことになる。

「仲よくなるには、一緒に飲むのが一番やからな」

「それはひとによると思うけど……」

「いやいや、おれの知りあいはたいがいそうやって」

　璃子はぐっと詰まり、そうかもね、と小声で同意した。

5

のどかな秋晴れの土曜日に、事件は起こった。

思わず深呼吸したくなるような、すがすがしい天気だった。璃子は午前中に家を出て、北部キャンパスへ向かった。自転車をこいでいると、顔にあたる向かい風から、ほのかに甘いにおいがした。

週末の構内はがらんとしていた。北門を抜け、グラウンドの前を通り過ぎたとき、行く手からぽくぽくと軽快な蹄の音が聞こえてきた。璃子は道の端に寄って、ブレーキをかけた。

並木道を颯爽と歩いてきた葦毛の馬は、自転車の前でぴたりととまった。

「おはようございます」

馬と、鞍の上に姿勢よくまたがっている顔見知りの馬術部員に向かって、璃子は挨拶した。

「おはよう。いいお天気だね」

騎手の言葉に同意するかのように、葦毛も鼻から太い息を吐いてみせた。璃子は手を伸ばし、すべすべの首をそっとなでた。馬がかすかに目を細める。

「研究室？　大変だねえ、休みの日まで」

「今日はたまたま、ちょっと用があるだけです」

二回生の璃子は、正式に配属されている四回生や院生と違って研究室に毎日顔を出す必要はなく、だいたい二、三日おきに立ち寄っていた。週一コマのミニゼミに加え、川本の作業を手伝ったり、学会での発表や話題の学説について話を聞いたり、単におやつを食べながら雑談をするだけの日もあった。

ただしこの週に限っては、月曜から金曜まで、璃子は欠かさず研究室に足を運んでいた。運ばなければならなかった。

「早く片づくといいね。こんなによく晴れてるのに、研究室の中にいるなんてもったいない」

まったくそのとおりだ、というふうに、葦毛が鼻の穴をふくらませた。

「また練習も見においでね」

「はい。ありがとうございます」

ひとりと一頭に向かって順に会釈し、璃子は再び自転車をこぎ出した。ふだんは気に入っている愛車も、あの大きな馬と向かいあった後では、どうにも貧相に感じられる。

農学研究棟までは、そこから一分もかからなかった。平日は混みあう駐輪場も空いている。正面の入口で、よれよれの白衣をはおり土気色の顔をした学生とすれ違ったきり、棟内の廊下にも人影はなかった。

研究室の中も、しんと静まり返っていた。

これは必ずしも週末のせいばかりではなかった。土日も祝日も、盆も正月も、理系の研究室にとって完全な休みというものは存在しない。特に、農学部では生きものを扱っているため、その傾向が強まる。二十四時間三百六十五日、生命の営みはとぎれることがない。たとえば植物バイオ科学研究室では、部屋が丸一日無人になるという日はほとんどなかった。ほぼ毎日研究室で寝起きしている菅沼さんを筆頭に、デスクでパソコンにかじりつく者、実験器具を凝視する者、床に転がって苦しげな寝息を立てている者と、深夜でも早朝でも誰かしらいた。一方、動物多様性科学研究室では、研究対象が生息する現地での観察や調査も多く、植物バイオに比べれば室内の人口密度はおおむね低めだった。それでも、誰もいなくなるのは珍しい。

唯一の例外は、学会の時期である。

この年、猪俣教授も理事のひとりとしてかかわる全日本動物多様性科学会が、五十周年を迎えた。節目の年を記念した年次総会は例年以上に大々的に執り行われ、教授以下、助手も院生も四回生までもが、一週間にわたって東京に出かけたのだった。

「上原さんも一緒にどうですか」

猪俣教授に誘われ、璃子はおずおずと答えた。

「でもわたし、授業があるので……」

「授業？」

教授はけげんそうに問い返してから、ああ、と手を打った。

「上原さんはまだ二回生でしたね。すっかり忘れていました」

研究室で、璃子は依然として最年少だった。三回生もいないので、すぐ上はもう四回生である。つまり、璃子だけがまだ本格的な専門課程には入っていないわけだが、教授や先輩たちはそれを失念してしまうこともままあった。

その年の夏休みには、一回生がひとり、前年の璃子と同じくミニゼミの集中講義に参加したものの、そこで音を上げて後期の履修をとりやめてしまった。璃子はちょうど川本を手伝って連日ダニの採集に出かけていたので、顔も合わさずじまいだった。彼がくじけたのは、世話を任されたモモちゃんとうまくいかなかったせいだと先輩から聞いて、納得した。モモちゃんの人見知りは、尋常ではない。璃子自身も、一年かけてやっと少しずつ距離が縮まってきたところだった。モモちゃんが完全に心を許しているのは猪俣教授ただひとりで、彼だけが餌を手からじかに食べさせたり、「お手」や「待て」を命じたりできた。

来る日も来る日も牙をむいて威嚇され、一回生の顔色は日に日に悪くなっていったという。教授がいくらモモちゃんをなだめてもすかしても、このときばかりは効果がなく、上回生たちも気の毒がっていた。一気に風向きが変わったのは、彼がモモちゃんの餌やりを怠ったことが発覚したからだった。復讐のためにわざとやったのだとしたら、むろん同情の余地はないし、たとえ追い詰められて忘れたのだとしても、動物に餌を十分に与えないなんて、研究室の一員として、いや人間としてあるまじき行為だ。

「授業ですか。そうすると、一週間ずっとは難しいですよねえ」

猪俣教授は残念そうに首を振った。彼は原則として、少なくとも表向きは、大学当局の方針を尊重していた。これが梅園教授なら、「は？ 授業？ あんな毒にも薬にもならん一般教養なんかすっ飛ばしてかまわん、とにかく学会に出ろ」とどなりつけるところである。

「上原さんはこの先、哺乳類をやりたいんでしたよね？ おもしろそうな講演があれば、後で資料だけでも共有しましょうか」

「ありがとうございます」

璃子は頭を下げ、ふと思いついた。

「その一週間、先輩たちもみんなお留守なんですよね？　わたし、動物たちの世話をしておきましょうか？」

それまでにも、学会や調査で研究室を空ける先輩から頼まれて、モルモットやめだかの面倒を見たことはあった。

「ありがとう。さすが上原さん、気が利きますね」

教授はにっこり笑った。

「大丈夫です。こうやって大勢が留守にするときには、羽鳥さんにまとめて世話をしてもらってますから」

羽鳥さんというのは猪俣教授の秘書である。

穏やかで品のいい女性で、教授のもとで長年働いてきたベテランだった。つきあいが長いせいなのか、もともとなのか、ふたりの雰囲気はなんとなく似ていて、並んでいると夫婦のようにも見えた。教授の予定ばかりでなく、一般常識にまつわる質問――世話になった他大学の教官に宛てた礼状の書きかた、学会発表にふさわしいネクタイの色柄、先輩の結婚式で包むべき祝儀の額、果ては恋人の実家へ挨拶にいくときの手土産などなど――でも、彼女に聞けばたちどころに解決するため、研究室の誰もが頼りにしていた。

「あのう、先生」

研究室の隅で立ち話をしていた璃子たちに、そこで川本が割りこんできた。

「できればモモちゃんだけは、上原さんにお願いしたほうが」

「ああ、そうでした」

人間にも動物にもなつかれる羽鳥さんは、唯一モモちゃんが苦手なのだった。前に一度、手をかまれそうになって以来、水槽にも寄りつこうとしないという。

「モモちゃんの嫉妬や。羽鳥さんが先生と仲ええからな」

川本は訳知り顔で璃子に耳打ちした。

璃子が無人のデスクの間を抜け、地下室に下りようとしたところで、入れ違いに羽鳥さんが階段を上ってきた。

「おはようございます」

「あら上原さん、おはようございます。鰐以外は全部すみました」

羽鳥さんはモモちゃんを名前で呼ばない。

「すみません、お手伝いできなくて。もっと早く来たらよかったですね」

璃子が謝ると、彼女は大きく首を振った。

「いえいえ。上原さんがあれの世話をして下さって、本当に助かります」

世話といっても、研究室で飼っている動物たちの中で、モモちゃんは比較的手のかからないほうだった。餌やりは週に一度でいいし、水槽もそう頻繁に掃除する必要はない。教授から頼まれたのは、モモちゃんがさびしがらないように毎日様子を見にいってやることと、一日おきに散歩に連れていくことくらいだった。

「平日は建物から出ないほうがいいでしょう。一階の廊下を往復するか、中庭を何周か歩くか」

「モモちゃん、外は苦手なんですか？」

「どちらかといえば好きなんですが、ちょっと通行人が多すぎます。あまり注目されるのは、モモのストレスになりますから」

鰐は繊細で、人間の感情にも敏感なのだという。モモちゃんは中でも神経質らしい。

しかし羽鳥さんに言わせれば、配慮すべきなのは鰐のストレスよりも、人間側のそれだということになる。あんなものがそのへんをうろついていたら心臓に悪いですよ、と憤然と断言するのだった。

まず、大きい。ワニ目アリゲーター科カイマン亜科に分類されるモモちゃんは、この種の成体としては平均的な体格で、体長およそ二メートル、体重は四〇キロを超えていた。ごつごつした暗褐色（あんかっしょく）のうろこも、頑丈そうな太い手足に生えたとがった爪も、縞模様の入ったひらべったい尾も、まさに水際の王者と呼ばれるにふさわしい貫禄がある。それに、顔もこわい。ぎょろりとした目玉でにらみつけられたら、気の弱い人間は動けなくなる。前へ長く突き出した立派な口も、非常に迫力がある。上あごと下あごにそれぞれ並んだ鋭い歯は、とらえた獲物を逃さない。

外見の問題だけではなく、鰐は「特定動物」、つまり危険な動物として、法律上指定されてもいる。飼うには京都府知事の許可が必要で、飼育設備や方法について基準を守らなければならない。鰐以外には、トラやタカ、マムシなども特定動物とされている。

もっとも璃子は、教授や研究室の先輩たちと同様に、モモちゃんのことをこわいとも危険だとも思っていなかった。つぶらな瞳はかわいらしいし、機嫌のいいときに口をがばりと開ける癖も、あどけなくてほほえましい。大きいといっても、体重が数百キロにおよぶ馬と比べれば、ずいぶん小柄だ。

ともあれ教授の言いつけどおり、火曜と木曜の昼休みに、璃子はモモちゃんとともに研究棟の中庭を歩いた。ふだんから散歩させているせいだろう、居あわせた大学関係者も驚くそぶりはなかった。十分に体を動かした後は、地下室に戻って昼寝をさせ、その間に璃子は午後の授業に出た。念のため、夕方にもう一度見にいくと、心なしかすっきりした顔になったモモちゃんは、水槽のガラスに鼻先を押しつけて歓迎してくれた。これまでになく密に接しているからか、日ごとに心を開いてくれているようで、うれしかった。

羽鳥さんとすれ違い、地下室への階段を下りきった璃子は、水槽に近づいて声をかけた。

「おはよう」

モモちゃんがさっと首をもたげ、くう、と喉を鳴らした。

鰐は爬虫類(はちゅうるい)の中では珍しく、声を用いて意思疎通を行う。雌雄の繁殖行動、オスどうしの権力争い、子育てにおいても声が使われている。巣の中で卵から孵(かえ)った仔の声を親が聞きつけ、巣を掘り返して赤ん坊を取り出したり、孵化(ふか)を助けたりもするらしい。

モモちゃんは尾をぱたんぱたんと左右に振って、水槽の壁を這(は)いあがろうとするかのように、そわそわと身を乗り出している。週に一度の餌やりの曜日を、ちゃんと覚えているようだった。

「ちょっと待ってね」

璃子は地下室の奥にある冷蔵庫に向かった。アリゲーター科カイマン亜科は、野生では小動物や魚貝などを食べる。動物園では鶏(とり)の頭を与えるところもあるらしい。研究室では、扱いやすさとモモちゃんの好みとを考えあわせ、鶏のササミに落ち着いていた。羽鳥さんがスーパーの特売日にまとめ買いして冷凍してくれたものを、一回分ずつ解凍して食べさせる。誕生日やクリスマスといった記念日にだけ、好物である生のマウスをふるまう習慣になっていた。

璃子は餌皿にササミをたっぷり盛りつけ、水槽の隅に置いた。モモちゃんがさも待ちきれないというふうに目をらんらんと光らせ、いつになく俊敏に駆け寄ってくる。

「おいしい？」

ササミをむさぼり食うモモちゃんを眺めながら、今日は外に連れ出してみようかと璃子は考えた。週末は天気がよければ屋外に出てもいい、と教授は言っていた。モモちゃんはひなたぼっこが大好きらしい。構内は閑散としていたし、なによりとても気持ちのいい陽気だ。

「モモちゃん、お外に行ってみようか？」

モモちゃんがまたたくまに空いた皿からあごを上げ、くう、と元気よく応えた。

璃子はモモちゃんにリードをつけ、北部キャンパスに併設されている大学植物園に向かった。構内から出る必要もなく、アスファルトで舗装された道より歩き心地もいいだろう。モモちゃんは肉にしか興味がないので、草花をつまみ食いする心配もない。

さまざまな植物が競いあうかのように茂っている園内に、人影はなかった。一般客を入れるわけではないから、順路の案内も、草木の種類や特徴を説明する表示のようなものも、特にない。ところどころ、植物の名を書いた小さな木製の札が、土にささっていたり幹にかけてあったりするくらいだ。モモちゃんは長い胴体を左右にくねらせ、短い手足を器用に動かして、細い小道をのっしのっしと歩いていく。植物園を気に入ったようで、首を振って景色を眺めたり、道端の茂みに顔をうずめてみたり、花に鼻先を近づけてにおいをかいだりもする。彼女自身は日本生まれだが、本来の生息地は自然豊かな中南米である。鬱蒼とした深い緑や、しっとりと湿った風が、遺伝子に組みこまれた記憶を刺激するのかもしれなかった。

しばらく歩いていくと、こぢんまりとした広場に出た。中央に、寝転がるのにおあつらえ向きの、なだらかな丘がある。やわらかそうな芝生にぽかぽかと陽ざしが降り注ぎ、どうぞ存分に昼寝を楽しんで下さいと言わんばかりだった。

モモちゃんが丘の中腹までよじ上り、ひと息ついた。ゆったりと口を開けているのは、ご機嫌なしるしだ。璃子もそばに座って、リードをはずしてやった。モモちゃんがゆっくりと口を閉じ、次いで気持ちよさそうに目も閉じた。

つられて璃子まで眠くなってきた。うとうとしかけていたら、ポケットの中で携帯電話が震えた。

「璃子？　今いい？」

果菜だった。

「ちょっと待って」

璃子は声をひそめて答え、急いで立ちあがった。くつろいでいるモモちゃんをじゃましてはかわいそうだ。丘を越え、来たほうとは反対側に下る。こちらにも、木々の間をぬって小道が続いていた。

「ごめん、もう大丈夫」

奥へ向かって歩きながら、口を開いた。

「どうしたの？」

「いや、別にたいした用事やないねんけどな。涼ちゃんが朝から研究室行ってもたから、ひまやねん」

「ああそっか、そっちも来週から学会だよね」

全日本動物多様性科学会の五十周年にはおよばないものの、植物バイオ科学研究室もかなり大きな学会をひかえていることは、璃子も涼真から聞いていた。

「うん」

応えた果菜の声がなんだか冴えない気がして、再びたずねてみる。

「どうかした？」

「なあ、普通、大学って土日は休みやないの？」

「一応、授業はないけど」

質問の意図がくみとれないまま、璃子は答えた。

「涼ちゃん、先週末もずうっと研究室やってんで。二回生って、まだ正式な一員ってわけやないんやろ？　ちょっとおかしない？」

「学会の前はしかたないんだよ。うちの研究室も、先週は大変だったし」

「ほんまに？」

本当である。このとき植物バイオ科学研究室では、直前の追いこみでミニゼミの学生も含めて総出で準備に追われていた。梅園教授も菅沼さんも、文字どおり殺気立っていた。

「なあ璃子、涼ちゃんはほんまに忙しいんやろか？」

「え？」

「それは口実で、実はうちと一緒にいるのがいややったりして」

暗い声で、ぼそぼそとつぶやく。璃子はぎょっとして聞き返した。

「けんかでもしたの？」

「いや、そういうわけやないけど。知らんうちに怒らせたとか……うちに飽きてもたとか……」

いくら涼真や璃子に説明されても、恋人よりも優先される研究室というものの存在が、果菜にはどうしてもぴんとこなかった。涼真は電話をかければ出るし、話しかければ答えるし、毎日顔を洗い歯も磨く。一般的な理系の学生として、まだまだ常識的なほうなのだが。

「璃子、なんも聞いてへん？　涼ちゃん優しいから、うちには文句も言えんのかも」

「大丈夫だよ。涼ちゃん、いやなものはいやって意外にはっきり言うし」

璃子はアリサの顔を思い浮かべた。

「もうじき学会がはじまったら、だいぶ落ち着くはずだよ」

「そっか、わかった。ありがとう」

果菜の声が少し明るくなった。

「なあ璃子、今からお茶でもせえへん？」

「ごめん、ちょっと散歩中なんだ」

「散歩？　ひとりで？」

「ううん、モモちゃんも一緒」

「モモちゃん？　友達？」

「友達っていえば友達だけど。話してなかったっけ、うちの研究室で飼ってる鰐でね

……」

璃子が言い終わるのを待たずに、果菜は大声を上げた。

「鰐⁉」

「うん。モモちゃんっていうんだよ」

「いや、名前はええねんけど。危ないんちゃうの？」

「危なくないよ」

「でも鰐って人間も食べるやろ。映画で観たことあるで」

「食べないって。ちっちゃい鰐だし、よく馴れておとなしいし。すごくかわいいよ」

鰐の中では小型だというだけで、実際に向きあってみたら、全然小さくない。璃子を除く大多数の人間にとっては、かわいくもない。そして繰り返すが、鰐は特定動物である。知事に許可をもらわないと飼えないのである。

「なあんや、ちっさいんや。鰐っていうからびっくりするやん」

「うん。二メートルくらいしかないんだよ」

「でかっ！」

「でもほんとに、かわいいんだって」

いまひとつ会話がかみあわないまま電話を切り、もと来た小道を引き返す途中で、璃子は名案を思いついた。モモちゃんの写真を撮って果菜に送ろう。口で説明するよりも、魅力が伝わりやすいだろう。

いそいそと丘を上る。小鳥のさえずりがどこからか響いてくる。からりとさわやかな秋風が、頬に心地いい。頂上に着き、反対側に下ろうとして、璃子は目をみはった。

モモちゃんがいない。


璃子がモモちゃんの名を呼びながら植物園中を捜し回っていた頃、僕は寮にいた。三日三晩を研究室で過ごし、どうにかこうにか論文をひとつ書き終えて、シャワーを浴びに帰ったのだった。

タオルで髪を拭き拭き、共同の風呂場から自室へと戻る廊下で、山根と出くわした。

「安藤、落ち着いたん？」

「いや、まだ。もうちょい」

僕の顔をじっと見て、山根がうなずく。

「みたいやな。顔がどす黒いで。ちょっと寝れば？」

「あかん、ちゃっちゃと研究室戻らな。今、先生がおれの論文読んでくれてはるとこやねん」

一時間後に意見をもらえるというので、急いで汗だけ流しにきた。ここで寝てしまったら、当分は起きられない。

「いつやったっけ、学会？」

「来週」

「ほな、来週末にでもひさしぶりにゆっくり飲もうや。龍彦も呼んで。だんだん寒なってきたし、鍋とかどやろ？」

「ああ、ええなあ」

少しだけ力がわいてきた。

「そうや、あの子も誘うか？」

「あの子？」

「上原さん。送り火のとき、おれの部屋でしょっちゅう鍋とかたこ焼きとかやってるって話したら、いいなあって言うてたから」

僕が返事をするよりわずかに早く、外から甲高い悲鳴が聞こえた。

「なんやろ？」

僕と山根は顔を見あわせて、玄関へと走った。

がらりと引き戸を開けた真正面に、声の主がいた。寺田だった。門から玄関まで続く飛び石の上で、尻もちをついている。

「どないしたん？」

僕が声をかけると、寺田は小刻みに震える手で庭のほうを指さした。

「あの、あの、あれ」

一瞬、息をのんだ。数メートル先の、あじさいの植えこみの前に、見慣れないものがうずくまっていた。

「わ、鰐？」

山根がめがねを押しあげ、身を乗り出す。

「誰やねん、こんなとこにこんなもん置いて。寮長に見つかったら怒られるで」

「こういうドッキリ系のいたずら、きらいやもんな。それにしても、ようできてるわ。目玉とか本物みたいや」

「この濡れてるっぽい感じもリアルよな。なにでできてるんやろ？」

山根が一歩鰐に近づいたそのとき、精巧にできた尾がゆっくりと振られた。

「うわ！」

「動いた！」

山根は飛びのき、僕も後ずさった。寺田は動かない、と思ったら、腰を抜かしているのだった。ふたりで両腕をつかんでひきずり、玄関の手前まで退却する。

「どうしてこんなところに鰐がいるんですか!?」

「知らんよ、そんなん」

「どないしよ。とりあえず一一〇番？」

「それもちょっとおおげさちゃう？」

騒ぎを聞きつけた寮生たちも、外へ出てきた。皆、鰐を見て目をまるくしている。

「はよ捕まえんと」

「でも下手に刺激して怒らせたら困りますよね？」

バットやらふとんたたきやら消火器やらを持ってくる者もいたが、誰も攻撃をしかける勇気はなく、植えこみを遠巻きに囲むばかりだった。鰐は人間たちを尻目に、ひくひくと鼻をうごめかしたり、尾をぱたぱたと振ってみたり、くつろいでいる。ちょっとした動きだけで、こちらには緊張が走る。

「そうや、川本は？」

僕ははたとひらめいた。

「あいつんとこの研究室って鰐飼うてなかったっけ？　どないしたらええか、わかるんちゃう？」

目の前にいるのがまさにその鰐であることを、この時点ではまだ誰も知らなかった。

「せやな。川本呼んでくるわ」

山根が玄関の中に駆けこもうとして、くるりと振り向く。

「あかんわ。あいつ今、学会でおれへんやん」

「ああ、そうやった」

「電話してみよか」

山根はジャージのポケットから携帯電話を出して、耳にあてた。無事につながったようで、早口で話しはじめる。

「もしもし、川本？　すまんな忙しいときに。あのな、寮の庭に鰐がおるんやけど、どないしたらいい？」

話題の主はそしらぬ顔で、相変わらずあじさいの前に悠然とかまえている。

「そう、鰐、爬虫類の。ちゃうって、冗談やないで。ほんまにおんねん、鰐が！　でかい鰐！」

鰐のほうをうかがいつつ、山根は必死に説明している。

「でかい、でかい。二メートルはあるわ……え、色？　なんていうんやろ、暗い、土っぽい色やな……へ？　歯の生えてる向き？　こっからやと見えへん……いやいやいや、これ以上近づくとか無理。絶対無理。めっちゃこわいし」

「こわいです！　早くなんとかして下さい！」

寺田が後ろで叫んだ。べそをかいている。

「は？　モモちゃん？　誰？　ああうん……そうかわかった……ほな頼むわ。ありがとうな」

山根は電話を切ると、僕たちに向き直った。

「あれ、たぶんあいつの研究室で飼ってる鰐やろうって」

そう言われてみれば、モモちゃんという名前に、僕もうっすらと聞き覚えがあった。

「前にも脱走したことがあるらしいわ。研究室の後輩がひとりだけ留守番してるから、連絡して迎えにこさせるって」

十分も経たないうちに、璃子は血相を変えて寮にやってきた。

そうか、留守番の後輩というのは璃子のことだったか、と遅ればせながら合点して、僕は話しかけた。

「璃子ちゃん、ありがとう。気をつけてや」

璃子は見向きもしなかった。てんでに武装している寮生たちを見て、顔をひきつらせている。すでに寮長も現場に駆けつけ、ひとまず動くなと指示していたので、誰も鰐に手出しはしていなかったのだが、そうは見えなかったらしい。

「モモちゃん！」

人垣をかきわけ、いちもくさんに鰐のもとへ走り寄っていく。危ない、大丈夫か、と声が上がった。

「ごめんね。さびしかったよね」

璃子が鰐の鼻先に膝をついた。

「もう大丈夫だからね。無事でよかったよ」

はらはらして見守る周囲はまったく目に入っていないようで、優しく話しかけている。鰐が璃子を見上げ、引き結んでいた口を薄く開けた。上下のあごに並んだ、ふぞろいな牙がのぞいた。

「一緒に帰ろう」

なおも語りかける璃子を獰猛（どうもう）な目つきで見据え、鰐はぱっくりと口を広げた。牙が陽ざしを受けてきらめいた。

ああっ、と悲鳴のようなどよめきが起きた。鰐からしゃがんだ璃子までの距離は、一メートルにも満たない。ほんの一、二歩足を踏み出せば、かぶりつくことができる。巨大な口に対して、璃子の頭はあまりにも小さい。頭どころか上半身をまるごと、すっぽりとのみこまれてしまいそうだ。

「危ない！」

誰かが叫んだ。口を全開にした鰐が首をめぐらし、迷惑そうにこちらをにらんだ。食事のじゃまをするなとでも言いたげな、憎々しげな目だった。ひい、と寺田が情けないかすれ声を上げた。

璃子ちゃん！

と、僕も叫んでいたらしい。夢中だったので覚えていないけれど、とんでもない大声だったと後から山根に聞いた。

僕は転がるように人の輪から抜け出した。よろめきつつも、なんとか前へ進み出て、璃子と鰐の間に立ちふさがった。

「お兄ちゃん？」

璃子の声は背中で聞いた。

「おい安藤どないしてん」

「先輩、危ないですって！」

「皆さん、落ち着いて。動かないで下さい」

他にもいろんな声が聞こえてきたように思う。でも、気にしている余裕はなかった。至近距離で見ると、かっと見開かれた目やぬらぬらと鈍く光る舌は、いよいよ迫力を増した。とがった牙でかみつかれたら、さぞかし痛いだろう。

首筋にちくりと鋭い痛みが走ったとき、おかしいなとは思ったのだ。

鰐の牙にやられたというより、蜂に刺されたような感じだった。それに、鰐は僕の足もとから微動だにしていなかった。いきなり乱入してきた僕を、うさんくさそうにあおいでいる。

おかしいなと思っているうちに、鰐の顔がぼやけはじめた。頭がしびれ、めまいがした。景色がぐるぐると回っていた。

意識が遠のいていく中で、最後に僕が聞いたのは、お兄ちゃん、と呼ぶ璃子の声だった。

目を開けると、見覚えのある天井が目に入った。

しばらくの間、僕はそのままぼんやりとあおむけになっていた。体がどんより重たくて、さっぱり力が入らない。

まばたきをするたびに、とぎれとぎれの映像が目の前に浮かんでは消えた。寮の庭、地面にへたりこんでいる寺田、泡を食った顔で叫んでいる寮の仲間たち、そして、いまいましげに僕をねめつけている鰐。

それから、璃子。

僕は跳ね起きた。頭がくらくらするのをこらえ、左右を見回す。見慣れたいつもの自室だった。ふとんの傍らに、寮長があぐらをかいているのを除いては。

「ああ、気がつきましたか」

僕の顔をのぞきこんで、のんびりと言う。

璃子は無事なのか、たずねようとしたけれど、声がうまく出なかった。ひゅうひゅうと頼りない音を立て、のどから息がもれる。

「大丈夫。彼女は無事ですよ」

寮長がにっこりした。

「すみませんでした。まさか安藤くんを射ることになるとは」

「射る？」

やっとのことで、声をしぼり出した。風邪をひいたときのように、のどが腫れて狭まっている感じがする。

「はい。吹き矢で」

「は？　吹き矢？」

僕の首筋を刺したのは、鰐の牙ではなく、寮長が放った吹き矢だったという。

どうやら、ねらいがはずれて、鰐のかわりに僕に命中してしまったらしい。しかし璃子が無事だということは、

「鰐もしとめたんですか？」

「しとめる？」

今度は寮長がきょとんとして聞き返した。

「モモちゃんは、上原さんがちゃんと研究室まで連れて帰ってくれましたよ」

「へ？」

「もちろん、今後はこういうことのないように、しっかり注意はしておきました。一歩間違えば、安藤くんが危なかった」

寮長は表情をひきしめた。

「でも、腕がなまっていなくてよかった。ここのところ練習不足だったので、ちょっと緊張しました。急所に命中させるのはけっこう難しくって。風向きと相手の動きを読んで吹くんですよ」

得意そうに言う。

「急所って……」

「人間の場合はやはり、首ですね」

「あのう、それは」

僕は混乱してきた。

「最初からおれをねらったってことですか？　鰐をはずしたんやなくて？」

「はずしませんよ」

寮長が心外そうに眉をつりあげた。

「わたしは吹き矢歴十年、総合段位七段です。ねらった的は必ず射とめます」

不敵な笑みを浮かべてみせる。

寮長が吹き矢を用意したのは、もしものためにと用心したからだという。最初モモちゃんは、大勢の見知らぬ人間に取り囲まれて、戸惑っているようだった。不安が昂じて、暴れ出したりでもしたら事だ。

「上原さんが迎えにきてくれて、彼女も一度は平静を取り戻したんです」

「せやけど、あの鰐、璃子ちゃんに食いつこうとしてましたよね？」

「モモちゃんが口を大きく開けるのは、リラックスしている証拠です」

これなら吹き矢を使う必要もないかと寮長は安堵したそうだ。ところが、そこへ僕が割って入った。

「モモちゃんはかなりぴりぴりしていました。安藤くんがあれ以上刺激して、万が一のことがないようにと……もちろん、吹き矢を人間に向けるのは望ましくないのですが……」

寮長は言葉を切り、絶句している僕の背後へと視線を移した。

「ああ、ちょうどよかった。たった今、目を覚ましたところです」

僕も入口のほうを振り向いた。扉の向こうから、璃子が顔をのぞかせていた。

「では、わたしはこのへんで。後はおふたりでごゆっくり」

寮長がすいと立ちあがった。

「お兄ちゃん、気分は？　どこも痛くない？」

矢にはどんな猛獣でも眠らせる特別な薬が塗ってあり、僕はあれから昏々と眠り続けていたらしい。璃子はモモちゃんを研究室の水槽まで送り届けた後、ずっと付き添ってくれていたという。夜の間は自宅に戻り、朝になって再び様子を見に来たのだった。

「大丈夫。悪かったな、心配かけて」

「こっちこそ、ごめんね。わたしがモモちゃんから目を離したせいで、こんな大騒ぎになっちゃって」

「いや、おれが吹き矢の的にされたのは、自業自得やったみたいやし」

僕はため息をついた。

「でもほんまあせったわ、璃子ちゃんが鰐に食われてまうかと思て」

「モモちゃんはそんなことしないよ！」

「せやけど、見た目があれやしなあ」

かわいいのに、と璃子は不満げにつぶやいたものの、

「よかった、元気そうで」

と声を和らげた。

「自然に目が覚めるし副作用もないって寮長さんは言ったけど、なかなか起きないから心配で」

「ここんとこ寝不足もたまってたからな」

なにげなく答え、僕ははっと息をのんだ。

「やばい、研究室に行かな」

「あ、山根さんが連絡してくれたから大丈夫だよ。先生も、無理しないでゆっくり休

むように言ってくれたって。論文も今ので問題ないって」

　安藤は鰐と格闘して現在意識不明、という山根の報告により、研究室には波紋が広がっていたらしい。涼真や菅沼さん、さすがの梅園教授までもが、僕の身を案じてくれていたようだ。

　波紋といえば、この後すぐに、寮則に新たな項目が加えられた。

　それまでにも、寮則が増えたことは何度かあった。龍彦がふすまをメモがわりに使って数式だらけにしたときは「居室の壁等に落書きをしないこと」という項目が、僕と山根が庭で花火を上げたときには「寮庭は火気厳禁とする」という項目が、それぞれつけ加えられていた。寮則が追加されると、朝食のときに寮長が食堂に現れ、全寮生の前で該当箇所を読みあげる。

　このとき加わった新たな条文は、次のようなものだった。

「寮内および周辺で猛獣（鰐等）を発見した際は、自己判断での対応は避け、すみやかに管理人室まで通報し対処を待つこと」

　え、この寮って猛獣が出るんですか、とこわごわ質問する新入生は今でもいるという。これは寮生の間で代々語り継がれている話だが、と上回生はもったいぶった前置きをして、「鰐と吹き矢事件」の顚末を話して聞かせるそうだ。

目の前に、鰐がいる。無表情な冷たい目で、品定めするように僕を眺めている。鰐に視線を据えたまま、僕はじりじりと後ずさる。背中を見せたら最後、きっと食いつかれる。

なんとか数メートル離れたところで、鰐がおもむろに一歩前へ踏み出した。二歩、三歩とすたすた近づいてくる。せっかく開いた距離が、あっけなく縮まってしまう。僕はその場から動けない。

そうだ、吹き矢だ。吹き矢で眠らせればいい。あせってポケットを探っていたら、とんとんと肩をたたかれた。

「安藤くん、いけません」

寮長だった。迷彩柄の着物に、うろこのような変わった模様の入った、枯草色の帯をしめている。

「吹き矢を扱うには資格が必要です。しろうとが使うのは危険すぎる」

しかめ面で首を振る。

「ほな寮長がやって下さいよ」

「すみません。ちょっと急ぎの用があって」

寮長は申し訳なさそうに断った。よほど急いでいるのか、ひきとめるまもなく走り去る。下駄の音がからころと遠ざかっていく。

途方に暮れて、僕は再び鰐を見下ろした。心なしか、さっきよりも顔つきが険しくなっている。鰐は音声を聞き分けるというから、吹き矢という単語が気にさわったのかもしれない。

そこでまた、肩をたたかれた。

「お兄ちゃん」

振り向くと、璃子が立っていた。僕の肩越しに、鰐に向かってにこにこしながら話しかける。

「モモちゃん、こんなところにいたんだ。捜したよ。一緒に帰ろう」

そのまま近寄っていこうとする璃子の腕を、僕は仰天してつかんだ。

「あかんて、璃子ちゃん」

「どうして？」

「どうしてって、危ないやんか」

「どうして？」

璃子が僕の手を振りほどき、鰐の前にひざまずく。

「危なくなんかないよね」

鰐がぎろりと目玉を光らせ、がばりと口を開けた。ずらりと並んだ鋭い牙があらわになる。

「璃子ちゃん!」


自分の叫び声で、目が覚めた。

ふとんの上で身を起こし、息をととのえた。額の汗を拭う。パジャマがわりのTシャツも、ぐっしょりと湿っている。

あれから一週間、毎晩のように鰐の夢を見る。寮長のかわりに山根が登場したり、それが寺田や川本だったり、細部は日によって違う。結末だけが、同じだった。必ず璃子が食われそうになって、飛び起きる。

眠りが浅いせいか、体がだるい。学会がはじまり、教授がそちらにつきっきりになっているのをいいことに、僕は毎日ぼんやりと過ごしていた。僕たちのような修士一年目の新米は、口頭での発表はやらない。ひとりひとり、研究成果を大きなポスターにまとめて展示し、その質疑応答が決まった時間に行われる。僕は初日に終わってしまい、その後はいっそう気が抜けた。

「顔色悪いで、安藤」

朝食の席で、山根にも指摘されてしまった。

「まだ調子悪いん？」

「なんやわからんけど、どうもだるいんよなあ」

学会の準備でふらふらだったところへ、あの騒動である。疲労が限界を超えてしまったのだろう。

「来週は学会も終わって研究室も通常営業やし、はよ治しとかなやばいねんけどな」

「ほな栄養のあるもんでも食おうや」

山根がぱちんと手を打った。

「そういや、鍋しよって言うてたよな、こないだ」

次の日曜日、山根の部屋に集まったのは、総勢四人だった。

僕と山根と龍彦、それから璃子である。涼真と果菜にも声をかけたところ、断られた。なんでも、涼真は涼真で学会がはじまってからどっと疲れが出たようで風邪をひき、それが果菜にもうつったらしい。なんなんよ学会、どこまで迷惑かけたら気がすむんよ、と果菜は憤慨していた。

僕と山根で手分けして鍋の材料を準備し、龍彦にはビールを買ってきてもらった。璃子は手土産に、出町柳にある和菓子屋の豆餅を持ってきてくれた。

「おじゃまします」

山根の部屋に入ってきた璃子は、もの珍しそうに周りを見回していた。僕のほうも、見慣れたこたつに璃子がちんまりと座っているのは、なんだか不思議な感じだった。

「うわ、真っ白やな。これ豆乳？」

カセットコンロにのせた土鍋の中をのぞきこんで、龍彦が声を上げた。

「いや、鶏ガラだけ。丸一日煮出したらこうなんねん」

前から一度やってみたかった、鶏の水炊きに挑戦したのだ。江戸時代から続く鶏料理専門店が木屋町にあり、坂本龍馬もそこの鍋を食べていたと聞いて、気になっていた。もちろん、そんな高級老舗に僕たちが足を踏み入れられるわけもなく、あくまで自己流である。

「おいしそう」

璃子もうっとりと鍋を見つめている。

京野菜を中心に、具もわんさか入れた。豆腐と湯葉も欠かせない。錦市場で買った、とっておきの七味唐辛子とぽん酢も開けた。白濁したスープの濃厚なにおいが、部屋中に満ちている。

くつくつと煮える鍋を四人で囲み、山根が缶ビールをかかげた。

「ほな、安藤の生還を祝って」

鍋越しに腕を伸ばし、向かいに座った僕の缶にぶつけてくる。

「生還？　安藤どうかしたん？」

龍彦が首をかしげた。

「そうか、龍彦には話してなかったか。安藤な、鰐に食われかけてんで」

「え!?　鰐!?」

「ほんで、寮長に吹き矢で撃たれてん」

「は？　吹き矢？」

「おい山根、はしょりすぎやろ」

僕は横からたしなめた。

「モモちゃんは人間を食べたりしません」

璃子も口を挟む。

「うそ、食わへんの？」

「食べません」

「でもおれ、映画で観たことあるで」

「あ、おれも」

「そういう鰐もいるかもしれませんが、モモちゃんは違います。小型で、とってもおとなしいんですよ」

「なんや、小さいんや」

「いやいやいや、小さないで」

「せやな。全然小さないな」

「どのくらい？　こんなもん？」

龍彦が両手を胸の前で肩幅まで開いてみせた。

「そんなもんちゃうって。二メートルはあるよな？」

「二メートル？　でか！」

「二メートルちょっとです」

璃子は不服げに答えた。

「でもかわいいです」

「ふうん。おれ、鰐はあんま詳しくないからなあ」

龍彦は璃子に気を遣ったのか、もごもごと言葉を濁した。

「実物いうたら、川本んとこの研究室のやつくらいしか見たことないわ。あれはほんま、ごつかった。でも鰐にもいろんな種類があるもんな、かわいいのもそらおるよな」

璃子がむっつりと口をつぐんだ。山根は横で笑いをこらえている。

「ともかく、安藤も上原さんも無事でよかったわ。今日はゆっくり飲もな」

「え、ちょっと待って、まだ全然わからへんねんけど。で、吹き矢っていうのはなんなん？」

　龍彦がいぶかしげに聞き返す。

　鍔と吹き矢事件についてひととおり聞き終えた龍彦は、ずばりと言った。

「つまり、安藤が空回りしてもうたんか」

「まあ、せやな」

　僕はうなずいた。

「大変やったな。ほんで、そないにくたびれてるんや」

「おれ、くたびれてるか？」

　龍彦が他人の調子を察するなんて、珍しい。よっぽどひどい顔をしているのかと僕は反省した。

「顔色悪いよな。ちゃんと肉食えよ」

　山根が土鍋にどばどばと鶏肉を追加した。璃子も心配そうに身を乗り出して、僕の顔をのぞきこんでくる。

「そういわれてみれば、ちょっとやつれてるかも」

「目の下にくまもできとるで」

「ああ、実はちょっと寝不足やねん」

毎晩のように鰐の夢を見る、と僕は打ち明けた。

「そらきついな」

山根は即座に同情してくれた。

「ま、あれはトラウマになるわ。えらい迫力やったしな」

「見慣れてないと、ちょっとびっくりするかもしれませんね」

さすがの璃子も、不本意そうに認めた。

「そらもうびびるって、寺田とか腰抜かしてたし。そういや、あいつもうなされるって言うてたで」

山根が思い出したように言い添えた。

「安藤とおんなじ、鰐に襲われる夢やって」

僕は反射的に璃子の顔を見た。僕の夢では、自分自身だけではなくて、璃子の身にも危険が迫っている。だからよけいにあせるのだ。

「だけどモモちゃんは別に襲おうとしてたわけじゃないんです」

「そんなん、しろうとから見たらわからへんもん。安藤もなあ、ようあそこで飛び出してったもんやわ。なに考えてたん？」

「なんも考えてなかったな」

僕は正直に答えた。

「夢中やった。危ないとかこわいとか、そんなん考えてる余裕もなかった」

「へえ。火事場の馬鹿力ってやつか？」

「まあでも、そういうもんかもしれんな」

黙って考えこんでいた龍彦が、口を開いた。

「おれやって、もしも花が鰐に食われそうになってたら、そらあわてて助けにいくわ。危ないとか、こわいとか、考えてる場合やないわ」

「ああ、なるほど」

山根がなにか思いあたったかのように、目を細めた。

「いえ、だから、モモちゃんにはお兄ちゃんやわたしを襲うつもりはなくて……」

璃子の弁解を聞いているのかいないのか、龍彦と山根はしきりにうなずきあっている。

「そういうことか」

「そういうことやろ」

「そういうことって？」

聞き返した僕に、ふたりそろって思わせぶりな目を向けてくる。それから、これもふたり同時に、璃子へと視線を移した。

「そういうこと?」

璃子もしばらく首をかしげていたが、はっとしたように目を見開いて、僕を見やった。

「あ」

かすれた声を聞いて、あ、と僕も思った。そ、う、い、う、ことだ。龍彦にとっての花ちゃんが、僕にとっての璃子だった。自分の安全とひきかえにしてでも守りたい、守らなければならない、存在なのだった。

璃子の顔がみるみる赤く染まっていく。ぼうっと見守っている僕に向かって、

「なんや安藤、急に顔色よくなってきたで。まだそんな飲んでへんのに」

と山根がにやにやして言った。龍彦はまじめな顔で、僕と璃子を見比べている。

「お似合いやわ」

山根が土鍋のふたを勢いよく開けた。ぶわりと広がったあたたかい湯気で、ほてった頬がさらに熱くなった。

「そろそろ煮えたんちゃうか。食べよ、食べよ」

次の週末、僕は璃子と一緒に、涼真のアパートに出向いた。

僕たちのことを、果菜や涼真に報告するのは照れくさい気もしたが、きちんと話し

ておくべきだと璃子に説得されたのだ。確かに、果菜たちがつきあいはじめたときにはいち早く教えてもらったのに、こちらだけ秘密にするのも水くさいかもしれない。

「ええっ!?　璃子がお兄ちゃんと!?」

覚悟はしていたけれど、果菜は派手に騒いだ。椅子を蹴り倒しそうな勢いで立ちあがり、部屋の中をぐるぐると歩き回っている。

「なにそれ、なんなんそれ。なんでなん？」

「なんでっていわれても……」

「ふたりで話して……なあ？」

僕と璃子は顔を見あわせ、もそもそと答えた。

「果菜、あわてすぎ」

自家製のハーブティーを注ぎ分けてくれていた涼真が、苦笑した。

「そんなの聞くまでもないでしょ。好きなんだよ、お互いに」

晴れやかに言いきる。

「うわあ」

果菜が悲鳴ともため息ともつかない声をもらし、席についた。熱い茶をひと口すすり、ふうう、と息を吐く。

「ていうか、涼ちゃんはなんでそんなに冷静なんよ？　もしかして、もう知ってた？」

「ううん、今はじめて聞いたよ。でもふたり、すごくお似合いだから。それに、璃子ちゃんは先輩のことずっと好きだったもんね」

僕と果菜が、同時に激しくむせた。涼真がすばやくティッシュの箱をとってきて、テーブルの中央に置いた。

「そうなん？」

果菜が苦しそうに言った。同じことを、僕も胸の中でつぶやいていた。璃子は耳まで真っ赤になって、うつむいている。

「璃子、どうしてうちに相談してくれへんかったん？　涼ちゃんだけずるいやん。もしかして、うちが昔、蓼（たで）食う虫とか言うたから？」

「いや、僕も璃子ちゃんからはっきり聞いたわけじゃなかったけど」

「へ？　ほな、なんでわかったん？」

「璃子ちゃんの顔見てたら、わかるよ」

「ほんまに？　全然気づかんかった。うち、そういうの鋭いほうやのに」

果菜が悔しそうに唇をかむ。

「いつから？」

「ええと、先週の日曜日」

「ちゃうちゃう、璃子はいつからお兄ちゃんのこと好きやったん？」

「けっこう前から」

璃子が消え入りそうな声で答えた。僕まで恥ずかしくなってきて目をそらすと、果菜ににらまれた。

「お兄ちゃん、でれでれせんとって！　気持ち悪い！」

「わかるよ。身内の恋愛って、なかなかイメージしにくいよね」

修ちゃん元気かなあ、と涼真がさびしげにため息をつく。

「身内がどうこうっていうより、このお兄ちゃんやからなあ。一生彼女できへんやろと思てたのに」

果菜が僕をひたと見据えた。

「なあ璃子、どこがええの？　なんでよりにもよって、お兄ちゃんなん？　蓼好きにもほどがあるで」

「果菜は妹だから、先輩のよさがわからないんだよ」

涼真が助け舟を出してくれた。璃子が頬を染めたまま、こっくりとうなずいた。

「うわ、またにやけてるし！」

果菜が僕を指さして、いっそう顔をしかめた。

「ああもう、うるさいなあ。こういうことになるから、お前に言うのはいややったんや」

「いやいや、うちに隠すとかありえへんやろ」

「研究室方面は、どうするんですか？」

涼真が聞いた。

「とりあえず黙っとくかな。言いふらすような話でもないし」

璃子ともすでに相談していたことだった。

「わかりました、じゃあ僕も気をつけます。ちょっと微妙ですもんね」

「微妙って？」

果菜が首をかしげた。

「璃子ちゃんの研究室とうちの研究室、あんまり仲がよくないんだよ」

「へええ。ロミオとジュリエットみたいやん」

「確かに。そう考えたら、ちょっとロマンチックだね」

「そうやお兄ちゃん、お母さんには教えてもええやんね？」

「やめてくれ」

「もったいぶることないやん、減るもんやないし」

その日、奈良に戻った果菜は、さっそく母に喋ったらしい。お母さんがお赤飯炊いてくれたで、とわざわざ知らせてよこした。

しかし現実は、ロマンチックというには程遠かった。

研究室に妙なうわさが流れはじめたのは、新年度がはじまってしばらく経った頃だった。僕は修士課程の二年目に入り、引き続き京野菜の研究に取り組んでいた。実験も論文も常になく快調にはかどっていて、安藤はこの頃調子いいな、と梅園教授にもほめられるほどだった。

「安藤くんもすっかり古株だもんね。なんか貫禄出てきたんじゃない？」

博士課程に進んだ菅沼さんも、冗談めかして僕をからかった。

新しい四回生を迎え、また一年上の先輩たちを送り出して、研究室の顔ぶれは少し若返っていた。菅沼さんの同期はみんな就職してしまい、彼女ひとりが残った。

農学部では、大半の学生が学士課程を修了した後、大学院での修士課程に進む。いわばエスカレーターに乗っているような感じで、気負わず院生となる。片や博士課程となると、それなりに腹をくくって、えい、と勢いをつけて階段を上る必要がある。修了までは最短で三年だが、卒業審査が厳しく、留年も多い。卒業したらしたで、働き口がすぐに見つかるとは限らない。大学に残って教授職をねらうにも、狭き門を勝ち抜かなければならない。かといって、企業の研究職に応募しようとしても、専門領域に特化しすぎていて融通がききにくい。

「安藤くんも覚悟しときなよ」

「おれはまだ一年ありますからね」

博士課程に進むと決めたわけでもない。

「いや、安藤くんは残るね。わたしにはわかる」

「そないにおどさんといて下さいよ」

「だってわたしも去年はさんざん先輩や先生におどされたんだもの。やられっぱなしって、がまんできないのよね」

それは僕もよく知っている。

「大丈夫、結局は実力勝負だから。結果さえ出せば、大学だって企業だって大事にしてくれる」

そこが難しいのだ。いくら能力や意欲があっても、すばらしい仮説を考えついても、期待するデータが手に入らなければどうにもならない。運もある。どんな大発見でも、先に他の研究者が発表してしまえば価値はなくなる。

「実力だけじゃ、どうにもならないこともあるけどね」

そんなふうに言う菅沼さん自身が、実力のみならず強運の持ち主だというのは、疑いようがなかった。この春には国際的な学術誌に論文が掲載され、学内でもちょっとした話題になっていた。

愛弟子（まなでし）の快挙を梅園教授もひどく喜んで、研究室の面々を飲みに連れていってくれた。教授の行きつけの、百万遍の裏通りにある居酒屋で、菅沼さんを囲んで祝杯を上げた。

「ちょっとみんなに話がある」

教授がいきなり真顔になって切り出したのは、宴が終盤に近づいた頃だった。

皆、会話を中断して姿勢を正した。てっきり、研究にかかわる説教がはじまるのだとばかり思った。

「昨日の教授会で、変なうわさを聞いた」

教授は言葉を探すかのようにいったん口をつぐみ、低い声で言い添えた。

「あっちの親玉から」

「あっち？」

「親玉？」

なにも知らない四回生たちがざわめき、しっ、と誰かがたしなめた。教授がテーブルをぐるりと見回した。

「お宅の学生がうちの子にちょっかいをかけてくる、大事な時期なのに研究のじゃまになるからやめてくれ、って言われたんだが……」

心臓が跳ねた。手もとのビールをこぼさないように、僕はコップを強く握りしめた。

涼真と目が合い、さりげなくそらす。

「誰か、心あたりはあるか？」

その頃、僕と璃子はふたりそろって、週の半分ほどは左京区を離れて宇治キャンパスで過ごすようになっていた。広々とした敷地には実験農場と実験牧場が隣りあって併設されていて、僕は前者に、璃子は後者に、それぞれ足しげく通った。

三回生になった璃子は、研究対象を正式に決めた。馬——哺乳類奇蹄目ウマ科ウマ属ウマ亜属——である。猪俣教授が長年手がけてきた、霊長類の知覚研究を、応用しようという試みだった。教授が海外の学会で現地の専門家と意気投合し、協力して国際研究をはじめる運びになったそうだ。相手はウマ科の研究において世界的に認められている、著名な権威だという。参加してみないかと教授じきじきに指名され、璃子は感激していた。

のんびりした宇治キャンパスの雰囲気を、僕も璃子も気に入っていた。本部キャンパスでは研究室ごとに実験設備が分かれ、個人のデスクも与えられていて、どうしてもそこで過ごす時間が長くなり、よその研究室の人間と接する機会は限られてくる。また、動物系と植物系の研究室の間には、例の微妙な壁も存在する。一方、宇治には学生の数が少なく、パソコンも実験室も共用となっていた。研究室が違っても、研究領域に重なる部分があれば、構内のあちこちで出くわす。動物系と植物系を隔てている見えない壁も、ひょいと飛び越えられる高さだった。僕がせっせと畑を耕していると、ミミズやらカエルやらの研究をしている学生たちが寄ってきて、話がはずむこともあった。

名前も知らない者どうしでも、構内ですれ違えば挨拶し、実験室で鉢あわせしたときには世間話をかわす。おかげで、ひとつしかない食堂で僕と璃子が並んで定食を食べていたり、牧場の片隅で立ち話をしていたりしても、悪目立ちはしなかった。少なくとも、僕たちはそのつもりだった。研究室の仲間も宇治にはほとんどやってこない。璃子の研究の進捗（しんちょく）を確認するため、猪俣教授が定期的に現れるのも、せいぜい月に二、三度だった。

あともうひとつ、宇治に通いはじめてからの大きな変化といえば、スクーターを手に入れたことだ。

一二五ccの、原付二種に分類されるスクーターを、これも宇治で知りあった先輩から、買い替えを機に安く譲ってもらったのだ。左京区の寮から宇治市内までよれよれになって自転車通学していた僕を、気の毒に思ってくれたようだ。大事に乗っていたらしく、年代物だと聞いていたわりに車体はきれいで、走りにも支障はなかった。ころんとまるみを帯びたかたちも、抹茶ミルクを連想させる渋い薄緑色も、味がある。

実家では高校時代から店のバイクで配達をしていたので、運転にはすぐ慣れた。通学路を何度か往復し、道順も研究した。愛車と呼べるくらいになじんできた頃をみはからって、後ろに乗ってみないかと璃子を誘った。

はじめてふたり乗りをした日のことは、よく覚えている。四月の終わりだったか、五月のはじめだったか、初夏の気配を感じさせる夕暮れどきだった。農場の裏の、ひとけのない駐車場で待ちあわせ、試しに宇治キャンパスの近くを走ってみることにした。

最初、璃子は及び腰だった。

「バイクなんて乗ったことないけど、大丈夫かなあ。わたし、運動神経ないし」

「平気やって。つかまってるだけでええから」

同じく先輩から譲り受けた、予備のヘルメットも用意しておいた。すいかをぱかんとまっぷたつに割ったような、素朴なかたちで、あごにかけるベルトがついている。僕もまったく同じものを使っていたが、小柄な璃子がかぶると目まで隠れてしまいそうで、やけに大きく見えた。

「……きのこっぽいな」

「きのこ?」

璃子がいやそうな声を上げる。

「変?」

「いや全然。かわいいで。きのこ、うまいし、栄養もあるし」

　僕はなんとかとりつくろった。璃子の外見に関して感想をのべるときは、注意が必要なのだ。その少し前にも、璃子ちゃんのほっぺたって大福みたいやな、と思ったままを口にして、機嫌をそこねたばかりだった。ほめたつもりだったのに。

「さ、乗ろ乗ろ」

　ひらたいシートの前のほうに、僕がまず乗って、璃子も後ろにまたがった。自転車にふたり乗りするときの要領で、僕の胴回りに手を回し、ぎゅっとしがみついてくる。

「ちょっ、璃子ちゃん、そない必死にくっつかんでも」

　照れるところではないのだけれど、声がうわずってしまった。

「軽く腰を持つくらいで大丈夫やで。背筋伸ばして、まっすぐ座ってて」

「え？　そうなの？」

　璃子がぱっと体を離した。なんとなく名残惜しいような気持ちを振りはらい、僕はキーをひねった。運転中は集中第一、邪念は禁物だ。

　エンジン音は、てけてけてけ、と僕には聞こえる。譲ってくれた先輩は、ぺぺぺぺぺぺ、と表現していた。いずれにしても、なんだかとぼけた音である。本格的なバイクの爆音とは別物だが、僕は好きだ。

　駐車場の出口から公道に出る手前で一時停止すると、後ろで璃子が遠慮がちに声をかけてきた。

「バイクって、こんなにゆっくり走るんだ？」

「バイクっていうか、スクーターやからな。それにおれは安全運転やから」

気の短い山根には、そないちんたら走っとったらチャリに追い越されるわ、もっと飛ばさな、とあきれられていた。

「このスピードなら、こわないやろ？」

「うん、全然こわくない」

道は空いていた。空気は青く染まり、ちらほらと街灯がつきはじめていた。びゅうびゅうと吹きつけてくる向かい風は、かすかに湿りけを帯びている。走っているうちに、僕の腰に添えられた璃子の手から、少しずつ力が抜けてきた。

信号待ちで停まり、首をひねって璃子に話しかけた。

「な？　気持ちええやろ？」

「うん」

璃子が元気よく答えた。

「ねえお兄ちゃん」

続きを、クラクションの音がさえぎった。僕はあわてて前へ向き直った。信号が青に変わっていた。

「今、なんて？　聞こえへんかった」

アクセルを握って進行方向を見据え、声を張りあげた。いつのまにかすっかり日が暮れて、ヘッドライトが闇をくっきりと白く切りとっている。

「楽しいね！」

僕の耳もとで、璃子が大声で叫んだ。

夜の住宅街を、僕たちは目的もなくゆるゆると走った。窓を黄色く浮かびあがらせた民家、やたらに明るい光を放っているコンビニや自動販売機、青白い蛍光灯のついた古いアパート、ひっそりと静まり返った無人の公園、銭湯やパン屋や理髪店の前も通り過ぎた。時折、車に追い越されたり、自転車とすれ違ったり、なぜか散歩中の犬にすごい剣幕でほえられたりもした。

「すごい、きれい」

運転中によそ見はできないけれど、璃子のうきうきした声から、表情も想像できた。あらためて眺めれば、色も強さもまちまちな光で彩られたなんの変哲もない町は、確かに美しかった。

「ずっとこのまま走ってたいな」

結局その日、僕は璃子を乗せて左京区まで帰った。アパートの前に着くと、璃子は僕の腰から手を離した。降りるのかと思いきや、ぺたりと背中にもたれかかる。

「疲れた？」

ほのかなぬくもりと重みを意識しつつ、僕はたずねた。ううん、とくぐもった声が返ってきた。

「もうちょっとだけ、こうしててもいい？」

僕はびっくりしてうなずいた。ちょうど僕も、璃子に向かって同じことを言おうとしていたところだった。

研究室の飲み会がお開きになった後、寮の自室に戻るなり、僕は璃子に電話をかけて梅園教授の話をざっと伝えた。

「なあ璃子ちゃん、そっちの先生におれらのこと喋ったりした？」

「まさか」

璃子は即答した。

「最近、共同研究のことで先生とよく話すけど、そんなの聞かれたこともないよ」

ふたりで一緒にいるところを、猪俣教授に目撃されていたのだろうか。でも璃子はともかく、僕は彼と面識もない。遠目に見かけたくらいで、植物バイオ科学研究室の学生だとわかるものだろうか。璃子をスクーターの後ろに乗せるのも、日が落ちて人目が気にならなくなってからだ。

何度も乗っているうちに、璃子もスクーターにどんどん愛着がわいてきたようだった。ふたりで話しあい、ウージーと名前もつけた。璃子の頭にきちんと合う、赤いヘルメットも新調した。璃子は表面に動物のシールをぺたぺた貼って、サバンナ柄だよと自慢してみせた。

「もしかして、喋らへんでも、態度とか表情でばれたとか？」

猪俣教授は鰐の気持ちですら読みとってみせるという話だった。爬虫類の心中を察することができるのなら、同じ種である人間のそれなど、やすやすと見通してしまえるのではないか。

「璃子ちゃん、けっこう顔に出るほうやん？」

「お兄ちゃんこそ」

しばし、ふたりとも無言になった。

隠しおおせているとばかり信じこんでいたが、実はそうではなかったのだろうか。果菜や山根たちに指摘されたように、知らず知らずのうちににやついたり赤くなったりして、周囲にあやしまれているのかもしれない。貫禄が出てきた、という菅沼さんの軽口を思い出す。先週、期待どおりのデータがとれたときに、最近絶好調だな、なんかいいことでもあったか、と教授にからかわれたことも。

なんかいいことでもあったか。

「もしもし？　お兄ちゃん、聞こえてる？」

「ああすまん、聞いてる聞いてる」

半ば上の空で、僕は応えた。あまり意識していなかったけれど、気分も体調もいい理由に、はじめて思いあたったのだ。

翌朝には、食堂で川本にも探りを入れてみた。

「へ？　うちの研究室とお前の研究室の誰かがつきおうてるって？」

川本はあんぐりと口を開け、目をまるくした。

「そんなん誰が言うてたん？」

「梅園先生」

「知らんなあ。聞いたこともないな」

気を取り直したように口を閉じ、首をひねっている。

「せやけどこれ、もともとはそっちの先生が言い出した話らしいで」

「そうなんや？」

「研究室の中で、うわさになってたりとかせえへんの？」

「いや、まったく」

そう聞いて、僕は少し安心した。学生たちの間で話が広まっているわけではないらしい。猪俣教授にしても、決定的な証拠はなく、釘を刺してみただけなのかもしれない。

い。なにしろふたりは仲が悪い。梅園教授のほうも、わずかな火種を見つけたが最後、ここぞとばかりにけんかをふっかけたがるから、お互いさまだ。

ところがその晩、今度は璃子のほうから電話がかかってきた。

「昨日の話、こっちでも聞いたよ」

「えっ。先生からなんか言われたん？」

「ううん。羽鳥さん」

先生から聞いたんですけどね、と前置きして羽鳥さんが話したという内容は、僕が梅園教授から聞いた話とほぼ同じだった。

「具体的に誰がっていうのは、教えてもらえなかったみたいだけどね。本人のプライバシーもあるからって」

かばうことないのにね、と羽鳥さんは肩をすくめていたという。今年はほら、いろんなひとたちが入ってきちゃいましたからね、と。

「いろんなひとたちって？」

僕は璃子にたずねた。

「猪俣先生、去年から女子大で客員教授をはじめたんだよ。で、そっちの学生さんたちが何人か大学院から編入してきたの」

彼女たちについて羽鳥さんなりに思うところがあるのは、璃子もうすうす感じていたらしい。猪俣教授が新入生たちにモモちゃんを紹介したとき、たまたま地下室に居あわせたからだ。その場には羽鳥さんもいた。わあかわいい、先生にすごくなついてますね、と屈託のない歓声を上げる一同を、冷ややかな目で眺めていた。

「ほな、おれらが疑われてるわけやないってこと？」

「今のところはね」

璃子は不安そうに言う。

「どうする？」

「どうしようもないよな。まあ、別になんも悪いことしてるわけちゃうし。ほっとけば、そのうち立ち消えになるやろ」

「だといいけど。でも、先生がもうわかってるんだとしたら気まずいなあ」

僕の楽観的な予測と璃子の悲観的な心配、どちらも間違っていることを、このとき僕たちはまだ知る由もなかった。

農学研究科の合同発表会が開かれたのは、七月に入り、夏休みがはじまる直前のことだった。

　合同発表会というのは、研究室どうしの知識交流を目的とした会で、年に二回、夏と冬に開かれていた。中央キャンパスの講堂を一日借り切って、発表と質疑応答が行われる。

　当時、農学研究科の下には確か三十近くの研究室があり、内訳は動物系と植物系でほぼ半々だった。合同発表会では、双方を代表する研究室が、持ち回りで専門領域について発表する。いわばこぢんまりとした学会のようなものだ。とはいえ、話すのも聞くのも学内の人間だし、学生主体で運営され、教員は原則として出席しないこともあって、堅苦しい雰囲気はなかった。

　植物バイオ科学研究室に当番が回ってきたのは五年ぶり、僕が配属されて以来はじめてだった。発表会に向け、菅沼さんをはじめ、博士課程の先輩たちを中心に、かなり気合を入れて準備を進めていた。

　はりきっていたのは、ひさびさに担当がめぐってきたからだけではない。動物系の発表を担当するのが、なんの偶然か、動物多様性科学研究室だったのである。

　発表するのは、各研究室から六、七名だった。璃子は早々に、そのうちのひとりとして指名されていた。

「学会の練習がてら、やってみたらどうかって」

人前で話すのは苦手なので、憂鬱そうだった。先輩たちからすすめられて、断れなくなったという。

「ええやん、こういうのって慣れやから、いい経験になるわ。璃子ちゃんの発表聞けるなんてめったにない機会やし、おれも楽しみや」

僕が気軽に励ますと、璃子は唇をとがらせた。

「お兄ちゃんも発表するんだよね？」

「いや、まだ決めてへんけど」

出るからにはそれなりの用意が必要になる。正直なところ、幾分面倒な気もして、立候補は保留していた。

「わたしだって、お兄ちゃんの発表を聞きたいよ。めったにない機会でしょ？」

璃子の言うとおりだった。次にうちの研究室が発表するのはまた五年後になるとすれば、これは僕にとって最初で最後の機会になる。せっかくだから、記念に出てみてもいいかもしれない。

「ほな、やってみよかな」

確かにこの発表会は、記念に残る一日となった。僕が漠然と考えていたのとは、いささか違ったかたちで。

当日の朝、僕が会場に入ったのは、開始時刻の三十分ほど前だった。

講堂の中は、数か所ある入口から演壇にかけて、なだらかな下り坂になっている。階段状に席が設けられ、聴衆はそこから壇上を見下ろせる構造だ。定員は三百人くらいだっただろうか。

演壇の上で、後ろの壁にかかった大きなスクリーンを背に、菅沼さんがマイクを調節していた。涼真がその傍らでパソコンを操作しながら、時折スクリーンを見上げている。資料がうまく映るか確かめているようだ。うちの研究室が会場の準備、向こうは片づけをすることになっていた。璃子ももう来ていた。最前列の座席で、川本となにやら話しこんでいる。つい前日まで、気が重いとか恥ずかしいとかこぼしていたわりには、元気そうに見えた。

講堂に入ったとたんに、なつかしい気分がこみあげてきたらしい。まだ高校生だった璃子がこの大学にはじめて足を運んだ学祭の日、あの絶滅危惧種にまつわるシンポジウムは、まさに同じ講堂で開かれていたのだ。

もっとも、そんな話を僕が聞いたのは、発表会が終わった後のことである。現場ではとても言葉はかわせなかった。

菅沼さんと涼真以外にも、うちの研究室からはすでに十数人が集まっていた。座って黙々と資料をめくっている者、数人で立ち話をしている者、全員が演壇に向かって右側に集結している。そして左側には、動物多様性科学研究室の、これも十人あまりが寄り集まっていた。結婚式で新郎と新婦の招待客がバージンロードを挟んで座るように、見えない線がひかれているかのごとく、きっかりと二分されている。

僕はその境界線上を、つまり講堂の中央をつっ切るゆるやかな階段を、演壇に向かって下った。璃子もこちらに気づいた。一瞬だけ視線をかわし、すぐにそらす。

「安藤くん、おはよう」

壇上の菅沼さんが僕をみとめ、片手を挙げた。心なしか、顔が白っぽい。相変わらず睡眠不足だろうか。件（くだん）の学術誌に論文が掲載されて以来、菅沼さんはますます根（こん）を詰めて研究に励んでいた。

「自分の出番以外のときは、マイク係やってもらえない？　質疑応答の」

「わかりました」

「僕もお手伝いします」

涼真も言った。持ち時間の終わりを知らせるタイムキーパー役や、照明の調整役など、仕事は発表以外にもあるのだった。菅沼さんは司会進行を引き受けていた。忙しくても、こういう行事まで手を抜かない責任感は、いかにも彼女らしかった。

そのうちに、他の研究室の学生たちも続々と講堂に集まりはじめた。少なくとも僕の顔見知りに限っていえば、やはり植物系の者は向かって右寄り、動物系の者は左寄りに座っていくのが興味深い。

開始を知らせるブザーが鳴ると、場内の照明が落ち、かわりに壇上をスポットライトが照らした。

菅沼さんが演壇に上り、夕方までの時間割を簡単に説明した。発表は、ふたつの研究室から交互にひとりずつ登壇して行われる。どちらも年次の低い順に発表していくので、僕は午後の部の最後のほうにあたっていた。片や、研究室で最年少の璃子は、午前の部のトップバッターだ。早いほうが真剣に聞いてもらえるで、みんなだんだん集中力切れてくるしな、と僕が慰めたところ、プレッシャーかけないでよ、といやな顔をされた。

璃子は菅沼さんと入れ違いに、ぎくしゃくした足どりで壇上に現れた。明らかに表情が硬い。遠目にも緊張が見てとれて、僕までどきどきしてくる。演壇近くの席に陣どっている研究室の仲間からさりげなく離れ、講堂の後方まで階段を上って、空席に座った。せっかくの発表を、ひとりで腰を据えて聞きたかった。

璃子がライトを浴びて一礼した。主に左手のほうから、拍手が起きる。僕も周りを気にしつつ、こっそりと手をたたいた。

「現在、地球上には五千種以上の哺乳類が存在しています」

マイクを通した声は、思ったよりも落ち着いていた。璃子には案外たくましいところがあるのだ。直前まであれこれ気をもんでいても、本番になれば開き直って全力を発揮する。

「わたしたちヒトのように陸上で生活する種をはじめ、水中や地中、樹上や空中に生息するものもいます。それぞれの種はそれぞれの環境に、長い時間をかけて適応してきました」

スクリーンに、木の枝にぶらさがるサル、海を泳ぐイルカ、土の中のモグラ、空を飛ぶコウモリ、とさまざまな動物の写真がかわるがわる映し出された。

「進化の過程で、当然ながら身体や認知機能は環境の影響を受けます。視覚認知も例外ではなく、視覚情報への依存度は種によって大きく異なります。霊長類の視覚に関しては、これまで積極的に研究が進められてきました。一方で、霊長類以外の哺乳類では、本格的な研究例はまだ限られています」

視覚認知とはつまり、それぞれの動物の目に世界がどのように映っているかということで、彼らの行動や心の動きを理解する糸口となりうる。近年は、ウマ、ゾウ、イヌ、イルカといった、社会的知性が比較的高いとみなされる種の視覚認知にも、注目が集まりつつある。

「本日は、そうした試みのひとつとして、ウマを対象とした視知覚実験について紹介します」

その実験について、僕はもう璃子の口から、もっと砕けた言葉遣いで聞かされていた。馬に対して丸やバツや三角といった図形を識別するテストを実施し、他の哺乳類と比較するというものだ。

この会場では語られない裏話もあった。たとえば、テストを実施する、と簡単に言っても、現場ではかなり苦労する。人間なら、正しい図形を指さすように口頭で指示すればすむが、馬を相手にそうはいかない。図形を判別して鼻先で示す、その手順自体を理解させる訓練が必要となる。期待どおりの動作をすればにんじんを与え、それを何度となく繰り返して覚えさせる、言うなれば一種の調教である。

どんな研究でも、多かれ少なかれ、傍目(はため)には見えない努力はつきものだ。学会や発表会で、また論文の中で、実験の結果このような事実がわかりました、とさらりと言及するとき、研究者の脳裏には「このような事実」にたどり着くまでの数々の試行錯誤がよぎる。

「実験の結果、図形の認識において、ヒトを含めた他の哺乳類とウマとの間に一定の類似性が認められました」

スクリーンに四つのグラフが映し出された。「ヒト」、「チンパンジー」、「イルカ」、「ウマ」、とおのおのに表題がついている。

生物学的な見地からすれば、ヒトとウマとは決して遠くないらしい。現に、解読されたウマのゲノムの、二万を超える遺伝子のうち、なんと四分の三は人間と同じだという。僕も璃子から教わるまで知らなかった。へえ、そないに重なってるんや、とびっくりしていたら、だから努力しだいでもっとわかりあえるはずだと力説された。ウマの目に世界がどう見えているのか確認できれば、彼らがなにを考えているのか、どうやって仲間と意思疎通をはかっているのか、解明する手がかりにもなる。将来的には、人間とのコミュニケーションにも活かせるかもしれない。

璃子から研究の話を聞くのが、僕は好きだった。とても楽しそうなのだ。

「ただし詳細に見れば、もちろん種差も存在しています。その意味するところについて、今後も検討を続けていきたいと考えています」

むろん、壇上で大勢に向かって説明している璃子の口調は、ふだん僕と喋るときとは違った。主観や期待はおさえて、実験結果から得られる示唆について、淡々と話していた。それでもなお、この研究にかける情熱が、隠しようもなくにじみ出ていた。参加者たちは静かに聞き入っていた。動物系も、植物系も。年齢や経験や専門領域を超えて、知りたい、理解したい、という純粋な欲求に、研究者は敬意をはらうものである。

質疑応答も終え、ぺこりとおじぎして降壇していく璃子に、やわらかい拍手が送られた。発表前のそれよりも格段に大きく聞こえたのは、僕のみびいきではなかったと思う。

そして璃子への拍手は、僕をもあたたかく包みこんでいた。不思議な感じだった。璃子の健闘をねぎらい、たたえたい、というのは大学受験の合格発表でもわいてきた気持ちだったけれど、それだけではなかった。どういうわけか、自分が学会発表を終えた後や、書きあげた論文を教授に承認してもらえたときのような、昂揚（こうよう）があった。誇らしく満ち足りた気分で、僕はひたすらに手をたたき続けた。


予定時刻を十五分ほど過ぎて、発表会はつつがなく終了した。天井の照明がつき、ざわめきが会場を満たす。

「ご清聴ありがとうございました。おつかれさまでした」

腰を上げ、出口へと向かう学生たちに、菅沼さんが演壇から声をかけている。最後に発表したのは、菅沼さんだった。朝方はやや疲れているふうにも見えたのがうそのように、身ぶり手ぶりをまじえて熱弁していた。同じ領域をかじっていた僕はともかく、しろうとにもわかりやすいようにかみくだいて解説してみせるのはさすがだった。僕の横で聞いていた涼真も、やっぱりかっこいいですね、と感嘆の声をもらしていた。

「植物バイオと動物多様性のメンバーだけ、ちょっと残って下さい」

講堂を見渡して、菅沼さんが言った。

質疑応答用のワイヤレスマイクを持って会場の後方に待機していた僕は、帰っていく人々の流れに逆らい、演壇のほうへ向かった。両研究室の面々は、相も変わらず、中央の通路を挟んで左右にぱっきりと分かれている。それぞれ最前列から三列目にかけて、七、八人ずつが座っていた。

右側の三列目の端に、僕は涼真と並んで腰を下ろした。この位置だと演壇との段差がほとんどないので、菅沼さんを見上げる格好になる。通路を挟んでなかめ前の二列目に、璃子の後頭部が見えた。隣には川本がいる。

「朝の用意はこっちだったたから、片づけは向こうがやってくれる約束じゃなかったですか？」

涼真が僕に耳打ちした。

「そのはずやけどな」

簡単な反省会でもするつもりだろうか。使った資料の共有とか、教授たちへの報告とか、事務的な確認かもしれない。この組みあわせで、まさか打ちあげはないはずだ。

「ひとつ、お知らせがあります」

関係者以外が出ていき、講堂の中が静かになるのを待って、菅沼さんは口を開いた。マイクは使わず、肉声だった。

　反省会でも、事務連絡でも、打ちあげでもなかった。

「私事ですが、今年いっぱいでしばらく大学をお休みすることになりました」

「え!?」

「休み!?」

　僕も、周りのみんなも、どよめいた。

「安藤先輩、聞いてました?」

「いや。初耳」

　涼真は首をかしげてしばし考えこんだ後、さっきの質疑応答と同じように、すっと右手を挙げた。

「あの、どうしてですか?」

　菅沼さんは言葉を探すかのように、宙に視線をさまよわせている。どきりとして、僕は彼女の様子をうかがった。もしや体のぐあいでも悪いのだろうか。

　顔色は悪くない。むしろ、ふだんよりもいいくらいだ。ただ、熱があるのかもしれない。目が潤み、頰がほんのりと赤らんでいる。

「私事なんですが」

　菅沼さんがようやく答えた。

「わたし、結婚します」

「ええっ⁉」

「結婚⁉」

先ほどよりも大きなどよめきが起きた。

「安藤先輩、聞いてました？」

涼真が呆然と繰り返した。

「いや。初耳」

菅沼さんからその手の話は一度も聞いたことがなかった。この僕が言うのもなんだが、菅沼さんと恋愛というのは、どうにも結びつかない。あの調子で研究室に入りびたっていて、いつ恋人と一緒に過ごすのだろう。顔を見ることすら、ままならないのではないか。

「でも、どうしてですかね？」

涼真がいぶかしげに腕組みをした。

「結婚するからって、休む必要あります？」

「そういや、そうやな」

しばらく、というのだから、一日や二日の休みではないようだ。学生結婚のうわさは時折耳にするものの、そのせいで休むというのは聞いたことがない。家庭を支えるために大学をやめて就職するとか、反対に、一刻も早く研究者として芽を出すべく研究に励むとかなら、まだわかるけれども。

「あ、ひょっとして、結婚式の準備のためでしょうか？」

「菅沼さんが？」

彼女に限って、研究よりも結婚式を優先するなんてことがあるだろうか。

「だって一生に一度のことですよ。菅沼さんも女性ですから」

涼真はもっともらしく言う。

「僕たちも招待してもらえますかね？　ドレスかな、白無垢かな？　菅沼さんはスタイルいいから、どっちも似合いそうですよね」

ひそひそと話していたのは、僕と涼真だけではなかった。席が近い者どうし、てんでに憶測をささやきあっている。

最前列で、また手が挙がった。

「いつまで休まはるんですか？」

心細そうに質問したのは、かつての僕と同じように、菅沼さんと組んで研究をはじめたばかりの四回生だった。

「今のところ、年明けから半年くらいの予定です」

「半年か。となると、結婚式の準備だけってわけじゃなさそうですねえ」

涼真がうなった。

「もしかしたら、だんなさんから休めって言われたのかも。あんなに研究漬けで、心配なんじゃないですか。新婚なのに奥さんが実験で泊まりこみなんて、普通いやですよ」

「そんなこと言うような男、菅沼さんが選ぶやろか？」

僕は菅沼さんを見上げた。しゃんと背筋を伸ばして立ち、唇をきりりと引き結んでいる。いつだったか、女だからってなめられたくない、と挑むように言い放った、思い詰めた表情が重なった。

「好きになっちゃったらしかたないでしょう。愛の力っていうか」

「なんやそら」

声が大きくなってしまった。前の列に座っている二、三人が、ちらりと振り向いた。

「それにしたって、休むって中途半端やない？」

僕は声を落とした。

「やめるか続けるか、様子を見るつもりかもしれませんね」

「そんな……」

言い返したいのに、後が続かなかった。

たぶん僕は、単に驚いただけではなかったのだ。はっきり言って、動揺していた。

菅沼さんは誰よりも研究に打ちこんでいた。惜しみなく努力し、さらにその努力に見あった成果も出していた。優秀な研究者として、タフな先輩として、僕は菅沼さんを尊敬していた。そんな彼女が、いきなり研究を中断すると言い出すなんて、信じられなかった。

「あの、つまりですね」

菅沼さんが観念したように、再び口を開いた。

「サンキューです」

僕はぽかんとして、菅沼さんを見つめた。

その場にいた大多数の人間が、そうだったと思う。たいていの学生にとって、産休というのは日常的に使う語彙ではない。

「予定日直前まで来ようと思ってますが、迷惑をかけてしまったらすみません」

さっきまでうるさかった座席は、今やしんと静まり返っていた。誰も、なにも言わなかった。びっくりしすぎて声が出てこなかった。

「あと、こういう場でプライベートな報告をしてしまってごめんなさい。研究室のみんなには直接、なるべく同時に伝えたいと思って。これからも、どうぞよろしくお願いします」

菅沼さんが頭を下げたそのとき、がたん、と派手な音がした。

壇上に注目していた僕も涼真も、おそらく植物バイオ科学研究室の全員が、いっせいに左を向いた。金縛りが解けたかのようだった。

「なんやあいつ？」

僕はあっけにとられてつぶやいた。

威勢よく立ちあがった川本は、そのまま通路に出て、つかつかと演壇へ向かって歩いていく。菅沼さんが喋っている間はどうしていいかわからなかったのだろう、存在を忘れさせるほど静かだった動物多様性科学研究室の学生たちも、にわかにざわついていた。

川本が壇上で菅沼さんと並んだ。咳(せき)ばらいをひとつして、声を張る。

「これからも、僕たちをどうぞよろしくお願いします」

ふたりはそろって深々とおじぎした。

年が明け、また新年度がはじまった。菅沼さんは産休に入り、川本は就職し、僕は博士課程に進み、璃子は四回生になった。

その晩、僕は寝入りばなにノックの音でたたき起こされた。

部屋で寝ているところをたたき起こされることは、寮で暮らしているとたまにあった。ネットゲームで限定キャラクターに遭遇した寺田が、見て下さいよこれ、とタブレットを携えて見せびらかしにくる。ダニの権利と人権の相反について深夜まで議論になった川本と法学部の先輩は、双方の言い分を聞いてくれと押しかけてくる。酔っぱらった山根が特に目的もなく乱入してくることも、これは何度もあった。

重いまぶたを開けたら、目の前に畳が広がっていた。僕は両手を前に伸ばし、頭からスライディングするような格好で、うつぶせに倒れていた。自室に帰ってきて、窓際に敷いてあるふとんまでたどり着く前に意識を失ったのだろう、天井の蛍光灯もつけっぱなしになっていた。

一週間ほど、僕はろくに寝ていなかった。

梅園教授のお供で、台湾で開かれた国際学会に参加していたのだった。特定の地域に生息する植物、いわゆる固有種を研究する専門家たちが、世界中から集まっていた。僕も京野菜のバイオ栽培に関して、短い発表をやらせてもらった。京都という地名は海外でもわりと有名らしく、休憩時間にはいろんな肌の色をした研究者たちから、マイコ！　ギオン！　などと気さくに声をかけられた。

どんどんどん、と激しい音が聞こえてくるほうへ、のろのろと首をめぐらせる。ドアは思いのほか近くにあった。僕はよろよろと起きあがり、ノブを回した。

ドアの向こうには、寮長が立っていた。

「安藤くん、お電話です」

「はい？」

「電話がかかっています。さっきから何度も」

深刻そうに眉をひそめ、とがめるように言う。

寮の受付には固定電話が置いてある。現代人の携帯電話への依存を疑問視しているとか、依存もやぶさかではないがいかんせん利用料金がはらえないとか、もしくは単に連絡しあう相手がいないとか、種々の理由から携帯電話を持たない一部の寮生に、重宝されていた。僕の代では龍彦がそうだった。

僕自身は、その電話を使ったことは一度もなかった。家族も友達も、用事があれば携帯のほうにかけてくる。

「実家からですか？」

眠気が一気に吹き飛んだ。なにか非常事態が起きたのだろうか。両親には緊急連絡先として、念のため寮の番号も教えてある。僕が携帯に出なかったから、寮にかけてきたのか。

「いえ、違います」

寮長がもどかしげに言って、僕の肩越しに部屋の中を指さした。

「安藤くんのに、かかってきてるんです」

僕は振り向いた。腹ばいになった拍子にポケットからすべり出たのだろう、畳の上に携帯電話が落ちていた。

混乱しながらも、拾いあげる。着信が五件も入っていた。一番新しい履歴は三分前、〇時八分だった。その前は〇時六分、三分、一一時五九分、五八分、と断続的にかかってきている。

すべて璃子からだった。

〇時一五分頃、僕はウージーに乗って出発した。

「気をつけて下さいね」

寮長は門の前まで見送りに出てくれた。

「彼女にもよろしくお伝え下さい。そんなにあせらなくても大丈夫ですから、落ち着くように」

冷静に考えれば、どうして僕に何度も電話がかかっているとわかったのかも、さらにそれが璃子からだと察したのかも、謎である。このときはあわてていたし、寮長にあれこれ見透かされるのは珍しいことでもなく、不審にも思わなかったが。

璃子はアパートの前で待っていた。もうヘルメットもかぶっていた。ウージーが完全に停車しないうちから、駆け寄ってくる。

「ウキフネ、大丈夫かなあ」

開口一番、心細げな声を出した。

ウキフネというのは宇治キャンパスの実験牧場で飼われている馬で、璃子の担当している視知覚実験の被験対象にもなっていた。中高時代にかわいがっていたアミダには負けるものの、馬としては変わった名前だと思ったら、猪俣教授が源氏物語に登場する宇治の姫君にちなんで名づけたそうだ。彼は日本の古典文学を愛読しているらしい。

宇治キャンパスの馬たちについて、一頭一頭の特徴や性格なんかを、璃子はよく僕に話して聞かせた。何頭かは、牧場の草地に出ているところを、柵越しに挨拶させてもくれた。中でもウキフネはお気に入りだった。なにもかも見通しているような、清らかに澄んだ目をした、栗毛の馬である。おとなしい性格で頭もよく、璃子にとてもなついてもいた。璃子は研究チームで紅一点、ウキフネは牧場では唯一の牝なので、女どうし気が合う、いや、うまが合うとのことだった。

あともうひとつ、璃子がウキフネをとりわけ気にかけていた理由があった。彼女は妊娠していたのだ。ゴールデンウィーク明けに出産を迎える予定で、璃子は休みの間も様子を見にいくつもりにしていた。

ところがその夜、予定より三週間も早く、ウキフネは急に産気づいたのだった。

「こんなときに限って、携帯を部屋に忘れてきて」

電話口で、璃子は涙声で説明していた。涼真のアパートで果菜もまじえて三人で夕食をとり、日付が変わる直前に帰宅してはじめて、宇治から連絡が入っていたのに気がついたという。

「まにあうかな」

ウージーにまたがった璃子は、不安そうに言った。

「きっと大丈夫や。そないあせらんと、落ち着かな」

寮長の言葉を思い出して、僕はなだめた。

「でも、お産のときは一緒にいるって約束したのに……」

「ああ、猪俣先生に？」

「ううん。ウキフネに」

璃子はきっぱりと答えた。その頃には視知覚実験が順調に進み、ウマとヒトが種を越えて自由自在に意思疎通できるようになっていた、というわけではもちろんないが、僕はなにも言い返さなかった。

「よっしゃ、なるべく飛ばすわ。しっかりつかまっててな」

璃子を元気づけるように明るく言って、アクセルを全開にした。

ウージーに乗りはじめておよそ一年、史上最高の速度で宇治までつっ走った。てけてけてけ、という軽やかなエンジン音が、だかだか、と痛々しく濁るほどだった。それでも法定速度は守った。安全運転を心がけたのではなく、ウージーにはそれ以上のスピードを出せなかったせいである。

やきもきしている僕たちを、車やバイクがすいすいと追い越していった。ウージーに乗っていてあんなにあせったのは、後にも先にもあのときだけだ。

牧場の隅に建つ厩舎の前で璃子を先に降ろし、僕はウージーを駐車場に停めてから、ウキフネの馬房に駆けこんだ。

馬房の中に足を踏み入れるのは、はじめてだった。予想していたよりもだいぶ広く、二十畳ほどの床一面に、藁がしきつめられている。生きもの特有の少しすっぱいようなにおいが、つんと鼻をついた。

ウキフネは馬房の中央に立ち、荒い息を吐いていた。璃子はその横に寄り添って、優しく腹をさすってやっている。白衣姿の中年男と、彼よりいくらか若い、青いつなぎの作業服を着た男が、少し離れたところから璃子たちを見守っていた。

璃子は僕が入っていっても見向きもしなかったけれど、男性ふたりからは目礼された。知っている顔だった。宇治キャンパスの構内ですれ違い、璃子に紹介されたことがあったのだ。白衣を着ているのが獣医で、若いほうは牧場の管理を担当している大学職員である。この職員が見回りをしているときに、ウキフネの様子がおかしいと気づいて獣医を呼び、ついでに璃子にも連絡をくれたのだった。後から聞いた話では、特別の厚意だったらしい。観察などのためにあらかじめ頼まれていない限り、わざわざ教授や学生は呼ばないという。職員すら気がつかず、朝になったら生まれていたということもあるそうだ。

動物は自力で仔を産む。人間には、たいした手伝いはできない。できるのは、璃子のように、腹をなでて励ますことくらいだ。大丈夫だよ、がんばって、とささやきかけてもいる。ウキフネは苦しげにうめきながらも、大儀そうに首を動かして応えている。

僕が璃子たちのほうへ一歩踏み出したとき、ウキフネがいきなり倒れた。璃子が悲鳴を上げ、傍らにひざまずく。僕はその場に棒立ちになったまま、息をのんで様子をうかがった。ウキフネは藁の上に横たわり、うつろな目で空をにらんでいる。呼吸がいよいよ荒くなり、首にはうっすらと汗をかいていた。後ろ脚のつけねから透明な液体が流れ出して、藁をじわじわと濡らした。

「破水しましたね」

獣医が腕時計に目をやった。

「順調です。もうしばらく様子を見ましょう」

きびきびした声に、僕は多少落ち着いた。血相を変えてウキフネにとりすがってい た璃子もそうだったのだろう、

「上原さん、ちょっと離れましょうか」

と獣医から声をかけられて、素直に後ずさった。

「おっ、ちょっと出てきましたよ」

ウキフネの脚の間を、職員が指さした。小さな蹄がのぞいているのが、僕にも見え た。獣医が腰を折ってのぞきこむ。

「よし、前脚だ。よかった、正常です」

後ろ脚から出てきたり、前脚でも膝からだったりすると、危険なので専門家の処置 が必要になる。そうでない限りはできるだけ自然に任せる、というのが牧場の基本方 針らしい。

「このままそっとしておけば、無事に生まれますよ。たぶん一時間もかからないんじ ゃないかな」

獣医が立ちあがり、僕たちのほうを振り向いた。

「じゃあ、わたしはこれで。近くでもう一件診察があるので」

「ええっ!?」

僕と璃子は同時に声を上げた。

「心配ありませんよ。念のため、一時間後にまた来ます。あ、へその緒もいじらないで下さいね。自然に切れますから」

じゃあな、また後で、とウキフネの首をひとなでして、獣医はてきぱきと馬房を去っていった。

「おふたりはまだ残られます？」

唖然としている僕たちに、職員がたずねた。

「もちろん」

璃子が即答する。

「ほな、僕はちょっと他の動物たちの様子を見てきますね」

「はい？」

「先生もああ言うてはりましたし。もしなんかあったら、電話下さい」

ひきとめるまもなく、職員もそそくさと出ていってしまった。

「みんな冷たいね」

璃子が僕を見上げ、しょんぼりとつぶやいた。馬房にはウキフネの息遣いだけが響いている。

「まあ、そんなもんやろ。ここまできたら、待つ以外になんもできんしな」

「そうだけど、もうちょっと……」

言いかけた璃子が、目をみはって絶叫した。

「あ！」

僕もウキフネに目を戻した。脚の間から、仔馬のかぼそい前脚に続いて、鼻先ものぞいていた。

「ウキフネ、がんばって！」

「その調子やで」

びくん、びくん、とウキフネが体を震わせるたびに、仔の頭部がずるりずるりと少しずつ出てくる。白っぽい半透明の羊膜（ようまく）がかぶさって、目はまだ閉じている。

仔馬の頭がすべて現れた後、華奢な首と肩も見えてきた。ウキフネをはじめ、日頃から馬場で見かける成体と比べて、見るからに頼りない。やがて、それまでぐったりとして動かなかった前脚が、もがくように宙をかいた。

「動いたな！」

仔馬が自分で呼吸をはじめたのだ。目も開いた。長い夢から覚めたみたいに、不思議そうにまばたきしている。生まれてはじめて自ら吸いこんだ新鮮な空気を、戸惑いながらも味わっているのかもしれない。

　ウキフネがすっくと立ちあがった拍子に、羊膜がつるりとはがれた。あらわになった仔馬の全身は、びっしょりと濡れている。

　固唾（かたず）をのんで見守っていた僕たちも、ひとまず一息ついた。なにをしたわけでもないのに、ふたりとも顔が上気していた。

「ウキフネ、よくがんばったね」

　璃子は目を潤ませている。横たわっているわが子に、ウキフネが鼻先を近づけて、丁寧に体中をなめはじめた。

「すっかりお母さんやなあ」

「なめてあげると血行がよくなって、仔馬が呼吸しやすくなるんだって」

　そういえば、学部生のときに、授業でそんなことを習った覚えがあった。植物系の研究をするつもりだった僕は、まさか自分が馬の出産に立ち会う日がくるとは思ってもみなかった。

「獣医の先生、まだやろか」

　壁にかかった時計を見上げた僕の腕を、璃子が乱暴に揺さぶった。

「お兄ちゃん、見て！」

　生まれたばかりの仔馬が、おぼつかない脚を必死に踏んばっていた。藁の上に立ちあがろうとして、ぐらりとよろけ、倒れてしまう。

草食動物の赤ん坊は、生後まもなく歩きはじめる。外敵にねらわれやすいので、すぐ群れについていかなければならないのだ。ベビーベッドですやすや眠っているわけにはいかない。そのことも、僕は授業で教わった。大学ではない。たぶん小学生か中学生のときだ。そらそうやんな、と思った。動物の世界は弱肉強食やもんな。でもそれは、単なる知識にすぎなかった。実際にこの目で見てみると、やっぱり違った。まったく違う。そらそうやんな、とすんなり受け流してしまえるようなものではない。

もう一度、仔馬が踏んばる。

細い前脚を藁の上につき立てる。くの字に曲がった後ろ脚も、そろそろと伸ばしていく。やった、立った、と思いきや、つんのめるようにぺしゃんと腹ばいにくずおれてしまう。しかし間を置かず、また前脚をつく。失敗にもめげずに、なけなしの力をこめる。

何度それを繰り返しただろう。五回、十回、もっとだったかもしれない。だしぬけに、仔馬が動かなくなった。

璃子が僕の手首をぎゅっと握りしめた。さすがに力尽きたのか。それとも、あきらめてしまったのだろうか。僕は首を伸ばし、仔馬の顔をうかがい、そして、ああ、と声をもらしそうになった。くろぐろとしたまるい瞳は、澄みきっていた。疲れも、痛みも、浮かんではいなかった。ただまっすぐに、前を見つめている。

仔馬が再び、踏んばる。

馬房は静かだった。ウキフネは二、三メートル離れた壁際に、身じろぎもせずに立っている。璃子もうなにも言わず、僕の手首を強くつかんだまま、無言で仔馬を凝視していた。どさり、と仔馬が倒れる音だけが、静寂を破る。

生きるほかに、選択肢はないのだ。仔馬を動かしているのは、生きようという意志でも、生きたいという希望でもない。なにがなんでも生きる、とDNAに刻みこまれている。母馬も、もちろん人間も、手出しはできない。手助けもできない。僕たちはおそろしく無力だった。息を詰めて、がんばれ、がんばれ、と心の中で唱えることしかできない。

仔馬が力をふりしぼる。八の字に開いた脚を危なっかしくぷるぷると震わせ、ぴんと突っぱった。

僕と璃子は目をみかわした。言葉も忘れて、手をとりあった。

仔馬がよたよたと歩き出した。またもや倒れそうになるところへ、ウキフネが首を伸ばし、器用に腹の下へと誘導してやっている。無事に母親の乳房を探りあてた仔馬は、一心に乳を飲みはじめた。

馬房を出たのは、午前三時を回った頃だっただろうか。外はまだ暗く、黒い夜空に細い三日月がかかっていた。

「お兄ちゃん、本当にありがとう」

ウージーにまたがった僕に、璃子はあらたまって頭を下げた。

「いや、ええもん見せてもろたよ。こっちこそありがとう」

「でも学会帰りで疲れてるよね。運転、大丈夫そう？」

気遣わしげに聞く。

「平気、平気。そない眠くないし」

それでなくても、ウージーで走りはじめたとたんに、決まって睡魔は退散する。そうでなければ、徹夜も寝不足もあたりまえの毎日で、とっくに事故を起こしていてもおかしくなかった。

「璃子ちゃんこそ、居眠りして落っこちんといてや」

僕がからかい半分に言い返すと、璃子は口をとがらせた。

「大丈夫だよ。全然眠くないもん」

そう、僕たちは大丈夫だった。体は疲れていたけれども、新たな命が誕生する現場に立ち会った興奮で、気持ちは昂っていた。

大丈夫でなかったのは、ウージーである。

異変が起きたのは、京都市内に入ってしばらく走り、鴨川沿いの師団街道を北上している途中だった。

伏見稲荷を過ぎ、東福寺を過ぎ、京都駅の手前で奈良線の高架をくぐった。鴨川を挟んだ西側に、ひょろりと細長い京都タワーのシルエットが浮かんでいる。行きのように無理な速度は出していなかった。ウージーはふだんどおり、てけてけてけ、とのどかなエンジン音を響かせ、がらがらに空いた広い道路を快調に走っていた。

耳になじんだその音が、突然、てっけ、てっけ、てっけ、と不自然に間延びしはじめたので、驚いた。同時に、ゆるゆると減速していく。とっさに道の端へ寄ったところで、てっ、ててっ……と口ごもるようにして、音がとだえた。

塩小路橋を過ぎたところで、ウージーは完全に停止した。エンジンをかけ直そうとしても、かからない。

「どうしたの？」

璃子が後ろから言った。

「どうしたんやろ？」

僕もつぶやいた。むろんウージーは答えてくれない。

ふたりともシートから降りて、車体を眺めた。ぱっと見た限りでは、特に変わったところは見あたらない。

「行きにがんばらせすぎたんやろか」

「ごめんね」

「いや、璃子ちゃんのせいやないよ」

故障ははじめてだった。こういうときはどうしたらいいのだろう。ウージーを譲ってくれた先輩に聞いてみるにしても、こんな夜ふけにいきなり電話するわけにはいかない。

「とりあえず璃子ちゃんは先に帰りや。そのうちタクシーも通るやろ」

璃子はぶんぶんと首を振った。

「そんなの悪いよ。お兄ちゃんと一緒に帰る」

「ほな、ウージーはここに置いといて、ふたりでタクシー拾おか？」

「それもなんか、かわいそう」

眉を寄せ、ウージーのハンドルをなでている。ウキフネをさすっていたときにも似た、優しい手つきだった。

「ここってもう七条（しちじょう）だよね？」

「せやな」

もう七条というべきか、まだ七条というべきかは、見解の分かれるところだろう。

京都の街を東西南北に走る道は、よく碁盤の目にたとえられる。そのうち、市内の中心部を東西に延びる大通りの名は、一条、二条、三条、と北から南に向かって数が増えていく。大学も僕の寮も東一条通に近く、璃子のアパートはさらに北だ。うちの大学の学生にとって、通常の生活圏はせいぜい三条か四条あたりまでだった。僕自身も、宇治キャンパスに通いはじめる以前は、七条なんて南の果てという印象しかなかった。

もっとも、がんばれば歩けなくもない。あの晩までは知らなかった、というか、歩こうなんて考えたことすらなかったけれども。

僕と璃子は、歩きとおしたのだった。

ウージーを押し、一時間以上かけて、川端通(かわばたどおり)を北へと上った。市内の地形が南から北へ、ごくゆるやかな上り坂になっているということも、身をもって体験した。バイクや車がときどき車道を行きかうものの、歩道ではほとんど誰ともすれ違わなかった。ふたり並んで歩きながら、とりとめもなく話した。

「ウキフネ、ちゃんと眠れてるかな？」

「そらもう、今頃ぐっすりやわ。大仕事終えてくたくたやろ」

「ほんと、大仕事だよ。お母さんもだし、赤ちゃんも」

璃子が大きくうなずく。

「あの子、ウキフネとそっくりだったよね。将来は美人になると思う」

「そらDNAがおんなじやからな」

「なんて名前になるかな」

「猪俣先生が決めはるん？」

「たぶん。顔見てから考えるって言ってた。でもね、さっき思いついたんだけど、ウキフネに命名させてもいいかも」

五十音表を用意し、視知覚実験と同じ要領で、ウキフネにひらがなを選ばせればいいのではないかという。

「それ、おもろいやん」

「じゃあ、先生にも話してみようかな。あと、ウキフネにも聞かないとね」

「璃子ちゃん、ほんまにウキフネと仲ええよな」

馬房でもつくづく感心していたことだった。

「今晩もずっとついててもらえて、ウキフネも心強かったやろ」

「そう？」

楽しそうに話していた璃子が、急にまじめな表情になったのが、薄暗い中でも見てとれた。

「そらそうやん」

僕は首をかしげた。

「どうした？　なんか気になるん？」

「でも、菅沼さんが」

思わぬ名前に、意表をつかれた。

「へ？　菅沼さん？」

「産むのは自分だし、ひとりで平気だって言ってたでしょ？　覚えてない？」

「ああ、あれな」

菅沼さん――そのときにはもう「川本」さんになっていたが――は予定どおり、年明けに出産した。女の子だった。

ぱんぱんにふくらんだおなかを抱えて臨月まで研究室に顔を出し、周囲をひやひやさせていたけれど、陣痛がはじまったのは自宅にいるときだった。川本は春から勤める会社の内定者研修で、留守だった。菅沼さんはあわてず騒がず、ひとりでタクシーを呼び、産院に向かったという。

「どっちみち、産むときはひとりだし。まだ働きはじめてもないのに、家庭の事情で早退っていうのもちょっとねえ」

菅沼さんはさばさばと言い、川本も隣で肩をすくめていた。

「もともと立ち会いはいらんって言われてたしな」

「痛がってるところなんて見られたくないもの」

菅沼さんらしいといえば、菅沼さんらしい。

僕が川本夫妻とひさしぶりに顔を合わせたのは、出産からちょうどひと月後のことである。璃子と一緒に、出産祝いを持って宝ヶ池（たからがいけ）の新居を訪ねた。

すでに僕と璃子のつきあいも、両研究室の知るところとなっていた。合同発表会で菅沼さんたちが堂々と結婚宣言をしたのに刺激され、自分たちだけ黙っているのは潔くないようにも思えて、僕も衝動的にその場で打ち明けてしまったのだ。こちらは結婚も妊娠もからんでいなかったせいもあってか、比較的あっさりと受けとめてもらえた。ただしその後、話が広まっていく途中で、混乱が生じたようだった。しばらくの間、おめでとうとかパパがんばれとか、僕はしょっちゅう声をかけられ、いちいち訂正しなければならなかった。璃子は璃子で、ところで何か月なの、と羽鳥さんからわくわくした顔でたずねられ、ぎょっとしたという。

「うわあ、ちっちゃい！　かわいい！」

ピンク色の毛布にくるまれ、ベビーベッドに寝かされている赤ん坊から、璃子は目が離せなくなっていた。道端で見かけた犬や猫に吸い寄せられていくときにも似た、などと言ったら菅沼さんたちは気を悪くするかもしれないが、とにかく熱いまなざしでベッドを見下ろしていた。

「めっちゃ美人やろ？」

川本は早くも親ばかぶりを発揮して、目尻が下がりっぱなしだった。デジタルカメラと携帯電話を両手に持って、ひっきりなしに写真を撮り続けていた。

「子どもってあんまり得意じゃなかったけど、やっぱり自分の子は特別なんだよねえ」

日頃はクールな菅沼さんまで、見たこともないような愛おしげなまなざしで、赤ん坊の頬をそっとつついた。

「正直言うとね、妊娠中は、心の奥の奥にはまだ迷いが残ってたかも。全部、自分で考えて決めたことなのにね」

僕は黙ってうなずいた。

実のところ、僕も内心では似たようなことを考えていたのだ。独身時代の菅沼さんは、ほぼすべての時間と体力を研究に捧げていた。子どもを育てていくとなれば、当然そうはいかない。本当にそれでいいのか、本人の決断を尊重すべきだと自分に言い聞かせつつも、僕はどうしてもすっきりしなかった。同じ研究者の端くれとして、また彼女の活躍をそばで見てきた後輩として。

「でも今は、来てくれてありがとうって思う」

晴れ晴れとした表情で、菅沼さんは言った。

「この子の顔を見てはじめて、わたしは正しかったって心から実感できた」

その日、僕もやっと納得できた。当人の言葉を借りるなら、わが子を抱く菅沼さんの顔を見てはじめて、その判断が正しかったと心から実感できたのだった。


五条、四条、三条と順にさかのぼっていき、御池通も過ぎた。このあたりから、ついに左京区に入る。相変わらず車道はがら空きで、歩道にも人影はない。

二条大橋の交差点で、赤信号にひっかかった。ふたり並んで立ちどまる。

「菅沼さんは心細くなかったのかな？」

しばらく黙っていた璃子が、口を開いた。さっきの話をずっと考えていたらしい。

「まあ、ああいう性格やから。ちょっと特殊かもしれんな」

「わたしだったら、そばにいてほしいけどな」

そうだろうなと僕は思った。僕のほうも、できればそばにいたい。たとえ、見守るよりほかになにもできないとしても。

しかし僕がそう口にするより先に、璃子は神妙に続けた。

「だけどウキフネも、わたしたちがいなかったらひとりで産んでたわけだよね」

「獣医さんたちも、さっさと出ていきはったもんなあ。野生やったら普通のことやけど、やっぱりちょっとびっくりしたな」

　ウキフネは結局、人間の力を借りずに出産を乗り切った。一時間後に戻ってきた獣医も、へその緒や胎盤、いわゆる後産(あとざん)の状態を確認したくらいで、特別な処置はしていなかった。

「でもわたし、ウキフネの応援もだけど、一番に赤ちゃんを出迎えられたのもうれしかった」

「うん。おれも」

　出迎え、とはなかなかうまいことを言う。

　暗くあたたかく居心地のいい胎内から、音や光のあふれる刺激的な外の世界へ、小さな命がやってきた瞬間を、僕たちは見届けた。こちらの住人として、先輩として仲間として、この世界へようこそ、と迎え入れたのだ。

　来てくれてありがとう――菅沼さんの言葉が、不意に脳裏をかすめた。状況は全然違うけれど、新しい命を歓迎し、祝福しようとする気持ちには、通じるところがあるかもしれない。

「いつかわたしも子どもがほしいな」

　璃子がひとりごとのようにつぶやいた。

「よし、わかった」

　さっき言いそびれてしまったことを思い出し、僕は約束した。

「そのときは絶対そばにいる」

この話には後日談がある。

数年後、僕がプロポーズしたときに、璃子は目をみはった。前のあれはプロポーズじゃなかったの、というのだ。確かに、そうともとれる。しかも、そうとう押しが強い。

でもあのときの僕は、そこまで頭が回っていなかった。信号が変わったのに璃子が立ちつくしているのも、ただ疲れてぼんやりしているだけだと単純に解釈した。

「璃子ちゃん、青やで」

璃子がはっとしたようにうなずいて、足を踏み出した。

「ありがとう」

応えた声がかすれていたことも、僕はあまり気にもとめなかった。疲れてぼんやりしていたのは、僕のほうである。

「ちょっと明るくなってきたかな」

横断歩道を渡りながら、僕は頭上をあおいだ。

「ほんとだ」

璃子も上を向いた。黒一色だった空が、かすかに青みがかってきた。夜が静かに明けはじめていた。

6

夜はまだ明けない。

きみに話しかけていたら、いつのまにかこんな時間になってしまった。あんまり長話をするつもりじゃなかったのに。

まあ、いつものことだ。ひとたび記憶をたどりはじめたら、とまらなくなってしまう。今まで忘れていたようなできごとまで、次から次へ、とりとめもなく頭に浮かんでくる。璃子と出会って二十年以上の間、本当にいろんなことがあった。さらに、璃子について語ろうとすると、僕はもちろん、僕たちふたりの家族や友人知人も続々と出てくる。登場人物が増えに増え、話がみるみる広がっていく。

きみの存在を知ってから今日まで、すごく長かった気もするし、あっというまに過ぎたような気もする。最初に僕たちの出会いについて話しはじめたときには、璃子のおなかはまだぺたんこだった。それが日に日にふくらんでいるのを眺めながら、僕は話を続けてきた。

長い思い出話も、今日でいったん終わりそうだ。熱心に聞いてくれてありがとう。姿は見えなくても、きみが真剣に耳を傾けている気配は、ちゃんと感じた。もしも質問や、もっと詳しく聞いてみたいことがあれば、ぜひ覚えておいてほしい。今後──ちょっと先にはなるかもしれない──いつでも受けつけるから。

僕はそっと立ちあがり、窓辺に近づいた。カーテンの隙間を指でわずかに広げ、外をのぞいてみる。ガラス越しに冷気が伝わってくる。室内は暖房がよくきいているけれど、おもてはかなり寒そうだ。

鴨川の西岸に建つ病院の、四階の個室は見晴らしがよかった。夕方にここへ入ったときには、ゆったりとした川の流れも、対岸の街なみも、その向こうに広がるなだらかな山なみもよく見えた。今はもう、ちらほらと街のあかりがともっているほかは、すべてが濃い闇に沈んでいる。

「お兄ちゃん?」

背後から声がして、振り向いた。

「ごめん、起こしてもた?」

ベッドに横たわった璃子が、こちらに顔を向けていた。

「こっちこそごめん、寝ちゃってた。お兄ちゃんはずっと起きてたの？」

「うん」

「たいくつじゃなかった？」

「いや、全然」

きみに話しているのは、とても楽しい。

「調子はどない？」

「相変わらず。ちっとも痛くない」

璃子が残念そうに言う。

「そうか。まだなんやな」

「ごめんね。あんなに痛かったのになあ」

僕が仕事を早退して病院に駆けつけたとき、璃子の陣痛の間隔は十分にまで狭まっていた。すわ産まれるかと思いきや、直後からなぜか痛みが遠のいて、しまいには消えてしまったのだった。

もう予定日を過ぎているのもあって、少し気をもんだが、特に珍しいことではないらしい。念のため入院したものの、もし朝になっても陣痛が再開しないようなら、一度家に帰っていいと言われている。

「あせることないよ。おれも明日あさっては休みやし、のんびり出てきてもろたらええわ」

半分は璃子に、半分はきみに向かって、僕は言った。璃子がベッドの上で上半身を起こし、枕に寄りかかって座る。

「けっこう熟睡してたみたい。眠くなっちゃった」

「でもまだ三時やで。もうちょい寝といたら？　これからに備えて体力たくわえとかな」

「お兄ちゃんこそ、休まなくて平気？　この分だと、まだまだかも」

「いや、おれも眠（ねむ）ないねん」

気も張っていたし、なつかしい日々を振り返っているうちに、すっかり目が冴えてしまった。

「ねえ、そろそろ出てきたら？」

璃子がうつむき、ぽっこりとふくらんだおなかのあたりに向かって声をかけた。

「ママもお兄ちゃんも、あなたのこと待ってるんだよ」

「なあ、そのお兄ちゃんていうん、ややこしない？」

結婚してからも、璃子は変わらず僕のことをお兄ちゃんと呼んでいる。ここの産婦人科で行われた両親学級では、周りから不審そうにじろじろ見られた。ゆうべ見回りにやってきた看護師にも、え、お兄さんですか、と誤解されてしまった。

「そう？　じゃあ、パパって呼んでみる？」

「パパはええわ、恥ずかしいし」

「それじゃ、お父さん？」

璃子が首をかしげる。

「果菜んとこは、名前だよね」

「あれはあれで微妙やけどな」

果菜と涼真は二児の親となっている。四歳の豊も二歳の作も、母親を「母ちゃん」、父親を「涼ちゃん」と呼ぶ。

「じゃあ……実ちゃん？」

ぎこちなく呼びかけたそばから、璃子はふきだした。

「ないね」

「うん。ないな」

果菜たち一家は、奈良の実家のすぐそばに住んでいる。結婚当初は八百屋を手伝っていたが、三年前から同じ商店街の中にカフェを開いた。新鮮な野菜や果物をふんだんに使った生ジュースやスムージー、パフェやケーキなんかも出して、なかなか繁盛している。

この間実家に集まったとき、もうじき従妹ができると甥っ子たちにも教えたら、とても喜んでいた。修治とアリサのところはまだ子どもがいないので、彼らにとってははじめての従妹だ。

「こん中に赤ちゃんがおるんやで」

豊が璃子のふくらんだおなかにそっとふれ、訳知り顔で作に教えた。

「えっ、ここに？」

「そうやで。作もな、母ちゃんのおなかの中におってんで」

「ふうん……」

けげんそうに首をかしげ、しばらく兄の手もとを見つめていた作は、やおら目を見開いて、そばに立っていた僕を見上げた。

「ほな、おっちゃんも？」

「へ？」

「おっちゃんのおなかにも、赤ちゃんおるん？」

しかつめらしい表情で、僕のへそのあたりを指さした。

おとなたちが爆笑すると、作はきょとんとして皆の顔を見比べた。豊は豊で、僕の腹部を疑わしげに凝視している。

「ああ、おるかもな」

僕が答えたら、すかさず果菜にしかられた。

「ちょっと、子どもにいいかげんなこと言わんといて。教育上よくないやろ」

豊も作もだまされたらあかんで、と人聞きの悪いことを言う。

「おっちゃんのおなかの中身は、赤ちゃんやない。脂肪や」

「シボウ？」

「そ。おっちゃんはな、肥満やねん」

「ヒマン？」

「でぶのこと」

「でぶ！」

「おっちゃん、でぶなんや！」

豊も作も目を輝かせた。その手の言葉が大好きな年頃なのだ。そっちのほうがよっぽど教育上よろしくないんじゃないだろうか。

「ふたりとも、そんなふうに言っちゃだめだよ」

涼真が穏やかにたしなめても聞く耳を持たず、でーぶ、でーぶ、と歌うように繰り返しながら、ふたりで僕の周りをぐるぐると走り回る。僕はわざと両手を大きく振りあげて作をつかまえ、丸太をかつぐように肩の上にのせた。作が手足をばたつかせ、ぎゃあああ、と満面の笑みで絶叫した。おれもおれも、と豊が僕のシャツの裾をひっぱってせがんでくる。

僕の両親は目を細めて、にぎやかな孫たちを眺めていた。璃子の妊娠を知らせたとき、わりと落ち着いていたのは、もう三人めの孫になるからだろう。女の子がはじめてなので、そこは楽しみにしているようだ。

一方で、璃子の両親、特に父親は、大変な気合の入りようである。

義父は数年前に大阪支社長に就任し、転勤の心配がなくなったのを機に、大阪市内にマンションを買った。左京区の僕らの家まで、車なら一時間ほどで着く。毎週末のように訪ねてきては、驚くほど小さなベビー服やら、カラフルなおもちゃや絵本やらを置いていく。

予定日を過ぎてからは、平日も朝晩電話がかかってくるようになった。数時間前にも、璃子はベッドの上で電話を受けていた。陣痛が去ってしまった後だったので、うん大丈夫、変わりないよ、とごまかしていた。

「お義父(とう)さんたち、入院してるって知ったらびっくりしはるやろな」

「早まって呼ばなくてよかったよね」

璃子がため息をつく。

「お父さんのことだから、ここに泊まるとか言い出しかねないし」

「ほんま愛されてるよな、璃子は」

「愛っていうか、心配性なんだよ」

そういえば、果菜の出産のときにも、母より父のほうがそわそわしていた。男親と娘というのは、なんだか不思議な関係だ。

僕ときみは、いったいどんなふうになるのだろう。

「お兄ちゃんは、どんなお父さんになるのかな？」

僕の頭の中を見透かしたかのように、璃子がつぶやく。

「さあ、どやろ。実際なってみな、わからんよな」

「出た、お兄ちゃんののんびり発言」

璃子は眉をひそめた。

「のんびりしてるか？」

「してるよ。この子の名前だって……」

きみの名前はまだ決まっていない。璃子は義父の買ってきた命名辞典を参考に、あれこれ候補を考えていたが、意見を求められても僕にははかばかしい返事ができなかった。

「しゃあないわ、顔見てみなわからんもん」

義父は産院でもらったエコー動画を見て、美人でよかったなあ、と悦に入っていたけれど、あんなぼんやりとした画像ではよくわからない。

「まあ、これからが本番やし。おれもできるだけ子育て手伝うで。山根を見習わなな」

山根はなんと、現在フランスで妻子と暮らしている。博士課程を修了した後、研究室の教授の紹介で現地の電力会社に就職し、おとしパリで挙式した。フランス人の妻は、金髪と青い瞳が印象的な、ものすごい美人である。テレビ局のアナウンサーで、山根の勤め先に取材にやってきたのをきっかけに知りあったらしい。そういえば山根は昔から、ひそかに面食いなのだった。一歳になったばかりだという双子の姉弟も、天使みたいに愛らしかった。

「すっかり子育てにはまってもたわ」

年末に会ったとき、山根は話していた。フランスでは就業時間が厳密に定められていて、父親も母親も定時で帰宅し、家族でゆっくり過ごせるという。夏には数週間もの有給休暇がとれる。山根のように育児休暇を取得する父親も珍しくないそうだ。

山根が家族を連れて一時帰国したついでに、ひさしぶりに顔を合わせたのだった。どうせなら京都で集まろうという話になって、僕たちの自宅に招いた。ちょうど大阪に帰省していた龍彦と花ちゃんにも声をかけ、総勢八人で——きみを入れると九人だ——、そう広くないリビングはいっぱいになった。

僕は政府が民間の食品会社と共同経営する、半官半民の研究機関に勤めている。入社直後に、東京のはずれにある研究所に配属され、引き続きバイオ京野菜の研究を手がけた。修士課程を終えて僕と結婚した璃子も、東京近郊で仕事を探し、うちの大学と提携している試験牧場の職が決まった。

バイオ京野菜の実用化のめどが立ったのが、半年前のことだった。同時に、本格的な供給体制をととのえるため、僕は左京区の北部に新設された生産拠点に異動することになった。折しも、璃子の妊娠がわかったばかりだった。子育てはできれば関西でしたいと璃子は前々から言っていたので、願ってもない転勤だった。左京区の中でも北端に近い勤務先と、僕たちの母校のちょうど中間あたりに、こぢんまりとした一軒家を見つけた。

東京には、ほぼ五年間住んだことになる。同じく都内で働く龍彦たちとは、なにかにつけて会っていた。龍彦は、私立大学で研究の傍ら教鞭をとっている。教育というものにひとかけらの関心もなさそうなあの龍彦が、と僕も山根も驚愕したが、よく考えてみれば、そういう教官はうちの大学にもぞろぞろいた。ほんまは研究に専念したいねんけどな、とぼやきながらも、辞めずに続けているところも同じだ。花ちゃんのほうは、龍彦と結婚した後しばらくして、商社からアパレルメーカーに転職した。新しい職場に勤め出してからは、学生時代に戻ったかのような、風変わりな色やかたちの服を着こなしている。

五年の間に、僕はそこそこ東京になじんだつもりでいた。都心の高層ビル街にも、殺人的な通勤ラッシュにも、標準語にも慣れた。

こんなに苦もなく順応できるとは、上京する前には思っていなかった。なにせ、僕はそれまで一度も東京に行ったことがなかったのだ。生まれ育った関西、中でも九年間の大学生活を過ごした京都に、愛着も強かった。絶対ホームシックになるで、と果菜にはさんざんおどされた。でも、暮らしはじめてみれば新しい生活に夢中で、関西をなつかしむ時間はあまりなかった。山根や龍彦をはじめとした親しい友人も、京都を離れてしまっていたせいもあるかもしれない。どちらかといえば、璃子のほうがさびしそうだった。果菜と涼ちゃんに会いたいな、アミダやウキフネは元気かな、とたびたびもらし、長い休みには決まって関西に帰省したがった。

ところが、いざ京都に戻ってきたら、僕は自分でもびっくりするくらいにほっとした。

鴨川を見て、山肌に刻まれた大の文字を見て、自転車を乗り回す学生たちを見て、帰ってきたんやなあ、と感慨にふけった。休みの日には璃子とふたりであちこち歩き回った。錦市場のにぎわいも、伸び放題に茂った庭木に埋もれるように建っている寮も、ひとけのまばらな吉田山も、記憶と変わらなかった。夏の熱気も冬の冷えこみも、肌がちゃんと覚えていた。

　やっぱり璃子の言うとおり、僕はなにごとにおいても、実際にやってみなければぴんとこない性質なのかもしれない。


「璃子はどうなん？」

　僕はたずね返した。

「どんなお母さんになりたい？」

「どうだろう」

　璃子がおなかを両手でさすり、細い声でひとりごちた。

「わたし、いいお母さんになれるかな？」

「それは心配ないわ」

　僕は請けあった。自分のことよりも璃子のことのほうが、確信を持って言える。

「だってほら、あの果菜でもちゃんとやってるんやで？」

「それ、果菜が聞いたら怒るよ」

　璃子の表情が少しほぐれた。

「でも、果菜って昔からお母さんっぽかったよね」

「ああ、よう遊んどったよな」

きみにも話した、おままごとのことだ。

「あっ」

璃子がすっとんきょうな声を出し、僕の顔を見た。

「そういえば、あのときもそうだったよね？」

「あのときって？」

「ほら、からすのとき」

「からす？」

聞き返しながら、ああ、あれか、と思いあたった。うちの実家の中庭でおままごとをしているとき、璃子は巨大なからすに襲われかけた。

「お兄ちゃん、覚えてない？」

「いや、覚えてる」

僕はシートの上に舞い降りたからすを追いはらい、おびえきっている璃子に向かって、大丈夫かと声をかけた。璃子は涙のたまった目で僕を見上げた。

そして、なんの脈絡もなく言った。

「わたし、お兄ちゃんのおよめさんになる」

記憶の中に残る幼い声と、目の前にいる璃子が発した声が、重なった。

「うん。それも覚えてる」

「ね？」

　璃子が僕にうなずきかける。

「お兄ちゃん、あのときも言ったじゃない」

「あっ」

　今度は僕の口から、まぬけな声がもれた。思い出した。

「言うたな」

「でしょ？」

「おとなになってみな、わからんな」

　僕と璃子の声が、そろった。

「お兄ちゃん、昔からこの調子だったんだね」

　璃子が微笑む。

「まあええやん、結局うまいことおさまったわけやし」

　あの日から、長い年月をかけて、僕たちはここまでたどり着いた。ゆっくりと坂を上るように、一歩ずつ。

「あのからすのおかげやな？」

　ふとひらめいて、僕は言ってみた。

「おかげって？」

「もし、あいつがおらんかったら、こんなふうにならんかったかもしれんやん？」

もしも璃子があそこでからすに襲われていなかったら、あの発言もなかったはずだ。

ということは、ひょっとしたら、その後に続いた僕たちの関係も変わっていたかもしれない。

「もし、あのからすがいなかったら……？」

璃子は不思議そうに僕の顔を見つめている。

僕は日頃、めったに仮定の話はしないのだ。起きたことは起きたことで、考えても過去は変わらない。変わらないことをいくら考えても、しゃあない。大事なのは、起きたことを正しく把握し、その意味をきちんと理解することだ。

「どうかなあ？」

璃子はしばし考えこんだ。これまでに起きたことをひととおり振り返り、吟味しているのだろう。仮説の正否を判断する上では、事実に基づく検証が欠かせない。

「それでも結果は同じだったんじゃない？」

考え考え、言葉を継ぐ。

「途中の道はちょっと違ったとしても、最終的にはこうなったんじゃないかな」

おなかに手を添えて、円を描くようになでている。それから僕に目を移し、いたずらっぽく言った。

「なかなか出てきてくれないなんて、この子ものんびり屋さんなのかもね。お兄ちゃんに似て」

そうだろうか。

きみはどちらかといえば璃子に似ているのではないかという気が、僕にはする。内気で慎重な性格ゆえに、こちらの世界に出てくるのを躊躇しているのではないか。

「動いてる？」

「ううん、さっきから全然。寝ちゃってるのかな？」

「いや、起きてるな。おれらの様子をうかがってる」

「わかるの？　どうして？」

たずねかけて、ん、と璃子は声を上げた。

「動いた」

「ほらな」

きみは耳をすましている。外の世界でなにが起きているのか、用心深く聞きとろうとしている。

そう考えたから、僕は話しかけてきたのだ。璃子と僕のささやかな物語を聞いているうちに、きみもこっちに興味がわいてくるんじゃないか、不安も薄れるんじゃないかと期待して。

安心していい。この世界は悪くない。もちろん楽しいことばかりではないけれど、経験してみる価値はある。一緒においしいものを食べよう。僕の育てた京野菜を、きみも気に入ってくれるとうれしい。裏庭にこしらえた小さな畑も見てほしい。それとも、璃子の血を受け継ぐきみのことだから、草花よりも小鳥や虫に心惹(ひ)かれるだろうか。どっちにしても、庭はきっと楽しめるはずだ。そうだ、おままごともできる。

それにみんな、きみに会うのを楽しみにしている。僕の両親も、璃子の両親も、果菜と涼真と子どもたちも。山根とその家族も、龍彦と花ちゃんも、菅沼さんと川本も、修治とアリサも、梅園教授も猪俣教授も、きみが生まれたらぜひとも知らせてほしいと言ってくれている。

僕たちの物語に出てきた人々に、そして他にももっともっとたくさんの人々に、これからきみは出会うことになる。きみの物語が、はじまる。

だから、おいで。僕たちはきみを待っている。

本作品はフィクションであり、
実在の個人・団体等とはいっさい関係ありません。

＊初出／「きらら」２０１５年3月号〜２０１６年8月号

illustration: Jun Kumaori

解説

山下貴史

桃栗三年、柿八年――。

「この年数はだいたい合うてるんですよ。(中略)意味も正しい。おいしい実を食べたいなら、じっくり時間をかけて育ててやらなあかん。真実です」

そんな老教授の言葉どおり豊かに実った物語が、『左京区七夕通東入ル』『左京区恋月橋渡ル』に続く左京区シリーズ第三作『左京区桃栗坂上ル』です。

京都市左京区の大学構内にある書店で働く私が、『七夕通』に初めて出会ったのは二〇〇九年のこと。三年後には『恋月橋』を渡り(桃栗三年)、『七夕通』から数えて八年経った二〇一七年に『桃栗坂』を上りました(柿八年)。

そして二〇二一年、本書『左京区桃栗坂上ル』の文庫版です。文庫化だから、安藤くんの言葉を借りると、「厳密にいえば『出会い』ではなく『再会』」なのだけど、単行本誕生から時を経て再読したら、ほっこり懐かしくて、でも同時に「新しい出会い」のようなよろこびを感じました。

この文庫で初めて左京区シリーズに出会った方もいらっしゃるでしょうか？『七夕通』は、女子読み恋愛小説第1位（『ダカーポ最高の本！　２０１０』より）に選ばれたけれど、おじさん、いや男子読みでもナンバー1でしょ、との思いをこめて、ちょっとおじさん寄りの男子目線から、この「左京区の物語」を紹介します。

はじめに紹介したいのが、物語に登場する理系男子たちです。今では珍しい（？）、果菜に言わせれば「ぼろっぼろ」で「完全に女っ気ゼロ」の学生寮で暮らす彼らは、寮のたたずまいに負けず劣らず、みんな強烈な存在感を放っています。

寮の「部屋のふすまを数式で埋め尽くして『ノートが足りなくなってん』と平然と開き直」っている理学部の龍彦くん。「尋常ではない量の花火を買いこんで、鴨川でひとり花火大会を開いて悦に入っている」工学部の山根くん。それから「パンツを三枚しか持っていないくせに、塩とカレー粉はそれぞれ五種類ずつ持っている」農学部の安藤くん。

ほかにも「自室の畳に生えてきた色とりどりのきのこに名前をつけてかわいがって

いたり」する農学部の川本くんなどなど、登場するみんなが、(龍彦くん風に言うと)社会の平均公約数とだいぶずれてるで、という極端な個性を発揮しています。

世の中にはいろんな人がおるなぁ、やっぱ、おもろいわ、と読んでる私もうれしくなるのですが、そんな彼らは、果菜の推薦で間違いなく〝イカ京〟の有力候補になっていることでしょう。ちなみに〝イカ京〟というのは〝いかにも京大生〟の略称で、実際に大学界隈(かいわい)でもときどき耳にします。チェックのシャツをズボンにきちんと入れてるような理系男子のことで、その呼称には、モテへんやろ、とか、女子と縁無いんちゃう、というイメージまで込められています。

でも、実はそんな男子でいいのです。いやそれがいいのです! 服装がイケてなくても、何故か気になるたたずまい。そんな彼らならではの出会いのかたちがあるのです。

左京区のみんなにおとずれた出会いの模様を、ここで少し振り返ってみましょう。

『七夕通』でオシャレな文系女子の花ちゃんがふとしたきっかけで出会ったのは、龍彦くんでした。ひと目ぼれ、ではないけれども何故か惹(ひ)かれる。でも〝たっくん〟はときには飲まず食わずで倒れるくらいの熱量を数学に注ぎ込んでいて、花ちゃんはそんなどうしようもない壁に思い悩みました。だけど彼の優しさがゆっくりと花ちゃんに沁み入ってきます。そして、自分に向けられる愛情も数学に負けないくらい強いことに気づいたのです。

山根くんは『恋月橋』で美月さんと出会いました。山桜が満開の糺の森で、雷雨のなかにたたずむ白いワンピース姿の美月さん。それはとてもロマンチックな場面でした。そこで山根くんはとっさに傘を差し出したまでは良かったのですが、直後なんと、ぴゅーっと逃げてしまったのです。「どんなひとだったの？」と花ちゃんが聞いても、「色が白かった」「綺麗なひとだった」としか答えられない山根くん。花ちゃん直伝のメモをポケットに入れて初体験のデートに臨む様子などからも、山根くんの不器用で純粋な心が、愛おしく伝わってきます。

そして本作『桃栗坂』では、左京区シリーズ最強の出会いがおとずれます。度重なる引越しのうえ、人見知りだった璃子が初めて自分から声をかけたのが、果菜だったのです。四歳児は「直感に導かれるまま友達を作る。幸い、勘はだいたいあたる」のです。このふたりの出会いが、〝りこちゃん〟と〝お兄ちゃん〟の出会いにつながったのはもちろんのこと、果菜と涼真の出会いにもつながっていくのです。さらにそれだけではなく、大学の先輩や後輩の恋模様など、彼らのまわりに集まったたくさんの出会いが、『桃栗坂』には描かれています。

このように「左京区の物語」には、様々な出会いがありますが、その出会いを巡って、みんなにそれぞれの「もし〜だったら」が描かれているのです。

たとえば、『七夕通』の花ちゃんにとってのそれは、「七月七日の朝にブルーベリーをこぼさなかったら」でした。もしそうだとしたら、彼女は〝たっくん〟に出会えていたでしょうか？「こんなささいなきっかけを運命と呼ぶのはおおげさかもしれない」、それでも「始まりは、やっぱりブルーベリーだった」と花ちゃんは思うのです。左京区を離れるとき、花ちゃんは、ブルーベリーのしみのついた白いシャツを、まるでなにかのお守りのように、丁寧にたたんでいました。

『恋月橋』で美月さんに出会った山根くんは、「どうせ手の届くはずのないひとだったのに」「むだな夢を見て打ちのめされるくらいなら、いっそ最初から存在そのものを知らないほうがよかった」と思ったこともありました。でも寮長が優しく大切なことに気づかせてくれるのです。「それは、山根さんのためにもなりませんから」と言った美月さんの気持ちを理解した山根くんにとって、その出会いは大切なものになっていきます。

そしてこの『桃栗坂』では、「あのからすのおかげやな？」と安藤くんがふと口にする場面があります。「もし、あいつがおらんかったら、こんなふうにならんかったかもしれんやん？」。璃子はこんなふうに答えていました。「それでも結果は同じだったんじゃない？」「途中の道はちょっと違ったとしても、最終的にはこうなったんじゃないかな」。

私たちにはどんな事も起こり得るし、どんな可能性もある。そんな「もし〜だったら」あり得たかもしれないパラレルワールドのうち、たったひとつのこの世界を、いま生きている。だけどどんなに別の世界を思い描いたとしても、その世界への扉もまた、人との出会いによって開かれるのではないでしょうか。現実にこの世界がそうであるように。

本書に出てくる言葉を借りれば、世界には「透きとおった『ご縁』の糸が、僕たちの上に網の目のように張りめぐらされ」ていて、さらに「この縁の輪はまた新たな、かつ強力な次なる縁を運んでくる」のです。それは手の届かない夢の世界ではなくて、人との出会いがもたらす、だれもが生きることができる世界なのです。扉を開いてみよう。「左京区の物語」を読むとそう思えます。そうすればきっと、この世界に生まれてきてよかったと心から思える。

左京区で学生時代を過ごした著者の瀧羽麻子さんは、本作を上梓したときのインタビューでこんなお話をされています。

「『左京区桃栗坂上ル』の裏のテーマが、命です。恋愛にかぎらず、人は他者と知り合い、関係を築き、生活しています。そうやって生きていること自体が、縁や命を、繋いでいくことではないかなと」(『きらら』二〇一七年七月号より)

この物語の最後には、安藤くんがある命に語りかける言葉がありました。あんなセリフを言える安藤くんに、正直とても嫉妬します。でもそれ以上に、私は安藤くんと璃子ちゃんに心から祝福を贈りたい。

ふたりのおかげで、世界を生きる希望がいっぱい詰まった「左京区の物語」に出会えたのだから。

左京区のみんなと出会ってから、十二年。

物語の舞台である左京区や京都にも、そしてモデルとなっているこの京都大学にもいろいろな変化がありました。たくさんのご縁の糸が絡まりあっては、ほぐれつつ、また強く結ばれたりしながら。ただ、時を経るなかでそんなご縁の糸の手触りが失われつつあるように、またそれに伴って、目に映る風景も寂しくなったような気がして。その風景は、かつて美しく色づいていたからこそ、いっそう切なく感じられます。

桃栗三年、柿八年――。

久しぶりに左京区のみんなと出会って、昔の感触が甦ってきました。止まっていた世界が動き出したかのように、かつて心地良く肌を撫でた風が流れはじめて、薄らいでいた景色が鮮やかに輝きはじめたのです。

ご縁の糸が紡いだ風景の輝きが甦る喜びを求めて、私はこれからも折に触れて、「左京区の物語」を読み返すことでしょう。

左京区のみんなは、物語の世界を超えて、私の心の中で生きています。

「左京区の物語」を映画やドラマで見てみたいな。璃子はあの人がいい！　安藤くんは、果菜ちゃんは誰になるだろう？　ロケ地はやっぱり左京区？　とか、いろいろと想像するだけでワクワクしてきます。たくさんの人に、左京区のみんなに出会ってほしいな。

ここまで私の話を優しく聞いてくれていた璃子の横から、「おっちゃん、堅いで」と果菜に（愛をこめて）叩（たた）かれそうな気配を感じるので、このあたりで失礼します。

（やました・たかし／京都大学生協ブックセンタールネ）

本書のプロフィール

本書は、小学館より二〇一七年七月に刊行された単行本『左京区桃栗坂上ル』を文庫化した作品です。

小学館文庫

左京区桃栗坂上ル

著者　瀧羽麻子

二〇二一年八月十一日　初版第一刷発行

発行人　飯田昌宏
発行所　株式会社 小学館
〒一〇一-八〇〇一
東京都千代田区一ツ橋二-三-一
電話　編集〇三-三二三〇-五一三四
　　　販売〇三-五二八一-三五五五
印刷所―――大日本印刷株式会社

ISBN978-4-09-407048-4